Les derniers jours de l'Atlantide

Livre Second

Francis Névoret

Les derniers jours de l'Atlantide

Roman de fantasy

Édition : BoD – Books on Demand, info@bod.fr
Impression : BoD – Books on Demand, In de Tarpen 42, Norderstedt (Allemagne)

Impression à la demande

Illustration : **Joséphine Ung alias Jow**

ISBN : 978-2-3225-3978-9
Dépôt légal : Juin 2024

Touché par l'amour,

Tout homme devient poète.

Platon

Pour Joséphine, qui a su se dépasser une nouvelle fois pour la couverture.

Pour Arthur, Alexandra et mes parents. J'espère que vous dévorerez aussi ce tome.

Pour toutes celles et tous ceux qui auront apprécié fouler la terre de l'Atlantide.

Arius, prince légitime du royaume de l'Atlantide, est un jeune homme nonchalant et solitaire, qui mène une existence paisible au cœur de son île.

Sa vie se trouve cependant bouleversée lorsqu'il fait la rencontre du dieu des mers, Poséidon, au beau milieu de la fête des Océanes, qui lui est consacrée. La divinité lui révèle alors que l'île court à sa perte, menacée par Zeus, le roi des dieux, car le peuple atlante souhaite conquérir la cité d'Athènes. Protégée par Athéna et par Zeus, la capitale grecque constitue un joyau de force et de pouvoir, mais aussi et surtout une limite à ne pas franchir.

Souhaitant sauver les siens, Arius prend la décision de prévenir son père, le colérique roi Cadmos, qui choisit de ne pas le croire, tout comme son meilleur ami, Oreste. Aussi, le prince finit par employer la manière forte avant de se retrouver exilé de la cité, sans avoir pu faire ses adieux à son amie Élanée ou encore à sa petite sœur Thalia.

Arius n'a désormais d'autre choix que d'errer sans but au cœur de la forêt, jusqu'à sa rencontre avec Hermès, le dieu du voyage, des voleurs et messager des dieux. Doté d'une personnalité insaisissable, Hermès lui indique alors que Zeus, impressionné par la bravoure du jeune Arius, souhaite lui octroyer une autre chance et le mettre à l'épreuve. Il doit ainsi remplir trois tâches minutieusement choisies en l'espace d'un mois, sans quoi l'Atlantide sera ravagée par un puissant cataclysme. Hermès lui dévoile qu'il a ainsi été envoyé par Poséidon, en secret et en double mission, afin qu'il puisse guider et conseiller Arius dans le but de réussir chacune des épreuves.

Après avoir remporté la première tâche et fait la connaissance du héros déchu Bellérophon et de son fidèle Pégase, Arius se dirige vers Pélagos, lieu de la deuxième épreuve.

Seulement, elle se révèle encore plus ardue que la première : Arius doit combattre et sortir vainqueur d'un affrontement contre Céto, un terrifiant monstre marin. Pendant qu'il tente de trouver une stratégie pour parvenir à ses fins, sa mère, la reine Althéa, le retrouve pour lui annoncer la mort de sa petite sœur.

Complètement brisé et anéanti par cette perte, qui ravive de douloureux souvenirs, en particulier la mort de sa bien-aimée Alix, cinq ans plus tôt, notre jeune héros fonce tête baissée et uniquement muni d'un glaive à la rencontre de Céto.

Aveuglé par la douleur, il se fait surprendre par la baleine géante, qui l'emporte de force au fond des abysses, ne laissant aucune trace…

CHAPITRE 1

HERMES

Hermès commençait à s'inquiéter. Arius n'était toujours pas revenu de sa deuxième tâche. Il était parti deux heures plus tôt et n'avait pas donné signe de vie depuis. La tempête faisait rage dehors et l'on ne distinguait pas grand-chose hormis les milliers de gouttes de pluie qui tombaient en rafales et balayaient le paysage avec violence. Le ciel était orageux et des éclairs pointaient le bout de leur nez dans des assauts lumineux qui inondaient Pélagos d'une lumière blanche et fantomatique. Le vent hurlait et s'engouffrait sous les portes des maisonnées tandis que les toits tremblaient et laissaient un froid humide pénétrer les foyers chaleureux.

Depuis la fenêtre qui donnait sur le jardin, puis sur la mer, Hermès scrutait les vagues, qui se déchainaient à proximité de la côte. La pluie battante qui s'écrasait sans répit contre la fenêtre rendait sa vision des choses plus difficile, mais il ne parvenait pas à détacher son regard de l'horizon. Il espérait y voir le retour d'une petite barque et de son occupant. Il sentait dans son dos la nervosité ambiante qui animait la maisonnée. Chrysalès et Érya s'adonnaient à des tâches domestiques pour rentabiliser le temps perdu qu'ils ne pouvaient pas passer à l'extérieur, Oreste et Élanée partageaient sans cesse des regards inquiets et venaient régulièrement jeter un oeil par la fenêtre, les bras croisés et les traits tirés, tandis que Bellérophon restait immobile sur un siège, les avant-bras sur les genoux et les yeux dans le vide.

Il fallait qu'Arius réussisse. Il fallait qu'il revienne. Hermès ne doutait pas de ses capacités, même s'il avait conscience de ses limites de mortel, mais plus le temps passait et plus ses espoirs s'amenuisaient. L'orage grondait si fort que tuer une créature aquatique relevait d'un véritable exploit. Zeus avait certainement mis son grain de sel là-dedans. Les éclairs et la foudre étaient ses attributs favoris et il aimait les utiliser avec parcimonie mais puissance. Il avait dû voir Arius se diriger vers Céto et avait décidé de rendre sa tâche encore plus difficile.

— Combien de temps faut-il pour venir à bout d'un monstre marin ? vint lui demander Élanée, en se postant à côté de lui, face à la fenêtre.

— Tout dépend du monstre. Et tout dépend du héros.

Hermès poussa un soupir.

— Persée est venu à bout du monstre marin qui menaçait Andromède en une heure de temps[1]. La créature ressemblait d'ailleurs beaucoup à Céto[2]. C'était une sorte de cousine.

— Mais Persée disposait de la tête de Méduse et du pouvoir pétrifiant de son regard pour combattre ce monstre.

— Il ne l'a pas utilisée. Il s'est battu au corps à corps, muni uniquement de son glaive.

Élanée tourna son visage abattu vers Hermès.

— Est-ce que tu penses qu'Arius a une chance ?

Le dieu ailé se tut et prit une profonde inspiration.

— Je l'espère.

---

[1] Andromède s'était attirée les foudres de Poséidon, à cause de sa mère Cassiopée, et avait été condamnée à être enchaînée nue à un rocher afin qu'un monstre marin (une baleine Céto), vienne la dévorer. Persée vint la sauver et l'épousa à la suite de ces événements.

[2] Céto est un terme qui désigne plusieurs monstres marins mythologiques, ayant des traits communs avec la baleine. C'est d'ailleurs ce nom qui donna naissance au terme "cétacé".

Hermès vit un frisson parcourir la jeune femme, et elle croisa les bras, serrant davantage ses coudes contre ses côtes.

— Je devrais aller voir, suggéra-t-il.

— Tu en as le droit ?

— Tant que je n'interfère pas dans la quête, je peux aller sur le lieu de la tâche.

— Dans ce cas, fais-le. S'il te plaît.

La voix d'Élanée était fébrile et il fut touché en plein cœur. Il pouvait ressentir sa détresse, ainsi que la nervosité et la peur éprouvées par Bellérophon et Oreste. Les deux hommes se montraient silencieux mais ils ne parvenaient juste pas à exprimer leurs pensées et ressentis. Hermès sentit alors un élan de compassion et de tristesse s'emparer de lui et il tourna le dos à la tempête.

Il se dirigea vers la porte d'entrée et posa sa main sur la poignée. Juste avant de l'ouvrir, Bellérophon s'adressa à lui.

— Je viens avec toi.

Le héros déchu se leva et, de son regard noir et perçant, toisa Hermès, qui le jaugea à son tour.

— Ne dis pas de sottises, Bellérophon. La tempête fait rage dehors, et il est plus sage de ne pas perdre de vue une autre personne, même si je ne te porte pas vraiment dans mon cœur. Arius a l'air de tenir à toi, alors je vais y aller seul.

— Il est désormais mon ami, lui répondit Bellérophon, dont le ton se faisait plus ferme.

— Et il est mon protégé. C'est à moi de m'assurer qu'il va bien. Céto est une créature marine, tu ne pourras de toute façon pas m'accompagner. Il n'y a pas d'autre barque à disposition pour toi.

— Dans ce cas, comment comptes-tu t'y rendre ?

— Je suis le dieu le plus rapide de l'Olympe, tu sembles l'oublier. Si je me mets à courir, mes pieds toucheront à peine la surface de l'eau. Reste ici.

Hermès vit la mine de Bellérophon se renfrogner et sa mâchoire se contracter. Il n'aimait pas vraiment recevoir des ordres, en particulier des dieux, et il ne pouvait pas l'en blâmer. Il avait lui-même toujours détesté se plier aux attentes des autres. Cela étant, il trouvait la situation plutôt jouissive car il avait l'ascendant sur cet homme. Le dieu reconnaissait malgré tout son courage et sa force, qu'il avait aiguisés au fur et à mesure des années. Bellérophon n'était plus aussi naïf et gentil que dans ses jeunes années, mais il gardait en lui une certaine flamme d'humanité et d'espoir.

Hermès ouvrit la porte d'entrée et sentit le vent le percuter de plein fouet. Il posa un pied à l'extérieur et se retrouva trempé dans les quelques secondes qui suivirent.

Je ne peux pas déployer mes ailes dorsales sous cette météo. Elles se retrouveraient mouillées en un instant et je ne pourrais plus me déplacer aussi rapidement, se dit-il.

Il contourna alors la maisonnée et se mit à courir. Les petites ailes blanches à ses chevilles s'agitèrent et une lueur dorée enveloppa ses pieds, puis progressivement ses jambes, à mesure qu'il avançait et prenait de la vitesse. Derrière lui, Hermès sentait le regard observateur d'Oreste, Élanée et Bellérophon, qui le surveillaient depuis la fenêtre.

Il se mit alors à courir de plus en plus vite, sa vue se focalisant sur un point précis à l'horizon, et il sentit le vent lui percer les tympans et la pluie s'abattre en trombes humides et glacées contre son corps. Les gouttes s'insinuaient dans sa bouche, dans son nez et inondaient ses paupières, qui peinaient à rester pleinement ouvertes. Sa tunique blanche, habituellement immaculée, était désormais d'une transparence presque osée, et laissait apparaître les détails de la partie de son torse qui était couverte à travers le tissu.

Hermès entraînait des sortes de filaments lumineux relativement discrets dans son sillage, à mesure que sa vitesse grandissait. En quelques foulées, il atteignit la mer et se mit à courir sur la surface de l'eau, ses pieds et jambes bougeant si vite qu'il était presque impossible de les distinguer nettement.

Il faut que je trouve Arius. Il doit avoir réussi.

Il courut en ligne droite, là où la présence de Céto pouvait être la plus envisageable et là où il avait vu son protégé naviguer deux heures plus tôt.

Je déteste la pluie, c'est si désagréable. Voilà pourquoi j'ai toujours préféré Apollon à mes autres frères et sœurs.

Les bras d'Hermès, pourtant constamment en mouvement, ruisselaient tandis que ses cheveux étaient plaqués sur son front et sur son crâne. Il parcourut plusieurs centaines de mètres et ne vit strictement rien dans son champ de vision. Il n'y avait ni bruit ou agitation suspects, ni épée ou corps à la surface. Il ne pouvait cependant pas s'arrêter au beau milieu de l'eau. Hermès effectua alors des rondes et observa les alentours et différents périmètres.

Rien.

Je ne distingue même pas la barque... Pourtant, le courant et les vagues auraient dû la ramener à proximité de la berge. Où es-tu Arius ?

Il commença à sentir un certain effroi monter dans sa gorge et ses yeux fouillèrent chaque recoin du paysage à la recherche d'un indice. Ce n'était pas possible. Ce n'était pas concevable. Pas maintenant.

La tempête faisait rage et il commençait à ressentir ce froid désagréable mais il devait continuer à chercher. Il n'aimait pas éprouver cette sensation d'inquiétude et de frayeur, d'attente face à l'inconnu.

Alors qu'il continuait sa ronde et effectuait des cercles sur la surface de l'eau agitée, qui venait parfois s'écraser contre ses chevilles et ses mollets, il remarqua quelque chose. Il y avait une forme qui flottait. Ce n'était pas un corps. Hermès s'approcha en deux enjambées et s'empara de l'objet dans sa course. Il s'agissait d'un morceau de bois, qui avait été brisé, à en juger par ses extrémités violentées. Le bois était imbibé d'eau et semblait provenir d'une barque. La barque d'Arius.

Oh non.

Il redoubla d'efforts et s'aventura un peu plus loin dans la mer mais ne découvrit rien de plus. Il savait ce que cela signifiait.

— Alors, qu'as-tu découvert ? lui demanda Élanée alors qu'Hermès venait à peine de franchir le seuil de la porte.

Oreste l'observa d'un œil presque méfiant, tandis que le dieu ailé ruisselait de toutes parts. Des filets d'eau s'échappaient de sa tunique, de ses jambes, de ses mains, de ses cheveux et de son nez. Il avait perdu l'allure fière et distinguée d'un Olympien, mais conservait toutefois son maintien et son charisme indéniables.

Il tendit simplement le morceau de bois humide à la jeune femme et se passa une main dans les cheveux pour les essorer.

— J'ai retrouvé un morceau de la barque. Mais pas Arius, annonça-t-il gravement.

Un lourd silence s'installa. Seules les gouttes d'eau qui s'échappaient du corps d'Hermès osaient briser l'atmosphère pesante en s'écrasant sur le sol sec.

— Et Céto ? s'enquit Oreste.

— Pas de trace de la créature non plus. Je n'ai rien vu de plus.

— C'est impossible, dit Bellérophon.

— Je ne peux pas le croire, ajouta Élanée.

— C'est forcément une erreur, termina Oreste.

Hermès referma la porte d'entrée et entreprit d'essorer le bas de sa tunique.

— Si Arius n'est pas sur la berge et n'est pas non plus sur l'eau, alors ça signifie probablement qu'il… qu'il est en dessous de la surface. J'ignore comment s'est déroulé le combat mais il semblerait que l'issue ait été des plus funestes. Malheureusement…

Les trois compagnons d'Arius furent soudainement si sonnés qu'ils ne réagirent même pas. Ils peinaient à assimiler l'annonce qu'Hermès venait de leur faire.

— Qu'est-ce que ça signifie ? demanda finalement Bellérophon, en reprenant contenance. Pour la quête je veux dire. Sommes-nous tous condamnés ?

— Il est trop tôt pour le dire, répondit simplement Hermès. Je vais aller m'informer auprès des autres dieux. Poséidon saura sûrement me dire si Céto a vaincu Arius. S'il n'en sait rien, j'irai voir Hadès pour lui demander si son âme a rejoint les Enfers dernièrement. Je vous reviendrai rapidement.

Derechef, Hermès ouvrit la porte d'entrée et s'engouffra dehors. Il se remit alors à courir, le visage crispé, et partit en direction de l'Olympe.

Je veux en avoir le cœur net.

CHAPITRE 2
ARIUS

Il faisait froid. Ou tiède. Quelque chose entre les deux. Arius ignorait s'il était conscient ou non. Il éprouvait des sensations mais ne savait pas dire si elles étaient bel et bien réelles. Il avait senti quelque chose lui agripper le bras, puis son corps être ballotté pendant un certain temps. Il avait senti du mouvement tout autour de lui. Puis plus rien.

Ensuite, il avait ressenti une douleur sourde très étrange lui parcourir la gorge, puis les épaules pour s'aventurer par la suite près de ses hanches et de ses jambes. Cette douleur était d'un genre nouveau : cuisante et lancinante durant une seconde, suivie d'un instant de redoux, comme si l'on appliquait un baume délicat et frais sur une blessure. Et tout était bleu. D'un bleu nuancé et constamment en mouvement.

Au loin, Arius entendit alors un bruit. Un bruit familier, comme quelqu'un qui s'approchait et que ses pas trahissaient. Cependant, les pas semblaient étouffés, presque inaudibles. Était-il en train de perdre l'ouïe ?

— Vous pensez que c'est terminé ? dit une voix féminine à proximité de lui.

— Difficile à dire. Il pourrait se réveiller maintenant comme dans deux jours. On ne sait jamais combien de temps cela peut prendre, répondit une autre voix.

Il était donc endormi. Endormi ou juste avec les yeux fermés. Arius se sentait comme dans un demi-sommeil. Tout juste assez éveillé pour que ses sens captent des signaux, mais pas suffisamment pour ouvrir les yeux et ordonner à son corps de lui obéir. Il se sentait épuisé, et avait envie de rester allongé là pendant des heures. Ses membres réclamaient du répit et le remerciaient de son ménagement en se détendant petit à petit. Ses pensées étaient encore indistinctes. Il ne parvenait plus à se rappeler ce qu'il s'était passé. Tout ce qu'il savait, c'était que les voix autour de lui ne lui étaient pas connues. De qui pouvait-il bien s'agir ?

Tout à coup, il ressentit alors de nouveau cette douleur lancinante au niveau de ses pieds et il fut pris d'une convulsion si intense que son corps parut se casser en deux. Sa chute de reins se raidit et ses jambes formèrent un arc pendant quelques instants. Ses bras s'étaient contractés, tout comme sa mâchoire, et Arius faisait de son mieux pour ne pas hurler. Il avait l'impression qu'un char lui écrasait les pieds, ou qu'on le frappait avec cinquante marteaux. Que se passait-il ? Qu'était-on en train de lui faire ?

La douleur franchit alors un nouveau cap et ce fut comme si une aiguille s'était insérée dans son cerveau. Durant un bref instant, il ne ressentit plus rien. L'instant suivant, la douleur revint, encore plus vive, et son esprit flancha. Tout devint noir et il perdit connaissance.

Une légère lumière traversait les paupières closes d'Arius lorsqu'il reprit progressivement connaissance. Il émergea d'un sommeil lourd et douloureux et se rendit compte que tout était calme autour de lui. Cela lui rappelait les matinées de printemps, où le soleil commençait timidement à envahir les différentes pièces du palais, tandis que seul le personnel était levé. Il aimait cette accalmie, ce temps suspendu, ces moments de douceur et de calme avant l'euphorie quotidienne.

Il entreprit alors d'ouvrir délicatement les yeux et fut saisi par la clarté bleutée de son environnement. Quelques rayons lumineux traversaient l'espace, mais il percevait surtout des reflets et du bleu en mouvement. Arius cligna plusieurs fois des yeux et vit alors un plafond en bronze, formé par des arcs voûtés maintenus par des piliers, du même métal précieux. Des reflets blancs et bleus parcouraient le plafond, dans une danse légère et joyeuse. Y avait-il de l'eau au sol ?

Il leva les yeux juste au-dessus de sa tête et s'aperçut qu'une imposante tête de lit en argent, qui représentait un coquillage, l'observait. Il décida alors de bouger ses doigts et constata qu'il était effectivement sur un lit. Il sentait la finesse du tissu sous ses mains, la souplesse et la douceur des soieries. Toutefois, elles étaient si lisses et glissantes qu'il se demandait d'où elles pouvaient bien provenir. Les soieries étaient certes reconnues pour leur légèreté, mais celles-ci paraissaient presque nuageuses, à peine palpables. C'était une impression étonnante.

En tournant la tête, Arius s'aperçut qu'une fenêtre en arc se trouvait sur sa droite, seulement il ne distinguait pas ce qui se trouvait à l'extérieur. Tout était bleu. Le ciel semblait s'être paré d'une couleur lourde et peu lumineuse, malgré les rayons qui le traversaient. Tout autour de la fenêtre, des représentations de l'eau avaient été peintes sur les murs. C'était comme si les fonds marins avaient été mis en avant, à travers différentes teintes de bleu et des nuances précises. Arius n'avait jamais vu cet endroit et ignorait où il avait atterri. L'atmosphère lui paraissait étrange, presque irréelle.

Il fut alors traversé par une fraîcheur soudaine et immédiate qui le fit frissonner. Les poils sur ses avant-bras se hérissèrent et il contracta les muscles de son torse. Il se rendit subitement compte qu'aucun vêtement n'était au contact de sa peau. Le froid l'avait transi, sans passer par le tissu de sa tunique. Il palpa son pectoral gauche avec sa main droite et confirma sa pensée. Il était nu. Arius poussa un profond soupir et se releva doucement sur ses coudes. Il baissa son regard sur son torse, puis sur ses jambes, et son cœur s'arrêta. Il n'avait plus de jambes.

Ses deux membres avaient désormais fusionné pour former une partie de corps stupéfiante. Des écailles, d'un bleu violacé, se rapprochant du bleu électrique avec des notes plus douces, couvraient entièrement le bas de son corps, de son nombril à la pointe de ses pieds. Ces écailles étaient toutes récentes, sans défaut, et semblaient briller sous les rayons lumineux qui perçaient la fenêtre. Elles se terminaient par une queue de poisson, dont la forme rappelait celle des dauphins, avec toutefois une transparence et des écailles et membranes différentes. Elle semblait plus fine et plus performante, mais également plus développée dans ses détails.

Abasourdi, Arius contempla ce nouveau membre unique sans savoir quoi penser. Son sang semblait s'être figé dans ses veines, et son cœur n'était pas décidé à battre normalement de nouveau. Il respirait fort et ne savait pas comment il devait réagir. Il devait rêver. C'était la seule explication. Il devait rêver.

Il fit alors bouger sa queue - non sans une curieuse impression car il ne bougeait désormais qu'un membre et non plus deux jambes - et constata qu'elle répondait effectivement à son corps et à son esprit. Sa queue était lourde et lui donnait l'impression d'être prisonnier car il ne pouvait plus bouger aussi facilement qu'auparavant.

Il doit y avoir une explication à tout ceci…Respire…Un…Deux…Trois…, se répéta-t-il.

Pour ne pas céder à la panique, il posa son regard sur les alentours et constata avec stupeur que les reflets dansants et cette queue n'étaient pas dus au hasard. Il se trouvait sous l'eau.

— Ah ! Je vois que tu es réveillé ! s'exclama une voix, sur un ton guilleret.

Une jeune femme - qui devait avoir vingt ou vingt-deux ans maximum - apparut dans l'encadrement de la porte, située en face du lit sur lequel Arius reposait, légèrement sur la droite.

Elle était très jolie, avec une beauté qui croisait celle de la jeune femme et celle de la petite fille, et sa voix aigüe pouvait encore en témoigner. Sa peau était de couleur brune - d'un brun relativement intense et homogène - et ses cheveux étaient noirs et bouclés. Ces derniers avaient été légèrement tirés en arrière et relevés, avant d'être surmontés par une tiare très discrète faite de perles de nacre. La jeune femme disposait de grands yeux noirs aux longs cils, qui lui conféraient un regard profondément expressif.

Elle pénétra dans la chambre et Arius découvrit que son buste était suivi d'une queue de poisson élégante et gracieuse de couleur orangée, avec des nuances roses complétées par des reflets irisés. Le bout de sa nageoire avait presque l'air d'ailes de papillon tellement il était raffiné et fluide. La poitrine de la jeune femme était protégée par un vêtement à l'effet satiné qui lui couvrait les seins avec un mouvement torsadé au centre, et s'étendait ensuite jusqu'à ses biceps pour devenir des manches évasées et fluides en pagode. À chacun de ses mouvements, ses longues manches flottaient paresseusement dans son sillage, à l'unisson avec sa queue de poisson colorée. Autour du cou de l'inconnue avait été accrochée une petite chaîne en or ornée d'un splendide quartz rose.

En voyant le collier de la jeune femme, Arius porta brusquement sa main à son torse. Son sang ne fit qu'un tour dans ses veines. Lorsque ses doigts rencontrèrent sa propre chaîne et la médaille avec Psyché et Éros, il poussa un long soupir de soulagement. Il avait beau être nu et avec une queue de poisson, au moins on ne lui avait pas ôté son bijou.

— Qui es-tu ? lui demanda Arius en s'asseyant sur le lit.

Il ne maîtrisait pas cette nouvelle queue et il tenta tant bien que mal de garder son équilibre en position assise.

L'inconnue s'approcha du lit et se planta devant lui, un sourire radieux aux lèvres.

— Je m'appelle Kala ! Je suis contente que tu sois réveillé, j'avais hâte de pouvoir te parler.

— Enchanté Kala, je suis Arius.

— Oh je sais qui tu es. Tout le monde le sait ici, à vrai dire.

— Comment est-ce possible ?

Arius se passa une main sur le visage, comme pour tenter de se réveiller d'un mauvais rêve. Il avait tant de questions.

— On t'expliquera plus tard. Mais le plus important : comment tu te sens ?

— Hum…

Il était difficile d'expliquer précisément tout ce qui lui passait par la tête.

— Secoué, répondit-il simplement. Où sommes-nous ?

— Dans le palais divin. Dans les profondeurs de la mer.

— Le palais de Poséidon ? s'étonna Arius, en scrutant les alentours, comme s'il découvrait son environnement avec de nouveaux yeux.

Kala étouffa un petit rire naïf et mélodieux.

— Non, le palais de Poséidon ne se trouve pas ici. Tu comprendras bien assez vite. Ce n'est pas à moi de t'expliquer tout ceci.

— Ah, tu es là Kala !

Une autre jeune femme franchit l'encadrement de la porte et rejoignit Kala, sans prêter attention à Arius.

Cette nouvelle personne avait une peau d'une teinte encore plus foncée que celle de Kala, soulignée par deux grands yeux noirs en amande, munis de très longs cils. Contrairement à Kala, la mâchoire de l'arrivante était carrée et plus forte, et elle disposait de lèvres très fines, surmontées par un nez dont le bout était bien arrondi. Ses cheveux d'un noir d'ébène étaient ondulés, et avaient été tirés et relevés, comme la coiffure de Kala, à l'exception de deux petites mèches frisées qui s'échappaient du tout pour flotter près de ses oreilles. La jeune femme paraissait moins avenante et solaire que Kala, mais une certaine ressemblance entre les deux était malgré tout perceptible.

— Regarde, Iona, notre invité s'est réveillé.

— Il ne faut pas traîner et le lui présenter, répondit la dénommée Iona sans accorder un regard à Arius.

— Tu as raison. Allons-y !

Kala posa une main douce et fraîche sur le poignet d'Arius et le tira en avant.

— Suis-moi, lui dit-elle gentiment.

— Où va-t-on ?

— Nous allons te présenter au dieu des vagues.

Arius fit bouger sa queue et, après quelques mouvements balbutiants, il trouva son rythme plutôt rapidement, à sa grande surprise. La sensation presque nuageuse et fluide de ce nouveau membre était à la fois agréable et perturbante. Arius était un humain et avait toujours marché sur ses deux pieds, à la verticale, et il était déroutant de se retrouver presque à l'horizontale pour avancer, avec une impulsion de queue et, parfois, des bras. Il avait constamment l'impression de tomber en avant alors que l'eau le soutenait, comme une force en lévitation.

Dès qu'ils sortirent, Arius découvrit un long couloir aux dalles bleues, encadré de portes qui menaient apparemment à différentes chambres. Ils le traversèrent rapidement, entraînant derrière eux quelques salves bulleuses, et empruntèrent un escalier à double volées paré de rampes sculptées d'or qui représentaient des algues en mouvement, avant de parvenir à un niveau inférieur. Arius fut surpris du choix d'avoir fait construire un escalier là où les habitants de ce palais semblaient se déplacer en nageant. Ils ne touchaient donc pas les marches.

Il posa alors son regard sur Iona, qu'il n'avait pas réellement observée, et remarqua que sa queue était violette, avec des reflets argentés sur ses écailles. Tout comme Kala, elle avait un vêtement indigo qui dissimulait le haut de son buste, à ceci près que ses manches se scindaient en deux directement au niveau de ses épaules. Ses bras et biceps étaient donc presque entièrement visibles, et elle avait orné ses poignets de manchettes et bracelets larges d'or et d'argent ornés d'améthystes.

Arrivés au premier étage, deux soldats en armures d'argent étincelant et munis de lances ouvrirent deux lourdes portes de bronze aux contours grisés et dévoilèrent une immense salle du trône, tout en longueur et en luminosité.

La salle du trône était d'une beauté presque surnaturelle. D'un point de vue architectural, elle ressemblait beaucoup à la salle du trône de la cité royale de l'Atlantide, avec d'imposantes colonnes - fabriquées dans un verre étonnant et rutilant - qui soutenaient une armature avec des ouvertures en arcade. Le sol de la pièce était également entièrement transparent, comme s'il avait été façonné dans un cristal d'une perfection impressionnante. Le sol donnait ainsi vue sur le rez-de-chaussée, et vice-versa. Tout semblait scintiller dans cette très longue pièce, qui débouchait sur un imposant trône d'or. Ce trône était à la fois fascinant et presque terrifiant. Le siège royal disposait d'un dossier très large et très haut, qui représentait une vague taillée en relief, dont le sommet paraissait vouloir engloutir le palais tout entier. Les accoudoirs étaient chacun ornés de turquoises et de saphirs, tandis que les quelques marches qui menaient au trône avaient été parées de différents coquillages, qu'Arius n'avait jamais vus.

La spacieuse salle avait toutefois un aspect très naturel, puisque des algues d'un vert radieux entouraient les colonnes et venaient se rencontrer et se lier au niveau du plafond voûté. Des petites fleurs aquatiques jaunes, violettes et roses ornaient également les rebords des ouvertures entre chaque pilier. Arius aperçut alors un petit banc de poissons argentés traverser la pièce d'un bout à l'autre, tandis qu'une étoile de mer s'accrochait de façon immobile à un pan de mur.

Le jeune homme remarqua alors la présence de son nouvel interlocuteur, qui était assis sur le trône. En s'approchant de lui, Kala et Iona lui adressèrent un léger signe de tête, en guise de soumission et désignèrent Arius de leurs mains sveltes. Tout autour d'eux, des gardes en armure et des jeunes filles à queue de poisson les regardaient discrètement en chuchotant.

— Seigneur, dit Iona, avec tout le respect possible. Notre invité s'est réveillé il y a quelques instants. Nous sommes venus vous le présenter aussi vite que nous avons pu.

L'homme jaugea Arius d'un œil sévère, puis posa son regard sur Iona.

Celui qui semblait être le roi de ce royaume sous-marin paraissait relativement jeune. Il devait avoir trente ans tout au plus, et possédait des cheveux châtains et courts, dont le devant ondulait légèrement, de sorte qu'une ou deux mèches soyeuses se recourbaient en tombant sur son front. Il avait des yeux argentés et un visage tout en longueur, marqué par un nez très fin et pointu. Sa bouche était légèrement tordue, comme si elle n'avait pas voulu être entièrement symétrique, et il ne disposait d'aucune barbe au niveau de la mâchoire ou du menton. Ce qui se remarquait le plus était toutefois son torse, qui était parfaitement bien taillé, avec des pectoraux saillants et lisses et une armature abdominale plutôt dessinée, qui allait de paire avec des épaules et biceps puissants et harmonieux. Il était d'une beauté supérieure à la moyenne, mais plus authentique que celle d'un dieu. Son charme et son charisme étaient différents de ceux d'Artémis ou d'Hermès.

Comme tous les autres habitants qu'il avait rencontrés ou aperçus jusque-là, Arius constata que son interlocuteur n'avait pas de jambe mais une queue de poisson, dont la terminaison flottait élégamment et bougeait paresseusement au rythme des mouvements de l'eau. Sa queue était d'un gris clair et argenté, et comportait des reflets bleu métallisé selon l'orientation des rayons lumineux. Sur les côtés, un peu en dessous du niveau des hanches, deux écailles tout en longueur mais petites en hauteur, ornaient ses flancs.

Son physique était complété par une sangle faite entièrement de petits coquillages blancs, bruns et jaunis, qui traversait son torse de part en part et soutenait une conque rosée à proximité de sa hanche gauche. Il tenait également fermement dans sa main droite un trident au manche fait de bois d'acajou, et aux dents dorées.

— Tu es revenu de loin, Arius, lui dit finalement l'homme aquatique, en faisant entendre sa voix sur un ton plutôt rassurant, mais qui laissait à penser qu'elle pouvait se montrer menaçante.

En posant de nouveau son regard sur ce mystérieux inconnu, Arius remarqua que ses épaules et les côtés de son cou étaient parsemés de petites écailles éparses argentées aux reflets bleutés. Quelques-unes venaient également orner ses tempes et ses pattes-d'oie.

— J'ignore où je me trouve actuellement, répondit Arius, mais je vous remercie pour votre hospitalité et pour m'avoir amené ici.

Ce n'était pas entièrement vrai, car Arius ne se sentait pas spécialement rassuré pour le moment. Il ignorait pourquoi il avait une queue de poisson et si ce phénomène était irréversible, et surtout pourquoi il était encore en vie et non pas auprès de ses amis. Il savait cependant qu'il valait mieux se montrer agréable avec des inconnus.

— Poséidon m'a demandé de prendre soin de toi. Je l'ai rarement vu aussi protecteur et bienveillant. Aussi, quand tu as été entraîné dans les profondeurs de l'océan par Céto, certaines des Néréides et moi-même sommes venus te sauver.

Arius fronça légèrement les sourcils. Cet homme connaissait Poséidon et semblait avoir un lien de proximité avec lui. Mais il n'arrivait pas à l'identifier.

— Tu ne sembles pas faire le rapprochement avec ce que je te dis là, poursuivit l'inconnu, amusé. Je suis le dieu Triton, messager des flots et divinité des vagues.

À ces mots, le jeune homme haussa les sourcils, comme si tout s'éclairait subitement.

— Il me tardait de faire ta rencontre, Arius. Mon père, Poséidon, m'a beaucoup parlé de toi et de ce que tu as entrepris pour ton peuple. Il est rare de voir un tel dévouement pour son royaume, d'autant plus que Zeus ne t'a pas épargné, si j'en crois les murmures de l'Olympe. Il est cependant de notre devoir de t'aider.

Arius se racla la gorge avant de parler, et remarqua que quelques bulles sortaient de sa bouche.

— Dieu Triton, n'est-ce pas dangereux de vouloir me venir en aide ? J'ai bien peur que Zeus ne retourne sa colère contre vous.

— Zeus est peut-être le roi des dieux, mais il ignore ce qui se passe dans les fonds marins. Il est le dieu du ciel et de la terre, mais Poséidon règne en maître sur les mers et océans, tandis qu'Hadès reste tout-puissant aux Enfers. Mon palais se trouvant dans les profondeurs aquatiques, mon oncle ignore tout ce qui se passe ici, et c'est tant mieux pour toi.

— Je vous remercie pour votre accueil et votre gentillesse. Cela me va droit au cœur.

Arius s'inclina légèrement, pour marquer son respect et sa reconnaissance, avant de croiser le regard de Triton, qui ne cillait plus. Un bref instant de flottement s'installa entre les deux hommes, avant que le dieu ne brise le silence de nouveau.

— Tu dois avoir beaucoup de questions. Je te propose de t'entretenir avec moi quelques instants, afin que je puisse mieux t'expliquer la situation. Suis-moi.

Sans dire le moindre mot, tous les sujets de la salle du trône se dirigèrent vers la sortie, y compris Kala et Iona, tandis que Triton s'engouffrait par une ouverture à l'opposé. Arius scruta les alentours et suivit, non sans une certaine appréhension, le dieu des vagues.

Triton s'engagea dans un large escalier en colimaçon, qu'il survola avec une vitesse et une fluidité impressionnantes. Les deux hommes étaient entrés dans une tour ronde, surprenante par rapport à l'architecture atlante, et montaient en direction d'un étage supérieur. Le dieu marin pénétra ensuite dans une pièce lumineuse, teintée de beige et d'or, avec beaucoup de notes boisées, ce qui était presque surréaliste compte tenu que tout se trouvait sous l'eau.

La pièce était circulaire et suivait la forme de la tour. Elle ressemblait à une sorte d'office, où trônaient un bureau aux pieds taillés de telle sorte qu'ils donnaient l'impression de former des tourbillons, ainsi qu'un immense globe aux différentes nuances de bleu, qui mettaient en relief des centaines de détails sur les mers et les océans. Contrairement aux documents habituels, il mettait en lumière les étendues aquatiques plutôt que les terres connues. Arius remarqua d'ailleurs que certaines terres lui étaient totalement étrangères et fut surpris de la forme arrondie de cette représentation du monde. Sur tout le mur, une bibliothèque faite en pierre de jade comportait des centaines de parchemins, papyrus et tablettes, protégés par des bulles d'oxygène qui les préservaient de l'eau salée.

— C'est admirable ce que tu es en train d'accomplir pour l'Atlantide, fit Triton en se tournant vers Arius, sa main toujours fermement posée autour du manche de son trident.

— Je sais que mon peuple et moi-même ne sommes pas parfaits, mais tout le monde ne mérite pas de mourir. J'essaie simplement de faire ce qui est juste.

— Mais parfois, ce qui est juste nécessite de faire de grands sacrifices.

Arius hocha la tête, comme pour signifier qu'il ne savait pas très bien où Triton voulait en venir.

— Tu aurais pu mourir si Poséidon n'était pas venu nous tenir au courant de cette seconde épreuve. Tu étais prêt à donner ta vie pour les Atlantes.

— Tout ça n'a pas d'importance.

— Au contraire, et c'est justement pour cette raison que mon père m'a demandé de veiller sur toi et de faire en sorte que tu te rétablisses. Il voit en toi un immense potentiel. C'est pourquoi nous t'avons amené dans mon palais. Il fallait que tu te remettes de ton épreuve.

Triton contourna le globe marin et le fit tourner nonchalamment.

— Pourquoi ai-je une queue de poisson ? M'avez-vous transformé pour toujours ?

Arius avait posé la question qui lui brûlait les lèvres depuis de nombreuses minutes. Il s'entendit la prononcer et se trouva naïf, mais il devait en avoir le cœur net.

Triton lui sourit et effleura sa conque du bout de ses doigts.

— Sans cette queue, tu n'aurais pas pu survivre un seul instant dans les profondeurs de la mer. Nous t'avons administré un extrait de Phukos. C'est une essence que seuls les peuples aquatiques savent concocter. Elle est produite à partir d'algues des différentes régions du monde et… enfin, je ne vais pas te dévoiler tous les pouvoirs des divinités. Le Phukos t'a permis de rester en vie. Il t'a doté d'une queue de poisson, comme nous tous, et de branchies.

Arius eut un mouvement de recul.

— De branchies ? demanda-t-il, suspicieux.

Derechef, Triton esquissa un sourire.

Il s'approcha alors doucement du jeune homme et, après avoir posé son trident, traça de ses doigts deux petits traits invisibles au niveau des trapèzes d'Arius, avant de laisser glisser ses mains dans son cou. Arius retint son souffle, comme mu par une force non perceptible, et observa attentivement le dieu Triton se tenir à quelques centimètres de lui, tandis que ses doigts frais et lisses parcouraient le haut de son buste.

Un léger frisson le traversa jusqu'à la chute de ses reins alors que Triton laissait ses doigts se promener derrière ses oreilles et descendre progressivement sur les côtés de son cou, pour suivre les branchies. Deux sur les trapèzes à l'horizontale, et deux près du cou à la verticale. Triton plongea alors son regard argenté dans celui d'Arius, comme dans la salle du trône. Il semblait vouloir déchiffrer quelque chose, repérer une lueur ou déterrer un secret.

— Ces branchies te permettent de respirer sous l'eau, et ta queue de poisson de bouger.

Triton ôta lentement ses mains du cou d'Arius et s'éloigna d'un ou deux mètres avant de reprendre son trident.

— Est-ce…est-ce un état permanent ? demanda Arius, qui avait été ébranlé par ce contact physique si soudain et perturbant.

— Non. Cet état est uniquement permanent pour moi. Je suis né avec cette queue. Je suis une création marine et le resterai pour l'éternité. Les Néréides, qui peuplent ce palais et ses alentours, peuvent changer de forme à souhait. À partir du moment où elles sortent de l'eau, leurs queues laissent place à des jambes humaines. C'est ce qui explique que bon nombre de héros et êtres humains aient pu croiser leur chemin. Mais il existe aussi un troisième cas, qui est celui qui t'intéresse.

Triton posa sa main sur l'armature en bronze qui entourait le globe.

— Lorsque l'on obtient une queue de poisson à l'aide du Phukos, celle-ci ne reste que le temps de l'immersion sous l'eau. À partir du moment où tu émergeras des flots, elle disparaîtra, sans possibilité de se reformer. Veille donc à laisser tes jambes sous l'eau jusqu'à ce que tu n'aies plus besoin d'être un triton.

Arius fronça les sourcils en l'entendant prononcer son propre prénom en tant que nom commun.

— Triton ? répéta-t-il.

— Oh, ce sont les humains qui ont appelé les espèces aquatiques comme moi avec ce nom-là. J'en suis plutôt flatté, je dois l'avouer. Ils avaient bien songé à nous baptiser les "sirènes", mais ce nom était déjà pris. J'aurais été vexé d'être comparé à ces espèces de femmes volatiles aussi laides que méchantes[3].

Arius ne répondit rien, tout simplement parce qu'il n'avait jamais rencontré de sirènes.

— Cela dit, j'aurais aimé pouvoir sortir de l'eau à un moment donné, avoua Triton. Je veux dire, j'ai déjà scruté des humains et vu de quoi ils étaient capables, que ce soit dans le bon, comme dans le mauvais. J'aurais juste aimé pouvoir connaître la sensation de marcher. J'envie les Néréides pour cela. Elles peuvent se métamorphoser à leur convenance et c'est leur plus grand avantage.

— Dans ce cas, pourquoi ne pas essayer de changer cela ?

Triton fronça les sourcils en guise d'incompréhension.

— Vous êtes un dieu, expliqua Arius. Vous avez certainement le pouvoir de faire ce que vous souhaitez, non ?

— Hélas, non. C'est là l'inconvénient d'être un dieu mineur.

— Un dieu mineur ?

---

[3] Dans la mythologie grecque, les sirènes sont des femmes-oiseaux qui envoûtaient les marins de leurs chants afin de les dévorer. Elles ont un buste féminin mais des pattes et des ailes d'oiseaux.

— Je suis le dieu des vagues et, comme on me l'attribue souvent, la trompette des océans. Mais qui parle de moi, hormis certains marins ? Je n'ai ni la force de Poséidon, ni la puissance de Zeus, ni même la vivacité d'Artémis. Les douze Olympiens sont les dieux majeurs, les plus vénérés et les plus craints. Toutes les autres divinités sont considérées comme mineures et leurs histoires sont peu relatées. Notre pouvoir est bien moindre face à ceux qui gouvernent réellement. Je ne peux pas changer de forme. Je peux seulement…effrayer les créatures et ennemis avec ma conque et contrôler les vagues.

Arius se frotta le menton, le regard perdu dans le vide. La dernière phrase prononcée par Triton l'avait plongé dans une certaine réflexion, qui pouvait le mener quelque part.

— Si vous pouvez contrôler les vagues, commença le jeune homme, cela signifie que vous pourriez être en mesure d'éviter le cataclysme que Zeus souhaite faire abattre sur l'Atlantide ?

Triton se pinça les lèvres et une lueur désolée traversa ses prunelles.

— Malheureusement non. Je peux leur donner des ordres et influer sur leur force et leur mouvement, mais si l'injonction vient d'un autre dieu, dans ce cas je ne peux rien y faire. Aucun dieu ne peut défaire l'œuvre d'une autre divinité.

C'était toujours la même rengaine depuis qu'Arius avait rencontré Hermès. Il ne parvenait pas à comprendre quel était l'intérêt d'être un dieu si les pouvoirs que l'on avait étaient limités ? Cela signifiait que les lois de l'univers étaient plus grandes que les dieux eux-mêmes et qu'ils étaient soumis à des principes qui les dépassaient. Que pouvait-il y avoir de plus puissant qu'une divinité créatrice ? Et pourtant, même ces dernières étaient contraintes par des règles invisibles et tacites, y compris lorsqu'il s'agissait d'épargner des vies.

— Tu sembles déçu, constata Triton en cherchant à croiser le regard d'Arius.

— Toutes ces histoires de pouvoir me dépassent, répondit-il simplement. Et j'ignore encore ce que je fais ici. Si Poséidon souhaite ma protection, quel est le but ? J'ai échoué à la seconde épreuve.

— Tu n'as pas encore échoué, souviens-toi. Nous sommes en train de gagner du temps sur Zeus. Tu finiras par battre Céto, mais il te faut les bonnes armes pour cela.

— Les bonnes armes ? répéta Arius, qui ne comprenait pas où son interlocuteur divin voulait en venir.

— Nous y viendrons en temps et en heure. En attendant, viens avec moi. J'aimerais te faire découvrir mon royaume.

Triton adressa un rapide clin d'œil à Arius et il s'engouffra de nouveau au-dessus de l'escalier en colimaçon.

Triton conduisit Arius à l'extérieur du palais, dans un prolongement situé sur la gauche du bâtiment, que le jeune homme découvrait officiellement pour la première fois. L'extérieur du palais était somptueux et massif. Le palais formait un U, avec trois ailes droites : l'une à l'horizontale, qui constituait l'entrée du palais et son accès aux autres ailes, la seconde à la verticale, située la plus à gauche et qui débouchait sur une tour au dôme en or, et la troisième, également à la verticale mais située à droite, qui donnait également sur une tour, où se trouvait l'office de Triton.

La devanture du palais était imposante, avec une série de huit colonnes en or - quatre de chaque côté des portes d'entrée -, qui soutenaient une armature triangulaire teintée de différentes nuances de bleu, et donc de l'océan. Au-dessus des magnifiques portes en bronze sculpté - dont la forme rappelait certains dessins venus d'Orient - avait été représenté un demi-soleil dans un cercle doré, dont les rayons paraissaient vouloir illuminer l'entrée.

— Pourquoi avoir représenté un soleil au-dessus des portes du palais du dieu des vagues ? demanda Arius.

Il pensait que, vu l'ego des divinités, tout aurait été relié à l'eau. Triton s'arrêta dans son mouvement et leva la tête, tandis qu'il longeait la série de colonnes dorées.

— Oh, ça. J'ai choisi de faire représenter le soleil car, sans lui, le monde serait constamment plongé dans les ténèbres, y compris les surfaces aquatiques. Sans le soleil, la vie n'existerait pas. Que l'on soit sur terre, dans les airs ou sous la mer, le soleil est ce qui fait pousser les plantes, ce qui fait grandir les êtres vivants et ce qui réchauffe le cœur des mortels. C'est une inépuisable source de vie.

— Vous devez bien vous entendre avec Hélios et Apollon.

— Pas du tout. Ils sont antipathiques et arrogants. Mais on ne peut pas tout avoir. Tant qu'ils continuent de faire se lever le soleil, c'est tout ce qui m'importe.

Triton haussa les épaules et entreprit de poursuivre son chemin. Après deux coups de nageoire, il s'arrêta de nouveau et se tourna vers Arius.

— Et cesse donc de me vouvoyer. Nous sommes dans le même camp et le vouvoiement me donne l'impression d'être un vieillard.

— Pourtant vous avez plusieurs centaines d'ann…

Arius se tut dès qu'il vit le regard noir de Triton, bien qu'une lueur légèrement amusée passât dans ses yeux au même instant.

— Le tutoiement sera très bien.

Sur la gauche du palais, un autre bâtiment s'étendait, plus petit mais d'une clarté aussi éblouissante que le corps central, comme un prolongement de la résidence royale et divine. L'entrée se faisait par des portes de bronze rectangulaires, beaucoup moins travaillées que celles du palais. Pourtant, elles restaient malgré tout splendides.

Triton en ouvrit une et ils parvinrent ensuite dans une écurie. Cette étable comportait quatre stalles, chacune occupée par ce qui ressemblait à des chevaux. Toutefois, si leur forme s'apparentait à celle d'équidés, les créatures étaient bleues et disposaient d'un collier de membranes écailleuses autour de leurs encolures et d'excroissances blanches au niveau des sabots, comme si trois griffes avaient décidé de naître par-dessus.

— Je te présente mes quatre chevaux aquatiques, dit Triton en les montrant d'un signe de la main. Je les appelle les Océippos. Voici Thàlatta, Adrias, Aigeus et Mesogeios.

En entendant leurs noms, les quatre chevaux renâclèrent et s'ébrouèrent en faisant preuve d'une vigueur presque terrifiante. Ils avaient l'air de déborder d'énergie et de contenir une puissance qui dépassait l'entendement. Ce fut à ce moment-là qu'Arius remarqua que leurs yeux étaient entièrement blancs.

— Mes chevaux sont aveugles, précisa Triton, comme s'il avait lu dans ses pensées. Ils se repèrent à l'aide de sonars et émettent à la fois des ultrasons, mais aussi des bruits plus…classiques dirons-nous. Ils savent repérer des mouvements à plusieurs centaines de mètres et se repèrent grâce aux vibrations.

La dénommée Thàlatta poussa un hennissement - qui ressemblait plutôt à une sorte de râle aigu comme l'eau transformait les sons - et ébroua sa crinière qui, comme Arius le remarqua, était également constituée d'une membrane presque transparente et très fine. Elle ressemblait curieusement à la membrane située aux pattes des cygnes ou des canards.

— Je vais préparer les chevaux. Nous partirons dans quelques minutes.

Arius était debout - si l'on pouvait dire debout avec une queue de poisson -, les mains posées sur le rebord du char bleu et vert que Triton semblait maîtriser d'une main de fer.

Le char du dieu était d'une beauté modeste et plutôt classique, avec toutefois une énorme tête d'enfant en argent représentée à l'avant. Hormis cela, si le char avait été terrien, il aurait pu se confondre avec n'importe quel autre char.

Tout autour d'eux se trouvaient des habitations troglodytes, qui ressemblaient surtout à des grottes et cavités creusées à même la roche sans aucun véritable confort. Il ne semblait pas y avoir d'aménagement quelconque, aussi Arius fut-il surpris lorsqu'il vit des Néréides sortir des ouvertures à de multiples reprises.

— Ce sont les lieux de vie des nymphes ? s'étonna Arius, en observant deux Néréides aux cheveux blonds onduler gracieusement pour sortir de leur habitation sommaire.

De parts et d'autres du palais, des cavités s'étendaient à perte de vue. Elles formaient des petits points noirs et gris autour de cette immense bâtisse blanche et or. Cela formait un paysage pour le moins étonnant, d'autant plus mis en valeur par le sable doux et blanc qui jonchait le sol, et les nombreuses algues, plantes et poissons qui parcouraient les eaux.

— Oui, répondit Triton, sans détourner son regard de son chemin. Mais elles s'en contentent. Les nymphes passent leur temps à entrer et sortir de l'eau. Elles n'aiment pas s'établir trop longtemps à un endroit, ni être enfermées. Elles passent rarement beaucoup de temps à dormir ou à l'intérieur d'une demeure. Elles aiment se sentir libres et nager. Si elles le souhaitaient, elles pourraient avoir de plus belles maisonnées.

— Comment se fait-il que certaines soient au palais ? Elles forment ta suite ?

— Oui et non.

Comme Arius ne dit rien de plus, Triton développa davantage sa réponse.

— En fait, j'ai passé des années dans le palais de mon père, Poséidon. Il y demeure une bonne partie de l'année avec ma mère, Amphitrite. Seulement, j'ai fait bâtir ce palais il y a deux ou trois cents ans désormais et j'ai décidé de m'y installer. J'ai toujours aimé les côtes de l'Atlantide. Elles sont plus paisibles que les autres. Certaines nymphes ont simplement décidé de me suivre car elles trouvaient que cela leur correspondait mieux. Ces Néréides et tritons se sont joints à moi au palais, et forment une sorte de cour, même si je ne suis pas un roi. Les autres nymphes sont arrivées quelques années plus tard, au compte-gouttes, et se sont installées à l'extérieur de la demeure.

Comme les chevaux trottaient d'un pas léger, Arius en profita pour scruter les alentours et découvrir ce nouvel univers. C'était une symphonie de couleurs en demi-teinte. Partout des poissons et autres espèces aquatiques - identifiées ou non - nageaient en suivant les courants des profondeurs marines. Certains poissons se déplaçaient en bancs dynamiques, et ondulaient rapidement et gracieusement en groupe. Ces masses volubiles et précises laissaient peu de place à l'hésitation et chacun se suivait, l'unité créant le consensus. Il y avait ainsi des poissons argentés de toute petite taille, mais aussi des bancs de poissons multicolores, où se mêlaient diverses espèces, qui avaient décidé de créer des alliances pour contrer les prédateurs. Parfois, certains s'échappaient d'anémones, de coraux ou de cavités rocheuses, telles des taches colorées qui s'animaient au beau milieu d'un paysage presque immobile. De temps à autre, des dauphins se mêlaient à ce ballet fantastique et paraissaient danser au milieu de cette ronde d'être vivants écaillés. Jamais Arius n'aurait pensé pouvoir assister à un tel tourbillon de mouvements et de signaux si agréables à regarder. Jamais il n'aurait pensé pouvoir voir des dauphins dans leur élément. C'était merveilleux.

Thalia aurait aimé voir tout ça, songea Arius.

Sa sœur avait toujours apprécié scruter la mer, écouter les vagues. C'était quelque chose qu'elle avait fait depuis sa naissance. Arius s'en rappelait parfaitement. Il sentit alors une vague de tristesse, de frustration, de colère et de désespoir monter en lui et il crispa ses doigts sur le rebord du char.

Un instant plus tard, Triton fit accélérer ses chevaux, dont les sabots parvenaient rapidement à s'agripper aux rochers grâce aux excroissances en forme de griffes. Elles leur permettaient de s'adapter à tout type de terrain, là où le fond de l'océan n'était pas forcément stable et plat.

— Où allons-nous ? demanda Arius.

Triton n'avait rien dit depuis plusieurs minutes et cela l'intriguait.

— À un endroit où tu aimerais probablement aller.

Arius ignorait de quoi il pouvait bien s'agir, mais il jugea plus prudent de ne rien demander de plus. Son expérience avec les dieux -

même si Triton se qualifiait de dieu mineur - lui avait appris à ne pas être trop curieux ni insistant.

Le dieu des vagues fit alors claquer les rênes qu'il tenait entre ses mains et les quatre chevaux redoublèrent de vitesse. Arius et Triton furent secoués de parts et d'autres et s'agrippèrent davantage à leurs points d'appui. Le chaos et les tremblements durèrent quelques minutes, puis Triton tira progressivement sur les rênes et l'attelage s'arrêta petit à petit, non sans montrer son mécontentement à travers des coups de sabots.

Arius s'extirpa du char et observa les alentours. Le sol semblait être beaucoup plus clair et recouvert de beaucoup plus de sable blanc que précédemment. Le niveau de l'eau était également plus bas. Ils s'étaient rapprochés de la surface.

— Viens avec moi, lui dit alors Triton avant de faire battre sa queue pour se propulser plus haut.

Le jeune homme le suivit sans prononcer le moindre mot.

Au-delà de l'eau, la lune était visible et scintillait même à travers les ondulations et les petites vagues. L'océan était calme et la nuit semblait douce. Triton et Arius parvinrent rapidement à proximité de la surface et sentirent la tiédeur de l'air faire frémir leurs peaux nues.

— N'oublie pas que tu as désormais des branchies, lui rappela le dieu des vagues. Pour que tu puisses continuer de respirer, tu ne peux t'exposer à l'air libre que jusqu'au cou.

À ces mots, Triton franchit la barrière aqueuse et transparente et sortit des eaux en prenant garde à laisser ses deux branchies situées à la base de ses épaules immergées. Arius fit de même et fut frappé par la brise du soir qui rencontra sa peau. D'un seul coup, il se sentit déshydraté, en proie à une sécheresse très désagréable.

— Que faisons-nous ici ? demanda-t-il tandis qu'il luttait pour ne pas retourner sous l'eau.

— Regarde.

Triton lui désigna d'un signe de la tête une falaise au sommet de laquelle se trouvait une bâtisse qu'Arius connaissait bien.

— Le palais royal, lâcha-t-il dans un murmure.

Au même moment, une petite lueur naquit dans ce qui était le jardin, à l'arrière du palais, là où Oreste et Arius discutaient souvent ensemble depuis leur enfance. La petite lueur se transforma bientôt en un immense brasier, qui inonda les murs du palais de couleurs et contrasta avec la noirceur de la nuit. On était en train d'allumer un grand feu.

Arius comprit immédiatement ce qui était en train de se passer. Malgré la distance et les ténèbres, son cœur se serra et il sentit ses mains trembler sous la surface de l'eau.

— Pourquoi m'as-tu amené ici ? fit Arius, qui ne parvenait pas à détacher son regard du brasier qui se tenait à quelques centaines de mètres de lui, beaucoup plus en hauteur.

Triton remarqua alors que, malgré la distance, les flammes se reflétaient dans les yeux du jeune homme, qui ne cillait pas. Sa mâchoire était crispée, tout comme sa nuque, qui révélait une certaine appréhension. Triton avait vu juste et il savait qu'il avait bien fait de conduire Arius ici.

— Je t'ai entendu l'autre nuit, avoua-t-il. Je t'ai entendu crier dans la nuit. Un cri de désespoir et de douleur.

Arius se rappelait de ce flot d'émotions qui avait parcouru son corps et tout son être, juste avant de combattre Céto. C'était la nuit suivant l'annonce de la mort de Thalia. Il ignorait alors qu'il existait un tel monde marin et il ignorait surtout que Triton l'avait entendu.

— Ce sont des funérailles, ajouta alors Triton, sans attendre aucune réponse.

Arius déglutit et renifla légèrement. Il cherchait à reprendre le contrôle de lui-même et y parvenait tout juste. D'un instant à l'autre, il savait que tout pouvait s'effondrer. Mais il refusait de ressentir cela à nouveau. Il ne voulait pas laisser la tempête s'emparer de lui encore une fois.

— C'est la tradition, répondit-il simplement. Il est d'usage de brûler le corps du défunt après l'avoir pleuré et après lui avoir rendu hommage.

En vérité, plusieurs étapes importantes devaient avoir lieu pour honorer le défunt, mais une seule comptait pour Arius. Il espérait de tout son coeur que sa mère avait placé une pièce dans la bouche de Thalia avant la crémation pour que celle-ci puisse accéder aux Enfers[4]. Si Thalia n'avait pas eu une existence des plus enviables sur Terre, il priait pour qu'elle soit heureuse dans le monde souterrain, libérée de tout fardeau et de toute contrainte.

Des silhouettes, pas plus grandes que des fourmis, se rapprochèrent du brasier et, quelques minutes plus tard, les flammes se firent encore plus grandes, encore plus intenses.

Arius réprima un sanglot mais ne put retenir ses yeux, qui s'étaient teintés de larmes.

— Qui était-ce ? se risqua Triton, d'une voix douce, presque rassurante.

Derechef, Arius renifla et cligna plusieurs fois des paupières pour estomper l'humidité de ses yeux.

— Ma sœur.

Au prix d'un effort incommensurable, le jeune homme s'arracha à la vue du brasier gigantesque et plongea dans l'eau, presque sans aucun bruit.

Il ne pouvait plus supporter cette réalité. Il fallait qu'il retourne dans l'océan, qu'il nage dans les profondeurs, qu'il fuie ce qui était en train de se passer. C'était insoutenable et il sentait de nouveau cette rage et cette douleur qui prenaient possession de sa personne. Il allait de nouveau flancher et, malgré ses quatre branchies, il avait l'impression de suffoquer.

Triton plongea à sa suite et Arius voulut le distancer. Il avait besoin d'être seul mais ne voulait pas s'expliquer. Il n'avait pas envie d'en parler. Il ne pouvait pas en parler. Ce fut alors que Triton prononça les

---

[4] Il était d'usage de placer une pièce dans la bouche des défunts afin qu'ils puissent payer Charon, le passeur, pour pouvoir traverser l'Achéron et ainsi parvenir sans encombre aux Enfers, sans risquer une errance de cent ans.

mots les plus judicieux mais aussi les plus mal à propos pour Arius en cet instant.

— Ne te ferme pas à l'amour et aux autres.

Ils ne se connaissaient pas et pourtant Arius avait l'impression que Triton parvenait à lire en lui. À déchiffrer ce qu'il ressentait, ce qu'il vivait, ce qui l'avait marqué. C'était à la fois époustouflant mais aussi déconcertant. Il se sentait comme connecté à lui, mais il ignorait si c'était simplement une sorte de clairvoyance divine ou s'il s'agissait d'un réel lien naturel et puissant.

Cependant, et même si Arius était bien résolu à laisser de côté l'attachement et l'amour désormais, il trouvait insupportable que l'on vienne lui dire de continuer à les considérer. En cet instant, tout ceci lui semblait futile, comme digne de la pire des plaisanteries.

Il s'arrêta net et se retourna pour faire face à Triton, qui semblait être entouré d'une aura argentée car la lune brillait derrière lui, au-dessus de la surface de la mer.

— Tout ça est une perte de temps, dit Arius, sur un ton des plus secs et tranchants.

Triton haussa un sourcil, plus ou moins étonné.

— Ce n'est pas une perte de temps, Arius. C'est la plus belle chose qui existe sur cette planète.

Arius laissa échapper un rire mauvais et fatigué.

— À quoi ça sert tout ça ? fit-il, d'une voix de défi, sans toutefois la laisser exploser.

Triton le scruta et attendit qu'il développe davantage.

— À quoi bon traverser le quotidien, les jours et les années, et à quoi bon remplir cette fichue quête quand tout nous est constamment arraché ? À quoi ça sert ?

La voix d'Arius s'était faite plus forte, plus tonitruante, et il sentait qu'il commençait à perdre le contrôle. Il était en colère. Il était en colère et sentait ce rugissement sortir progressivement de lui.

— Les deux personnes que j'ai le plus aimées dans toute mon existence m'ont été enlevées. Il n'y avait aucune raison pour qu'elles ne soient plus de ce monde. Il n'y avait aucune raison pour qu'elles partent avant moi. C'était des personnes bien, Triton. Des personnes bien ! Mais aujourd'hui, elles ne sont plus là. Alors je te le demande : à quoi rime toute cette existence de mortel quand tout ce qu'il nous reste en fin de compte ce sont la colère et la douleur ?

Triton ne répondit pas car il savait qu'Arius avait encore besoin de vider son sac, d'atteindre le fond de sa pensée et de verbaliser. Les bras ballants, la tristesse et le désespoir se lisaient dans les prunelles du jeune homme.

— Toute ma vie j'ai cru que les dieux étaient de notre côté, qu'il y avait toujours une raison pour que chaque chose arrive. Que le destin était ce qu'il y avait de plus juste. Mais je me suis trompé. Il n'y a rien de juste dans la vie. Les meilleures personnes partent en premier et il ne nous reste plus que des larmes pour pleurer. Les dieux se moquent éperdument des mortels et, à présent, je soupçonne même Zeus d'avoir ôté la vie de Thalia, voire même celle d'Alix, simplement parce qu'il aime faire souffrir. Aucun dieu n'a de pitié pour les mortels, qu'ils ont pourtant eux-mêmes créés. Nous ne sommes que des jouets, des pions qu'ils peuvent manipuler à leur guise. L'amour n'apporte rien d'autre que des regrets, et une immense douleur. Alors à quoi bon ? Je ne sais même plus pourquoi je suis là, pourquoi je continue à être sous ces eaux. Je n'ai plus de raison de me battre. Je suis épuisé. Et ne viens pas me dire que l'amour est la plus belle des choses car ce n'est pas du tout ce que je ressens. C'est un fléau qui ne fait que ternir encore davantage une vie déjà suffisamment compliquée. Rien ne résiste à la mort, pas même l'amour et encore moins notre entourage.

Un long et lourd silence s'installa entre les deux hommes. Pourtant, Triton ne semblait pas troublé. Il avait écouté Arius attentivement et comprenait parfaitement ce qu'il éprouvait. C'était justifié et entièrement vrai. Sa vision des choses était cependant plus obscure à cause de la perte de sa sœur. Il ignorait comment elle était morte et qui elle était. Il ignorait même qu'il avait une sœur quelques minutes plus tôt. Tout ce qu'il voyait c'était qu'Arius était endeuillé, et ne parvenait plus à percevoir ce qui faisait la beauté de la vie. Il fut touché par son expression peinée, par ces cassures invisibles qui le parsemaient.

— Tu as raison, finit-il par dire.

Arius, qui s'attendait presque à une joute verbale, desserra les poings et fronça les sourcils.

— Tout ce que tu as dit est vrai. La vie est éphémère et représente une lutte impressionnante. Les dieux ne considèrent pas beaucoup les mortels, pour la plupart. Ils se jouent d'eux. Si tu cherches un but à tes actions et à l'existence elle-même, tu seras constamment déçu, car je ne suis pas certain qu'il y en ait un. Y compris pour les dieux. Par contre, lorsque tu commences à comprendre que ce qui est important réside en chaque seconde du temps qui passe, tu verras la vie autrement.

— Qu'est-ce que c'est supposé m'apprendre ? demanda Arius, qui ne voyait pas où Triton voulait en venir.

— La vie d'un mortel est précieuse tout simplement parce qu'il n'en a qu'une sur cette Terre. Elle est aussi fragile qu'un pétale de fleur et c'est bien ce qui importe. Si elle ne l'avait pas été autant, la chérir aurait été inutile. J'existe depuis des centaines d'années et je suis passé par là. Par ce que tu ressens. Seulement je suis un dieu, et je ne peux *a priori* pas mourir. L'existence prend alors une autre saveur, si tant est que l'on puisse l'appeler "existence" car il n'y a pas de fin. Si toute chose a un début et une fin, c'est parce que c'est l'aventure qui est entreprise entre les deux qui compte. L'important n'est pas d'accomplir de grandes choses, de parcourir le monde ou de devenir un héros de guerre. Ce qui importe c'est que ce voyage te convienne et que tu en apprécies la route. Il y aura toujours des bons comme des mauvais moments, mais il est toujours possible de trouver du réconfort en quelqu'un et de s'accrocher à des morceaux d'amour. Il peut s'agir d'un souvenir, d'un objet, ou tout simplement d'une nouvelle personne à chérir.

Arius buvait les paroles de Triton qui, malgré sa difficulté à les accepter, lui semblaient pleines de sens et faisaient écho à ce qui le rongeait.

— Si Zeus est sans doute le roi des dieux, c'est, selon moi, Aphrodite qui mène la danse. Elle maîtrise le plus grand et le plus puissant de tous les pouvoirs. L'amour permet aux mortels, comme aux immortels, de ressentir les sentiments les plus impressionnants, d'être heureux comme on n'aurait jamais pu le soupçonner, d'accomplir les plus belles choses au monde et de se surpasser tout en souhaitant, pour une fois, que le temps s'arrête. C'est un merveilleux cadeau, même s'il peut se montrer dangereux. Comme toute chose, il a son revers et, s'il est puissant dans son ressenti le plus pur, il l'est également quand tout s'obscurcit. Chacun se trouve vulnérable quand il aime. C'est le sentiment le plus universel qui existe.

Triton esquissa un sourire, le regard dans le vide, comme s'il se rappelait de délicieux instants passés. Il semblait revivre des sensations, des émotions plus que joyeuses et cela se lisait sur son visage.

— J'ai moi-même perdu quelqu'un, confia-t-il à Arius sur un ton plus grave.

Sa voix se teinta alors de chagrin, et sa lèvre inférieure sembla trembler.

— Elle s'appelait Pallas. C'était ma fille.

Arius avait déjà entendu parler de Pallas, mais n'arrivait plus à se remémorer les détails exacts de son histoire.

— Elle était liée à Athéna, n'est-ce pas ? se risqua-t-il en priant pour que ces quelques souvenirs soient justes.

Triton approuva d'un signe de la tête. Ses yeux s'étaient désormais bordés de larmes qui paraissaient scintiller d'un éclat argenté avec quelques notes dorées.

— C'était une fantastique jeune fille. Tout comme Athéna. Ma compagne d'alors, Tritonis, avait pris la déesse sous son aile, avec nos deux filles : Pallas et Tritée. Tritée était d'un tempérament calme, maternel, juste et droit. Pallas, quant à elle, était son opposée. Elle était fougueuse, intrépide et dotée d'une énergie à toute épreuve. Elle ne reculait devant rien. C'est sûrement pour cela qu'Athéna et elle sont devenues très proches. Pourtant, un accident s'est produit.

— Un accident ? répéta Arius.

Triton marqua une pause et se frotta les yeux avant de reprendre son histoire.

— Un jour de printemps, Athéna et elle s'amusaient à se battre au bord de l'eau. Seulement, Pallas a trébuché au moment où Athéna souhaitait l'attaquer. Le coup lui a été fatal et, bien qu'il n'ait pas été volontaire, nous l'avons perdue en l'espace d'un instant.

Arius parvenait sans peine à visualiser la scène, à reconstituer cet événement, d'abord placé sous le signe de l'amusement et du rire, pour finir par être terni par le chagrin et l'effroi.

— Les cris d'Athéna nous ont alarmés, Tritonis et moi, et nous avons découvert le corps de notre fille ensanglanté sur les berges. Tritonis est sortie de l'eau et s'est précipitée à ses côtés, et je me suis hissé avec difficulté sur la terre ferme, le souffle court. Je n'ai pas pu rester longtemps hors de l'eau, car mes branchies et ma queue me freinaient, mais j'ai malgré tout eu suffisamment de temps pour réaliser ce qui venait de se produire.

Les mains de Triton tremblaient et sa respiration paraissait fébrile. Il revivait de douloureux instants du passé et Arius se rendit alors compte qu'il n'était finalement pas aussi seul qu'il le pensait. Lorsqu'un être cher décédait, on avait toujours l'impression que personne ne pouvait comprendre, que personne ne pouvait réellement nous accompagner dans cette épreuve. Pourtant, Triton venait de lui prouver le contraire. C'était un dieu, et pourtant il se montrait dans toute son émotion, dans toute son…humanité.

— Je suis désolé, finit par dire Arius.

— Je te remercie, répondit Triton, dont la voix reprenait petit à petit de la consistance. Alors tu vois, tu n'es pas seul à avoir vécu la perte d'un être cher. Et nous sommes nombreux à partager cette souffrance. L'amour, comme la mort, n'épargne ni les mortels, ni les dieux.

Aphrodite a enduré le décès d'Adonis, Apollon celui de Hyacinthe, et Athéna et moi celui de Pallas.

— Comment es-tu parvenu à t'en remettre ? À reprendre le contrôle?

— Ça n'a pas été facile. J'en ai longtemps voulu à Athéna. Je la tenais pour responsable de la mort de Pallas. Puis, ma vision des choses s'est modifiée à partir du moment où j'ai compris qu'il ne servait à rien de la blâmer puisque je voyais très bien que sa propre culpabilité dépassait tout entendement. Elle se punissait déjà suffisamment pour que je lui fasse porter le fardeau de ma propre colère. J'avais simplement du mal à laisser Pallas s'en aller. Il faut du temps pour réaliser que la personne est déjà partie, même si l'on refuse de l'admettre. On s'accroche à des souvenirs, à des sensations, à des émotions, mais ce n'est plus la réalité. La réalité consiste à accepter l'événement et à faire son deuil, en chérissant la mémoire du défunt et en continuant de l'honorer. C'est ainsi que l'on peut continuer à avancer.

Ce soir-là, Arius se coupa les cheveux, comme le voulaient les rites funéraires familiaux, et songea de nouveau aux propos de Triton. Ils avaient trouvé écho en lui. Chaque mèche qui tombait lui faisait l'impression d'être libéré d'une nouvelle chaîne. Il lui fallait avancer. Il lui fallait continuer. Thalia ne reviendrait pas, pas plus qu'Alix. Il était désormais temps de laisser les fantômes de son passé s'en aller pour se tourner vers un avenir incertain, mais potentiellement tout aussi riche.

CHAPITRE 3

BELLEROPHON

Cinq jours s'étaient écoulés depuis qu'Arius avait disparu en mer, et Bellérophon refusait toujours de voir la réalité en face. Oreste et Élanée avaient repris la route pour retourner à la cité royale, les visages meurtris et endeuillés, mais il ne pouvait se résigner à faire de même. De toute façon, il n'avait nulle part où aller. Il pouvait rebrousser chemin pour atteindre le camp des Aspasiens, mais le cœur n'y était désormais plus.

Pendant des années, il avait su se contenter, il avait su se faire une raison et avait accepté de voir les jours passer sans qu'ils n'aient plus aucune saveur. Il avait même vécu de bons moments avec ses compagnons de voyage. Tout avait cependant changé lorsqu'il avait rencontré Arius. Le jeune homme avait réveillé en lui un instinct naturel, un courage et une énergie qui avaient été enfouis et oubliés depuis longtemps. La vivacité du prince, sa témérité, son endurance et sa générosité lui avaient fait le plus grand bien. Il se voyait à son âge, se retrouvait beaucoup en lui et cela le touchait.

Bellérophon avait retrouvé goût à l'épreuve, et avait finalement redonné un but à son existence : aider Arius à sauver l'Atlantide. Il s'était senti envahi par une motivation et un dynamisme agréables et puissants et n'avait pas envie de leur dire au revoir. Pas déjà. Il n'avait d'ailleurs pas envie de dire au revoir à Arius non plus. Il ne pouvait pas avoir échoué. Il ne pouvait pas avoir disparu. Ce n'était pas possible.

Assis sur le sable qui faisait face à la mer, Bellérophon scrutait l'horizon. Il n'écoutait pas les flots, pas plus qu'il ne prêtait attention à la brise marine, à l'odeur de l'iode, ou au chant des goélands. Il observait la surface de l'eau dans l'espoir de voir Arius revenir. Durant cinq jours et cinq nuits il avait scruté ce fichu horizon mais il n'était toujours pas revenu. Il paraissait revivre de terribles moments, les souvenirs les plus douloureux de toute son existence.

Son regard se perdit dans le vide et il fut ramené des années en arrière, au milieu d'un champ de bataille. Cette fameuse bataille contre les Solymes. Ce peuple de barbares belliqueux avait déjà connu une cuisante défaite contre lui mais, protégés par leurs alliés, les Amazones et leur père, Arès, les Solymes étaient revenus chercher vengeance. Les Amazones étaient des guerrières qui ne reculaient devant rien, aussi Bellérophon était allé prêter main forte à Isandros, son deuxième garçon.

La bataille faisait rage et Bellérophon se rappelait du bruit assourdissant provoqué par les lames des épées qui s'entrechoquaient et frappaient des boucliers. Il se souvenait du brouhaha interminable qui mêlait hennissements terrifiés, cris de douleur et de rage, volées de flèches. Il y avait aussi cette odeur de sang et de sueur. Ces corps meurtris, cette chaleur étouffante. Chaque guerrier transpirait sous sa cuirasse, et d'énormes gouttes perlaient le long du front de Bellérophon. Les Solymes étaient devenus plus coriaces que la première fois. Tout comme les Amazones. Elles se montraient habiles, juchées sur leurs fougueuses montures, et maniaient l'arc comme personne. Pourtant, il avait foi en leurs troupes. Il avait foi en Isandros. Son jeune garçon à l'allure de héros. Isandros était bien bâti et, même s'il disposait encore de la finesse de l'âge et de la beauté de la jeunesse, sa musculature était bel et bien celle d'un jeune soldat. Ses cheveux bouclés, d'un noir intense, sa mâchoire solide et ses prunelles noisette et déterminées prouvaient qu'il avait mûri et qu'il était prêt à montrer sa valeur.

Dos à dos, Bellérophon et lui combattaient les ennemis sans relâche, dans ce tourbillon de poussière et de tumulte. Ils tapaient, fracassaient, frappaient, cognaient, évitaient, se protégeaient sans cesse. Le soleil était haut dans le ciel et rien sur cette maudite plaine ardente ne leur permettait de s'abriter. Tous deux avaient perdu leurs casques et avaient désormais des entailles sur leurs bras et leurs jambes nus, mais peu leur importait. Il fallait qu'ils sortent victorieux.

Sa mémoire le transporta brutalement vers un autre souvenir. Il voyait une demeure. Autrefois son foyer. Une pièce. Un lit. Un corps. Laodamie.

Il s'était précipité à son chevet dès qu'il avait franchi les portes de sa maison. Il avait vu l'expression attristée de son épouse, Philonoé, tandis qu'il avait lui aussi une mauvaise nouvelle à lui apporter. Ce n'était pas possible.

La pièce était sombre, là où sa fille adorée la remplissait auparavant de lumière et de joie. Le ciel semblait également s'être endeuillé pour l'occasion.

Il s'était agenouillé auprès d'elle, dans un silence des plus solennels et respectueux, et s'était emparé de sa main gauche. Elle était à présent pâle, froide et sans vie. Laodamie avait été allongée de telle façon qu'elle paraissait simplement se reposer. Son doux visage était lisse et parfait.

Bellérophon avait envie de serrer sa main encore plus fort entre les siennes pour la réchauffer. Il avait envie de secouer sa fille, de crier "Réveille-toi ! Reviens-moi !". Mais il savait cependant qu'elle ne reviendrait pas. Elle était partie. Elle était partie et c'était bien là tout le problème. Il ne pouvait rien faire de plus. Artémis avait choisi de lui faire payer ses crimes par le biais de sa fille. Elle avait choisi de le faire souffrir, comme Arès avait choisi de le faire souffrir.

N'y tenant plus, il s'était alors effondré, au milieu de cette pièce sans vie et sans bruit.

— Père, attention ! l'alerta Isandros.

Aux prises avec un Solyme, son fils le rejoignit en deux enjambées et para le coup d'une Amazone. Elle avait failli fendre le crâne de Bellérophon en deux.

Bellérophon repoussa le barbare Solyme et lui trancha la gorge d'un coup net et précis, donné avec son épée. Il se retourna rapidement et vit Isandros lutter contre la guerrière. Isandros lui asséna un coup de bouclier dans le menton et lui lacéra l'abdomen à l'aide de sa lame. L'Amazone tomba à genoux en retenant un cri de douleur, et Bellérophon vit du sang rouge vif couler de sa plaie ouverte.

Alors qu'Isandros allait la frapper une toute dernière fois, un rugissement terrible se fit entendre, suivi d'un puissant "NON !", qui fit trembler le sol. Personne ne savait d'où ce son provenait mais tout le monde avait compris qu'il ne pouvait s'agir que d'une chose : un dieu avait rejoint le champ de bataille.

Un cercle de flammes se forma brusquement non loin d'Isandros et Bellérophon fut projeté en arrière, comme tous les autres combattants autour de lui. Il vit alors apparaître Arès, le dieu de la guerre. D'un seul coup, plus aucun bruit ne se fit.

Sonné, Bellérophon ne comprit pas tout de suite ce qui était en train de se produire. Il secoua la tête et vit alors Arès se diriger vers Isandros, qui était comme immobilisé par une force invisible. Le dieu de la guerre n'était pas connu pour sa patience ou sa bonté. Bellérophon savait pourquoi il était ici désormais. Il voyait la lueur meurtrière dans ses yeux. Il se releva tant bien que mal et se mit à courir pour rejoindre son enfant. Mais il était trop tard. Arès avait sorti son épée de son fourreau et saisi Isandros à la gorge.

Bellérophon eut tout juste le temps de hurler le prénom de son fils avant que la divinité ne plonge sa lame au cœur de ses entrailles. Un filet de sang remonta jusqu'aux lèvres rosées d'Isandros et il tomba lourdement au sol. Mort.

Arès avait alors calmement observé Bellérophon, un léger sourire s'étirant sur son visage, avant de disparaître dans un nouveau tourbillon de flammes.

Bellérophon s'était jeté sur le corps de son fils et avait poussé le cri le plus déchirant de toute son existence.

Il revint à la réalité aussi rapidement qu'il s'était transporté dans le monde des souvenirs. Il ne s'était pas rendu compte que ses lèvres tremblaient et que ses doigts s'étaient contractés au fur et à mesure qu'il revivait la mort de ses enfants. Bellérophon se rappelait de la douleur, de ce sentiment d'injustice profonde, de cette colère qui dépassait tout entendement. Il aurait été prêt à faire n'importe quoi pour se venger, pour retrouver sa progéniture. Si, à cette époque, on lui avait dit d'aller incendier tout Athènes, il l'aurait fait sans la moindre hésitation.

Alors il ne pouvait pas. Il ne pouvait pas se résigner à perdre encore une autre personne, à tout laisser tomber. Il n'était pas en mesure de ramener quelqu'un d'entre les morts, mais il pouvait au moins honorer sa mémoire et accomplir quelque chose de bien.

Cela faisait désormais cinq jours et Bellérophon savait qu'Arius ne reviendrait plus.

Il se leva doucement, le visage encore crispé par le souvenir de son passé, et malgré la brise et le bruit des vagues, il appela d'une voix forte.

— Hermès.

Rien. Évidemment.

Cependant, il persévéra.

— HERMÈS ! cria-t-il plus fort.

— Quelle impatience, lui répondit une voix, juste derrière lui.

Bellérophon se retourna et vit Hermès, qui se tenait là, à deux mètres à peine. Il était arrivé sans bruit, comme à son habitude. Le dieu ailé arborait toujours sa tunique blanche qui laissait entrevoir l'un de ses bras et une partie de son torse, et ses cheveux étaient toujours aussi clairs, et ses prunelles toujours aussi dorées, cependant quelque chose semblait avoir changé en lui. Il paraissait…plus vieux. C'était difficile à décrire mais les traits du visage d'Hermès étaient plus tirés qu'à la normale, et lui conféraient un air fatigué. Était-il touché par la mort d'Arius ?

— J'ai une proposition à te faire, lui dit Bellérophon, sans s'attarder sur le sujet.

Il n'avait jamais beaucoup aimé Hermès, ni même les dieux en général, mais c'était malgré tout le plus agréable des Olympiens à son sens.

Hermès leva un sourcil, étonné par l'audace de son interlocuteur, et intrigué par son propos.

— Une proposition ? Je t'écoute.

— Puisque Arius n'est plus de ce monde, j'aimerais pouvoir continuer la quête à sa place et accomplir la troisième épreuve en son nom.

Visiblement, Hermès ne s'était pas attendu à cela. Il ouvrit de grands yeux et resta immobile quelques instants, avant de reprendre contenance.

— Tu as conscience que ce n'est pas habituel de formuler ce genre de demande. Pourquoi voudrais-tu faire cela ?

— Parce que je souhaite poursuivre le travail d'Arius et honorer sa mémoire. Et parce que les dieux ne m'aiment pas et que ça leur ferait sûrement plaisir de me voir échouer.

— Tu n'as pas tort sur ce dernier point.

— Peu importe que je réussisse ou non. Je souhaite essayer. Pour Arius.

Hermès se frotta le menton, comme s'il réfléchissait, et scruta Bellérophon, comme pour vérifier qu'il était tout à fait honnête.

— Il est possible que Zeus ne te rende pas ta mortalité si tu remportes la victoire, tu le sais ?

— Je ne fais pas ça pour être libéré de mon fardeau. Je veux simplement accomplir quelque chose de bien, ou du moins essayer.

— C'est…louable.

Hermès venait de faire un compliment à Bellérophon. Ou du moins une sorte de compliment. Il devait décidément vraiment être étonné et admiratif.

— Je vais en informer Poséidon, qui demandera une audience à Zeus et aux autres dieux. Je reviendrai dès que possible avec la réponse.

— Je t'attendrai ici même.

— Bien.

Hermès se détourna lentement de Bellérophon, comme s'il hésitait à faire demi-tour, puis lâcha enfin :

— J'ignore si Arius est véritablement mort pour le moment. Je suis habituellement chargé d'accompagner les héros aux Enfers lors de leur décès. Aucune âme ne m'est parvenue et ni Hadès, ni Charon n'ont eu vent de quoi que ce soit.

Bellérophon n'en croyait pas ses oreilles.

— Il reste une chance pour qu'il soit encore en vie ?

— Peut-être. Parfois, les âmes mettent du temps à arriver et il se peut que celle d'Arius doive parcourir un plus long chemin. Ou bien il n'est pas encore mort mais peut se trouver dans un état léthargique et discutable.

Ainsi donc, il restait une infime chance pour qu'il soit encore en vie. Cela semblait peu probable étant donné qu'il avait disparu en mer, mais il fallait malgré tout avancer.

— Je maintiens ma proposition. Si Arius est mort ou s'il est dans un état de mort prochaine, il faudra prendre sa relève. Je n'ai pas les moyens de me rendre au fond des océans, alors c'est tout ce que je peux faire pour l'aider.

Hermès acquiesça d'un signe de tête et disparut en un instant.

CHAPITRE 4

ARIUS

— Plus haut !

Arius esquiva de justesse un nouveau coup et sentit la pointe de l'épée de Iona effleurer le côté de sa queue. Suivant les ordres, il ne tarda pas à répliquer avec un mouvement plus en hauteur. Iona para immédiatement avec son bras gauche, armé de son bouclier cuivré. La lame provoqua un bruit assourdissant en heurtant la surface du bouclier, malgré la pression de l'eau.

— Plus vite ! poursuivit Iona.

La jeune Néréide n'avait de cesse d'attaquer Arius, qui commençait cruellement à fatiguer. Ils s'entraînaient depuis un long moment à présent, et elle ne lui avait pas accordé un seul instant de répit.

— Vise plus précisément !

Arius tentait tant bien que mal de frapper, d'éviter, de répliquer, mais Iona était rapide et elle parvenait à anticiper chacun de ses coups et à le surprendre. Son regard noir était dur, d'autant plus qu'elle avait froncé les sourcils, signe de sa concentration extrême. Elle ne laissait rien au hasard. Une détermination sans faille émanait d'elle, comme une puissance innée et particulièrement impressionnante.

— Attaque-moi encore, le somma-t-elle. Plus rapidement. Plus précisément. Lève davantage ton bras. Protège-toi. Évite ! Allez ! Plus vite !

Iona était une acharnée et harcelait Arius, qui sentait l'énervement gronder en lui. Elle fonça sur lui et lui asséna un coup sur le bras, avant de le frapper au niveau du menton à l'aide de son bouclier, pour finir par lui trancher l'abdomen.

— Ce n'est pas le moment de fatiguer. Il faut que tu sois plus réactif. Plus vif. Dépêche-toi et reprends-toi.

Un filet de sang s'échappa de la plaie d'Arius et il l'observa se transformer en volutes rouges tandis qu'il se noyait dans la masse immense de l'océan.

— J'ai besoin d'un temps de repos, dit-il à Iona, qui se tenait parfaitement droite en face de lui, ses bras et sa poitrine protégés par une armure de bronze.

Elle étouffa un petit rire moqueur.

— J'ai reçu l'ordre de t'entraîner à combattre Céto pour ne pas que tu échoues une nouvelle fois. Crois-tu que cette baleine te laissera tranquille si tu lui demandes un temps mort ?

Elle n'avait pas tort.

— Mais crois-tu que je serai en mesure de combattre ce monstre marin si je suis d'ores et déjà épuisé ?

Iona poussa un soupir.

— Si tu es fatigué avec cela, je me demande bien pourquoi Poséidon t'a jugé digne de sauver l'Atlantide. C'est peine perdue.

— On s'entraîne depuis cinq jours sans relâche.

— Et alors ?

Arius se rendit compte qu'il n'avait rien de plus à ajouter, hormis "et alors je suis fatigué", sauf qu'il l'avait déjà dit.

— C'est bien ce qu'il me semblait, conclut Iona avec un petit sourire victorieux. On reprend.

Arius repositionna son bouclier d'entraînement et empoigna fermement son épée. Sa plaie à l'abdomen le picotait, mais il ne devait pas y prêter attention. Dans le fond, Iona avait raison. Pour réussir, il devait se concentrer davantage, et donner le meilleur de lui-même.

— On reprend, acquiesça-t-il.

Il franchit l'espace qui le séparait de Iona en deux coups de nageoire et se précipita vers elle avant de la surprendre par un coup latéral droit. Surprise, elle l'évita de justesse, mais Arius poursuivit avec un second coup, porté au niveau de sa queue. Iona grimaça de douleur et tenta une offensive, qui fut contrée par le bouclier du jeune homme. Il se protégea derrière sa défense, avant de se propulser vigoureusement en avant à l'aide de sa nageoire pour la percuter de plein fouet. Sonnée, Iona ne vit pas la lame d'Arius venir se placer furtivement près de sa gorge. Elle retint son souffle. Puis, elle esquissa un sourire de contentement.

— Voilà qui est mieux. Beau travail.

Arius lui rendit son sourire et baissa son arme.

Depuis la falaise où ils se trouvaient, ils avaient une vue magnifique sur le palais et sur une jolie étendue d'océan. La journée devait être belle à la surface car de nombreux rayons du soleil traversaient l'eau pour venir éclairer les fonds marins. Le palais semblait briller de mille feux.

Depuis cinq jours, Triton avait demandé à Iona d'entraîner Arius afin qu'il sorte victorieux de sa seconde épreuve. La Néréide le faisait se lever tôt et se coucher tard et suivre un programme bien particulier. Elle lui faisait travailler son acuité visuelle dans le but de repérer de petits éléments dans les ténèbres aqueuses. Iona lui avait expliqué que, si le temps n'était pas clément le jour du prochain affrontement contre Céto, Arius allait devoir être en mesure de se repérer dans l'espace aquatique avec peu de lumière. Puis, à mesure que la journée avançait, elle le forçait à l'affronter à intervalles réguliers, avant de souvent terminer par des parcours de rapidité et d'agilité. Arius avait toujours apprécié les entraînements sportifs et de combat, cependant, il les avait laissés de côté depuis quelques années à présent et, dans ses souvenirs, ils n'avaient jamais été si intenses et ardus que ceux de Iona.

Lorsque Triton l'avait informé qu'il passerait du temps en compagnie de Iona, Arius avait été plus qu'étonné, mais il s'était vite rendu compte que son tempérament froid et dur faisait d'elle une excellente guerrière. Les Néréides étaient pleines de ressources.

Le soir, quand le soleil venait se coucher à la surface, les Néréides, tritons et le dieu Triton se rejoignaient dans la salle de réception du palais pour partager le dîner ensemble avant de s'octroyer un peu de temps libre pour quelques activités. Depuis son arrivée, Arius avait pris part à la représentation d'une tragédie dans l'amphithéâtre, situé à l'arrière du palais, avait lu quelques papyrus à la tombée de la nuit, et s'était promené avec Triton. Le dieu des vagues semblait d'ailleurs beaucoup l'apprécier. Même s'il était bien souvent occupé à gérer son petit royaume et à naviguer entre le palais de Poséidon et le sien, il trouvait toujours le moyen d'accorder un peu de temps à Arius. Si le premier contact avec Triton lui avait semblé balbutiant, voire légèrement troublant, Arius aimait de plus en plus sa compagnie et se languissait presque d'être en fin de journée. Cela signifiait qu'il allait le retrouver, mais aussi que Iona allait enfin le laisser tranquille.

Ce sentiment était pour le moins étrange. Il avait rarement connu une relation aussi simple, aussi fluide et spontanée. Triton semblait avoir réponse à tout et avait un effet apaisant sur Arius. C'était à la fois déroutant mais également très agréable. Il n'avait jamais connu cela avec personne d'autre sauf… Alix. Et c'était bien cela qu'il trouvait le plus étonnant. Arius n'aurait jamais pensé ressentir ce même sentiment, éprouver cette même sensation avec une autre personne qu'elle, et encore moins pour un homme, et même un dieu. Cela ne le terrifiait pas outre mesure, même si les Atlantes étaient moins ouverts sur la question par rapport aux Grecs - ce qui leur valait parfois le surnom de "peuple débridé" - mais il ne savait pas vraiment quoi faire de ce ressenti particulier, surtout après ce flot d'émotions et d'épreuves qu'il avait traversé.

Arius fut soudainement tiré de ses pensées par le son d'une corne…ou d'une trompette…ou de quelque chose. Iona scruta alors l'horizon en direction du palais, d'où provenait le son. Elle semblait inquiète.

— Qu'est-ce que c'est ? demanda Arius.

— Le son de l'une des conques royales. On sonne l'alerte. Quelque chose est en train de se produire.

Ni une, ni deux, Iona se précipita en direction du palais. Arius la suivit aussi vite qu'il le put.

Dans la salle du trône aux colonnes et au sol transparents, une atmosphère tendue régnait. On pouvait sentir l'électricité qui parcourait la pièce et la nervosité ambiante. Tous les gardes du palais sans exception étaient engoncés dans des armures encore plus développées et bon nombre de Néréides s'apprêtaient apparemment à prendre les armes. Triton était debout au milieu de ses sujets et donnait des ordres en ne prenant aucun temps de répit. Il s'agitait dans tous les sens mais paraissait savoir exactement quoi dire et quoi faire.

— Iona ! s'exclama Kala en la voyant arriver. Enfin te voilà, je me demandais où tu étais passée.

Une expression anxieuse traversait le visage de Kala, qui devait chercher sa sœur aînée depuis de nombreuses minutes. Si Arius avait trouvé des points de ressemblance entre les deux jeunes femmes à son arrivée, il avait eu la confirmation qu'elles étaient sœurs deux jours plus tôt. C'était Kala qui lui avait révélé leur lien de parenté au détour d'une conversation dans les jardins aquatiques du palais, situés entre la bâtisse et l'amphithéâtre.

— Kala, que se passe-t-il ? s'empressa de demander Iona, le regard toujours alerte.

Ses yeux alternaient entre Triton, les soldats et Néréides et sa sœur cadette.

— Céto a été aperçu à proximité du palais. Selon les tritons, il ne serait plus très loin de nous à présent. On pense qu'il cherche à se venger d'Arius et qu'il aurait retrouvé sa trace.

— Comment est-ce possible ? s'enquit Arius. Ça fait des jours que je n'ai pas croisé son chemin.

— Céto est une créature intelligente, répondit Iona placidement. Cette fichue baleine aura sans doute perçu tes vibrations, ta voix ou ton odeur à des kilomètres. Son sonar et ses sens sont très aiguisés.

— Il a déjà blessé deux des nôtres, annonça Kala.

Arius parcourut à son tour l'assemblée de son regard. C'était un brouhaha ambiant. La couleur de l'eau elle-même semblait s'être obscurcie et aucun poisson, ni aucune créature marine ne parcourait plus les pièces du palais. Tous semblaient avoir fui.

Ses prunelles croisèrent alors celles de Triton, qui paraissait inquiet mais ne pas vouloir le montrer. Arius remarqua alors qu'il avait revêtu une cuirasse dorée étincelante, qui venait protéger son torse. Cela lui conférait une allure plus grandiose qu'à l'accoutumée.

En le voyant, le dieu des vagues communiqua un dernier ordre à l'un des gardes puis s'avança à proximité de leur petit groupe.

— Seigneur Triton, que pouvons-nous faire ? demanda précipitamment Iona, qui était toujours perturbée par la présence du dieu.

Elle souhaitait toujours bien faire et se faire bien voir auprès du dieu, même si ce dernier restait des plus naturels à ses côtés. Il l'estimait beaucoup - il avait confié cette information à Arius - mais trouvait cependant qu'elle se donnait beaucoup de mal et se mettait beaucoup de pression là où il n'y avait aucune guerre à mener. C'était une excellente soldate et une Néréide d'une fidélité absolue. Elle n'avait rien de plus à prouver et il ne lui demandait rien de plus.

— Mes troupes sont déjà parties à la rencontre de Céto. Mieux vaut ne pas envoyer tous mes compagnons en même temps par mesure de précaution. Je vais aller leur prêter main forte, mais j'ai besoin que vous restiez au palais.

— Mais…, tenta de répliquer Iona.

— Il n'y a pas de mais, dit-il sur un ton plus sec. J'ai besoin de toi ici, avec Kala, et Arius doit d'abord terminer son entraînement avant d'affronter de nouveau Céto. Ce n'est pas la première fois que cette bestiole nous donne du fil à retordre, alors nous devrions y arriver. Toutefois, il est nécessaire de ne pas partir victorieux car sa puissance n'est pas à prendre à la légère. Elle pourrait ravager nos habitations en un mouvement de queue.

Iona se ravisa et ne dit rien de plus, se contentant de baisser le regard, comme une petite fille qui aurait fait une bêtise.

— Restez ici en sécurité.

Arius ne savait même pas comment réagir face à tant d'informations en si peu de temps. Il souhaitait retourner combattre Céto mais, dans la cohue ambiante, les risques étaient trop grands. Il pouvait mettre en danger la vie d'autres tritons ou Néréides et causer des dommages au palais et à ce qui l'entourait. Cependant, il allait bientôt devoir affronter de nouveau ce monstre marin et n'avait pas envie de laisser passer une opportunité comme celle-ci. Il se sentait prêt à le combattre à nouveau, même si sa première défaite lui tordait les intestins. Il avait peur, mais il refusait de se laisser guider par elle.

La perte de Thalia l'avait renforcé et lui avait fait prendre du recul sur sa propre vie et sur la valeur de cette dernière. Il avait envie de se dépasser, de redevenir plus insouciant face au danger, de ne plus se sentir contraint. Il se sentait libéré et plus distant face aux situations et aux choses de la vie. Tout pouvait s'arrêter à tout moment, alors autant vivre pleinement et ne rien regretter.

Il passa une main dans ses cheveux nouvellement coupés suite au décès de Thalia - cela lui faisait encore une impression étrange de sentir ses tout petits cheveux très courts bien droits sur son crâne - et se mit à réfléchir.

— On devrait surveiller la situation depuis la tour, suggéra Kala. On ne peut pas rester ici sans savoir comment ça se passe.

— Tu as raison, approuva Iona. Allons-y.

Arius les suivit sans dire un mot. Observer la situation allait lui éclairer l'esprit.

Parvenus au dernier étage de la tour, à l'opposé de la tour de Triton, ils se positionnèrent tous trois devant l'une des grandes ouvertures, qui offrait une vue imprenable sur la scène.

Céto s'était dangereusement rapproché des défenses du palais et se mouvait avec une lenteur et une puissance impressionnantes. Son corps était si massif qu'il pouvait écraser toute une armée à lui seul en un unique mouvement. Son ombre terrifiante planait au-dessus des récifs tandis que ses yeux menaçants scrutaient les alentours avec frénésie. Au loin, on entendait les bruits de coups, les cris d'attaque et de défense des soldats, petites silhouettes dans un océan de grandeur.

Arius posa ses mains sur le rebord de l'ouverture et se pencha légèrement en avant, son médaillon pendant dans le vide. Il distingua Triton, très visible dans son armure dorée, qui filait beaucoup plus vite que tous ses sujets. Sa vitesse était supérieure à la moyenne et Arius en déduisit qu'il se servait de son pouvoir pour contrôler les vagues et se propulser davantage. En se concentrant un peu plus, il vit un très léger petit tourbillon presque transparent entourer ses mains et ses poignets. Il avait déjà remarqué ce phénomène ces derniers jours chaque fois que le dieu avait eu recours à ses dons.

Muni de son trident, Triton se précipita à la rencontre de Céto et lui trancha l'une de ses nageoires pectorales si rapidement que la créature ne réagit même pas immédiatement. Ce fut le sang qui alarma la bête. Elle poussa un rugissement si profond, si douloureux et si colérique que tout l'océan parut trembler. D'un violent coup de tête, l'hideuse baleine frappa Triton avec son excroissance cornue, qui fut projeté quelques mètres plus loin.

— Triton a été touché ! s'écria Kala, les yeux grands ouverts.

Elle ne lâchait pas la scène du regard, inquiète au sujet des siens.

— Il n'a pas l'air trop sonné, constata Iona. Laissons-le faire. J'espère juste que Céto ne gagnera pas davantage de terrain.

Les Néréides et tritons essayaient de ralentir Céto et de le blesser afin qu'il fasse demi-tour. Ils lui lançaient des piques, tentaient de le couper avec des lames, de le saisir dans des filets, mais le monstre était si malin et si imposant que peu de choses le retenaient.

— Comment aviez-vous fait pour repousser Céto la dernière fois ? demanda Arius, qui cherchait une idée pour venir en aide à ceux qui l'avaient accueilli.

— Je ne m'en rappelle pas, avoua Iona. C'était il y a longtemps et je ne parviens pas à me souvenir de l'issue de cette rencontre.

Céto poussa un nouveau cri et frappa violemment quatre Néréides à l'aide de sa nageoire caudale. Les jeunes femmes furent assommées et percutées de plein fouet avant de tomber brutalement sur le sable, évanouies.

Partout autour de Céto les forces du palais nageaient à toute vitesse pour le stopper, mais il ne paraissait même pas y prêter attention. Tout ce qu'elles parvenaient à faire, c'était l'énerver encore plus. Remis du choc, Triton revint à la charge et, cette fois-ci, usa une nouvelle fois de ses pouvoirs pour ralentir Céto.

— Je vais essayer de l'enfermer dans un flot de vagues ! hurla-t-il à ses troupes.

Il avait crié si fort que Kala, Iona et Arius l'avaient entendu.

— Brillante idée, souligna Iona.

— Arrête de toujours commenter tout ce qu'il fait, lui dit Kala, avec une pointe d'agacement dans la voix. On dirait presque que tu éprouves des sentiments pour Triton.

Iona ne répondit rien sur le coup, surprise par le propos de sa sœur. Cependant, Kala ne vit pas le léger rouge qui monta furtivement aux joues de son aînée. Arius, qui était fin observateur et scrutait plus qu'il ne parlait, avait toutefois bel et bien remarqué l'expression de la Néréide. Elle était amoureuse de Triton.

Cela l'aurait habituellement amusé, surtout de voir le visage gêné et décontenancé de Iona, qui ne laissait pas paraître grand-chose. Mais il fut surpris de ressentir autre chose. Quelque chose de totalement différent. Quelque chose qui lui échappait.

Il ressentait de la jalousie. Il n'aurait su dire comment, ni pourquoi, mais il n'appréciait pas que Iona s'intéresse de si près à Triton. C'était pourtant logique. Elle le fréquentait depuis de nombreuses années, ils vivaient sous le même toit, elle était jolie et courageuse et il était intelligent et beau, sans parler de sa divinité. On ne pouvait rien refuser à un dieu. Cela n'aurait donc pas dû le surprendre outre mesure. Malgré tout, Arius sentait son cœur se teinter d'une pointe de jalousie qu'il ne parvenait pas à contrôler, ni à réellement identifier.

Son esprit laissa de côté ces interrogations et se concentra de nouveau sur la scène qui se déroulait sous ses yeux. Triton était toujours aux prises avec Céto, qu'il essayait de contenir et de faire reculer dans un mouvement de vagues qui l'encerclaient. Les vagues, qui avaient des formes et prenaient des directions différentes, paraissaient s'enrouler de façon sinueuse autour du corps massif de la créature. L'eau semblait avoir pris vie et s'être dotée d'une conscience en s'attaquant à elle. Même de loin, Arius, Kala et Iona pouvaient sentir sa force, mais aussi - et surtout - la lutte acharnée qui était en train de se dérouler entre Triton et Céto.

Le visage de Triton était crispé et marqué par des rides de concentration et d'épuisement, tandis que ses mains étaient levées devant lui, entourées par de fines vaguelettes pâles, afin de contrôler l'eau. Ses yeux étaient rivés sur le monstre marin, qui s'agitait de plus en plus et tentait de repérer celui ou celle qui osait le ralentir.

Au bout de quelques instants seulement, Céto comprit que Triton était le responsable de sa prison aquatique qui le faisait reculer, et entreprit une offensive.

— Je crois que Céto va s'attaquer à Triton, fit Arius, plus pour lui-même que pour Kala et Iona.

— Triton ne semble pas s'en être aperçu…, remarqua nerveusement Kala.

Céto agita sa lourde queue grise pour donner davantage de fil à retordre au dieu des vagues, afin que celui-ci se concentre encore plus, en particulier sur cette zone du corps interminable de la baleine.

Cependant, Triton ne remarqua pas que c'était un leurre. Céto mouvait très lentement sa tête et la tournait progressivement vers lui, presque imperceptiblement, pour l'attaquer frontalement, contrairement aux signaux qu'il envoyait.

— Il va essayer de le mordre ou de le happer ! s'écria Arius, qui se contrôlait difficilement.

Sans réfléchir, il saisit de nouveau son épée d'entraînement et fonça précipitamment en direction de la lutte.

— Arius !!

Iona avait crié son prénom derrière lui mais il ne l'entendait plus. Il était trop préoccupé par le sort de Triton et par Céto. Il ne voulait pas que cette maudite baleine l'emporte de plus belle.

Il nagea, nagea, nagea et fit battre sa queue à un rythme affolant. Il ne percevait plus les mouvements de l'eau, ni les bruits, ni les vibrations. Il fonçait droit devant lui. Ses yeux ne lâchaient plus Céto. Arius le voyait tourner la tête pour essayer d'atteindre Triton.

Au moment où ses gigantesques fanons, presque semblables à des crocs mortels, se dévoilaient pour avaler le dieu, Arius redoubla de vitesse et se propulsa en avant pour attraper Triton par la taille et le projeter violemment en dehors du champ de vision de la créature. Il sentit la chaleur de la bouche de Céto juste à côté de lui et, entraîné dans son élan, atterrit plusieurs mètres plus loin en roulant sur le sol sableux de l'océan. Un gros nuage de sable se leva tout autour de Triton et d'Arius et ils toussèrent en se protégeant les yeux. Ils n'y voyaient plus rien et ignoraient si le danger était toujours à proximité.

Arius tâtonna autour de lui et sa main tomba sur un morceau de peau. Ou d'écaille ?

— Je suis là, ce n'est pas Céto, lui dit Triton.

Arius retira rapidement sa main, légèrement embarrassé, et toussota à nouveau.

— Cette fois, ça a assez duré, ajouta-t-il.

Son ton de voix était déterminé et il semblait ne même pas s'adresser à Arius. Le nuage de sable se dissipait petit à petit et le jeune homme le vit s'extirper des volutes et s'emparer de sa conque.

La conque... songea immédiatement Arius.

Si sa mémoire pouvait être défaillante concernant bon nombre de mythes et de détails de la vie quotidienne - il fallait dire qu'il n'avait pas non plus été très attentif étant enfant et cela avait continué en atteignant l'âge adulte - il se rappelait toutefois de la conque de Triton. Elle était célèbre. Elle lui avait d'ailleurs valu le surnom de "trompette de Poséidon". Chaque fois que Triton usait de sa conque, cela ne présageait rien de bon. Son bruit était si terrifiant et annonçait une si violente charge que tout le monde craignait de l'entendre un jour. Céto avait réussi à énerver Triton et, ses pouvoirs n'ayant pas suffi à le repousser, il devait sortir l'artillerie lourde.

Il fit passer sa lanière de coquillages en bandoulière au-dessus de sa tête et porta ensuite la conque au bord de ses lèvres. Tous les soldats de Triton le virent s'exécuter et ils prirent la fuite tous au même moment, sans exception. Arius n'avait encore jamais vu cette expression froncée, dure, que Triton arborait à cet instant précis. Il semblait plus que déterminé à en finir, plus que déterminé à repousser cette maudite baleine mythologique. Elle avait beau être la création de son père, elle n'en restait pas moins une nuisance actuellement. Si d'ordinaire elle vivait plutôt recluse et parcourait les océans sans bruit, elle avait contraint Triton à protéger son palais et ses sujets plus d'une fois.

Le dieu des vagues prit une profonde inspiration et souffla puissamment dans sa conque. L'effet ne se fit pas attendre.

Un bruit assourdissant, presque apparenté à celui d'une corne de brume, résonna dans tout l'océan. Le son était si terrifiant et si amplifié qu'Arius porta immédiatement ses mains à ses oreilles pour éviter que ses tympans explosent. C'était comme si un tremblement de terre doublé d'une explosion étaient en train de se produire. Le sol sableux de la mer s'en trouva ébranlé et tous les êtres vivants qui étaient présents quittèrent brusquement les lieux. L'eau s'agita, parsemée de multiples vagues et tourbillons. Le bruit était d'une force inouïe. Une fissure se dessina brutalement dans le sol avant qu'il ne se mette à trembler.

Arius scruta Céto, malgré le son assommant qui paraissait vouloir briser son crâne et le faisait voir flou, et constata que son regard était horrifié. Ses yeux menaçants s'étaient teintés d'effroi et roulaient dans leurs orbites. Sans demander son reste, la créature se détourna d'eux en quelques coups de nageoires, son équilibre désormais relativement perturbé avec l'une d'elles en moins, et fit demi-tour à une vitesse qui dépassait son habitude.

Le sol se fractura en plusieurs parties par endroits, le souffle de Triton étant apparemment inépuisable. Il n'avait pas cessé d'utiliser sa conque et cela commençait à provoquer un grand mouvement de plaques terrestres.

— TRITON ! hurla Arius, pour couvrir le vacarme.

Il n'était pas certain que le dieu l'entende mais, s'il découvrait l'une de ses oreilles, elle allait probablement se mettre à saigner et il perdrait l'ouïe. Par chance, les sens de Triton devaient être accrus et très fins car il s'arrêta quelques secondes plus tard, tournant petit à petit son visage vers Arius.

Le calme revint brusquement et le sol cessa progressivement de bouger. Il n'y avait plus une seule âme restante dans les environs.

— Eh bien, voilà une solution qui s'est avérée efficace, dit Triton en esquissant un sourire.

Il replaça sa conque autour de son torse, attachée à sa bandoulière en coquillages, et invita Arius à ôter ses mains de ses oreilles à travers un signe.

— C'était… impressionnant, fit Arius, encore ébahi par la puissance de la conque divine.

— Ma conque m'est très utile, mais j'évite de l'utiliser trop souvent.

Il désigna une fissure dans le sol.

— Je pourrais changer le paysage et modifier le cours des mers et des océans si j'abusais de son pouvoir.

— C'est ce que j'ai constaté.

Le regard d'Arius fut alors attiré par un reflet métallisé au niveau de l'épaule et du bras droits du dieu des vagues. Il fronça les sourcils pour comprendre ce que c'était, mais Triton le devança.

— Aïe, dit-il simplement. Céto a dû me toucher avec ses fanons quand tu es intervenu pour me protéger.

Triton essuya le liquide presque transparent parcouru de reflets dorés, mais ce dernier ne se tarit pas.

— C'est mon sang, expliqua-t-il. De l'ichor. Nous autres, les dieux, nous n'avons pas un sang rouge comme le vôtre. L'ichor est argenté et très fluide, avec de nombreux reflets dorés.

— Je pensais que les dieux étaient immortels ? Pourquoi saignent-ils ? s'étonna Arius.

— Nous sommes immortels, mais nous ne sommes pas pour autant invincibles. Il y a eu un âge où nous n'existions pas. Il y a eu les Géants, les Titans, les dieux… Nous sommes nés et un jour nous mourrons probablement ou, du moins, nous assisterons à notre chute. Un dieu peut mourir si son corps se vide de son ichor. Mais personne n'a été assez fou pour tenter de tuer l'un des nôtres et, de toute façon, nous avons des pouvoirs et attributs qui permettent de nous défendre. Cela n'est jamais arrivé. Pas à ma connaissance en tout cas.

Arius resta légèrement dubitatif. Il en apprenait tellement sur les dieux, sur le monde, ses possibilités et ses règles. Depuis le début de sa quête, tout avait été remis en question au moins une fois. En quelques poignées de jours, il avait totalement perdu ses repères et ses croyances pour s'en forger de nouveaux. Au-delà d'une série d'épreuves, il avait beaucoup plus appris en quelque temps qu'en plusieurs années d'existence.

— On devrait retourner au palais auprès des Néréides pour soigner ta plaie, suggéra Arius.

Triton acquiesça. Son teint était un peu pâle et Arius ignorait si cela était causé par sa blessure ou par son effort herculéen face à Céto. Tout ce qu'il savait, c'était qu'il était soulagé que Triton soit sain et sauf.

CHAPITRE 5
TRITON

J'étais dans ma chambre, à l'abri des regards et de l'agitation constante qui régnait habituellement dans le palais. Cela dit, je n'avais pas à me plaindre comparé à Zeus, ou même à mon père. Leurs demeures étaient constamment encombrées de divinités, créatures mythologiques et festivités en tous genres. C'était d'ailleurs, entre autres, ce qui m'avait fait quitter le palais de Poséidon. J'avais eu envie de calme, de repos et d'un endroit ressourçant. Les Néréides et tritons qui m'avaient suivi se montraient d'une compagnie très agréable et jamais je n'avais songé à les congédier ou à m'en séparer. C'était un petit monde aquatique des plus appréciables. Les côtes de l'Atlantide nous offraient tout ce dont nous avions besoin, et jamais je n'avais remis mon choix en question.

Depuis quelque temps, cependant, je ressentais l'envie de m'isoler davantage, d'être un peu plus seul avec mes pensées. Mon esprit avait toujours été clair, très droit et d'une limpidité déconcertante, y compris pour moi-même. Poséidon m'en avait un jour félicité. *Il est rare pour un mortel, comme pour un immortel, de faire preuve de tant de pertinence et de clarté d'esprit. Je suis fier de toi.*

Contrairement à Zeus, ou encore à Hadès, mon père se montrait plus démonstratif et chaleureux. C'était une qualité que j'admirais beaucoup chez lui. Bien sûr, il avait aussi beaucoup de défauts et ses accès de colère et de vengeance, ou encore ses obsessions ponctuelles, m'exaspéraient au plus haut point, mais tout le monde avait ses traits de caractère peu appréciables - et peu appréciés. Malgré tout, je ne parvenais plus à avoir une vision aussi cristalline des choses. Mes pensées étaient obstruées et occupées par un tout autre sujet, par une toute autre force. J'étais amoureux.

Pendant des siècles, j'avais cru être tombé amoureux, mais je m'étais cruellement trompé. Ce que j'avais vécu avec Tritonis, avant que nos chemins ne prennent deux directions différentes et qu'elle finisse par trouver Amphithémis, n'avait été qu'une illusion de l'amour. J'avais été heureux en sa compagnie. Je ne pouvais pas réfuter cela. Toutefois, les sentiments que j'avais éprouvés pour elle n'étaient strictement rien par rapport à ce que je pouvais désormais ressentir. Non seulement je prenais petit à petit conscience de l'ampleur et de la puissance du sentiment amoureux, mais je m'étais également épris d'un mortel et, au-delà de ce fait, d'un homme. Il était bien sûr monnaie courante sur l'Olympe de fréquenter des hommes et des femmes, cela n'avait jamais choqué personne. Mais ceci ne m'était jamais arrivé, à moi. C'était surprenant.

Depuis peu, j'avais ainsi ressenti le besoin de m'isoler un peu plus dans le but de faire le point sur ce qui était en train de naître en moi. Sur ce sentiment agréable, plaisant et réconfortant. C'était comme se laisser porter par un courant chaud au beau milieu de l'océan par une belle journée d'été. Tout paraissait apaisant, joyeux, vivifiant. J'avais envie d'être en compagnie d'Arius chaque jour, chaque moment, chaque minute de mon existence. Jamais je n'aurais cru que ce mortel, que je devais aider sur ordre de mon père, allait chambouler mon esprit à ce point. J'aimais sa simplicité, sa discrétion, sa beauté authentique et naturelle, son intelligence, sa bravoure, sa fraîcheur d'âme. En quelques jours, il avait apporté un vent nouveau au cœur de mon palais et cela me rendait plus heureux et plus épanoui.

Arius n'avait bien sûr aucune idée de ce que j'éprouvais pour lui, mais je comptais profiter de chaque instant partagé. Il devait repartir accomplir ses épreuves. C'était sa destinée et je n'avais pas le droit de m'en mêler. Pourtant, mon cœur me hurlait de le conserver près de moi.

Tandis que j'étais en position à demi allongée dans mon grand lit aux mélanges d'or et d'argent, on vint frapper à ma porte. Le bruit rompit le silence omniprésent et se répercuta sur les colonnes de marbre et de cristal qui encadraient ma chambre.

— Entrez, répondis-je.

Mon cœur se mit à battre plus rapidement lorsque je vis que c'était Arius.

— Je ne te dérange pas ? demanda-t-il poliment.

— Non, viens.

Un léger sourire se dessina sur mon visage, malgré moi, et je remontai un peu le drap vert satiné sur mon abdomen. Arius s'avança discrètement dans la pièce et enjamba les trois marches qui menaient jusqu'à mon lit.

— Comment te sens-tu ? demanda-t-il en lorgnant le bandage blanc qui ornait mon bras.

J'avais presque oublié que Céto m'avait un peu amoché.

— Oh ! Ça. Tout va bien, je te rassure.

Un silence gêné - et rempli de désir de mon côté - s'installa à nouveau. J'avais envie de me lever d'un bond, de le sentir contre moi et de l'embrasser à pleine bouche. Mais ce n'était pas raisonnable, ni convenable.

— Je te remercie de m'avoir porté secours, ajoutai-je finalement.

— C'est la deuxième fois que je porte secours à un immortel alors même que ça ne sert strictement à rien.

Je levai un sourcil interrogateur.

— Bellérophon, explicita Arius. Je lui ai épargné une mauvaise chute depuis le dos de Pégase. Comme les dieux l'ont condamné à vivre un supplice, il ne peut désormais pas mourir, même s'il le souhaitait.

— Il me semble avoir entendu parler de cette histoire, en effet.

— J'oublie constamment que vous êtes immortels.

— Cela n'empêche pas de te remercier. Tu as réagi instinctivement et les gestes et aides spontanés sont les plus beaux qui soient. Alors merci.

Arius inclina la tête. Mon regard se posa alors sur le médaillon qui ornait son torse.

— Les amours de Psyché et Éros, notai-je.

Il baissa les yeux sur le bijou, qu'il saisit entre ses doigts.

— Un cadeau, expliqua-t-il.

— D'un être cher, si j'en juge l'histoire qui a été choisie.

Une lueur de tristesse traversa furtivement les prunelles d'Arius.

— Elle s'appelait Alix. C'était mon premier amour. Elle est morte.

Ainsi donc Alix était la deuxième personne à qui Arius avait fait référence lorsque je l'avais emmené assister aux funérailles de sa sœur cadette. Il avait connu les joies et la souffrance de l'amour au cours de sa courte existence.

— J'en suis désolé.

C'était tout ce que je pouvais lui dire. Je savais à quel point la mort pouvait affecter quelqu'un, et je l'avais vu de mes propres yeux. J'avais déchiffré la tristesse et la colère dans le regard d'Arius au moment où je l'avais rencontré. J'avais voulu le protéger immédiatement, l'aider à se rendre compte que l'existence se poursuivait malgré tout. Je connaissais les affres du deuil, pour l'avoir moi-même traversé, et je savais pertinemment qu'aucun mot suffisamment précis ne pouvait atténuer la douleur.

— C'était quelqu'un de bien, finit par dire Arius, les yeux toujours rivés sur le médaillon. J'aurais aimé qu'elle soit encore là aujourd'hui, mais je suis malgré tout heureux d'avoir eu la chance de croiser son chemin.

— Tu as raison. Ce sont de sages paroles.

Je le pensais sincèrement. En peu de temps, Arius semblait avoir réussi à outrepasser ce conflit intérieur qui régnait en lui et à aller de l'avant. Peut-être mes mots l'avaient-ils finalement aidé ?

Le silence s'était de nouveau fait autour de nous. C'était étrange comme l'on pouvait avoir envie de quitter une pièce, de s'extirper d'une situation gênante alors même qu'on la partageait avec un être qui nous était cher.

— Cette nouvelle coupe de cheveux te va à ravir, lui dis-je.

Il parut sortir d'une absence et porta sa main à son crâne désormais dénué de boucles châtain.

— Je me suis coupé les cheveux pour Thalia, répondit-il. Ça fait partie des rites.

— Je dois admettre que j'avais oublié cette partie-là. Il faut dire qu'il y a bien longtemps que je n'ai pas assisté à des funérailles.

— C'est une sacrée chance.

— J'en ai conscience.

Arius posa son regard sur moi et je crus m'embraser.

J'avais des centaines et des centaines d'années à mon actif et, pourtant, je me sentais totalement sous l'emprise de ce mortel. Il ignorait tout de son pouvoir sur moi et c'était cela le plus insensé. Quel humain pouvait prétendre être l'objet d'un désir aussi intense auprès d'un dieu ?

Je ne faisais pas grande différence entre les humains et les divinités et, la plupart du temps, je me moquais presque des airs grandiloquents que se donnaient les Olympiens. Toutefois, si j'avais cru éprouver de l'amour jusqu'à présent, je m'étais fourvoyé. Les dieux pensaient tomber amoureux, mais ce n'était qu'une illusion. Notre immortalité nous faisait voir les choses sous un autre prisme, beaucoup plus étroit que celui des mortels. Nous savions que la vie éternelle nous attendait, alors nous ressentions les émotions et les sentiments bien différemment. Nous avions parfaitement conscience que rien ne durait, que tout était éphémère, et nous pensions alors qu'il en était de même pour l'amour. C'était quelque chose de fort, mais rien d'aussi fort que ce qui me traversait désormais. L'idée que je m'étais faite de l'amour s'en trouvait à présent reléguée à une vague notion d'attachement tout au plus.

L'amour était en fait un sentiment beaucoup plus complexe, beaucoup plus profond, beaucoup plus beau, mais aussi beaucoup plus dangereux. Je comprenais enfin pourquoi tant de mortels avaient perdu la raison ou s'étaient retrouvés dans des situations grotesques ou misérables. Je saisissais pourquoi Orphée était allé jusqu'à chercher l'âme d'Eurydice jusqu'aux Enfers en ne sachant pas s'il allait revenir. Pourquoi Hélène avait persisté à rester à Troie auprès de Pâris alors même que le siège s'éternisait et que des centaines d'hommes périssaient. Pourquoi Médée avait succombé à la folie après l'abandon de Jason. Et même pourquoi Aphrodite avait pleuré pour la première et unique fois lorsque Adonis était mort. En tant que déesse de l'Amour, elle n'avait pas été amoureuse de multiples fois. Elle avait connu bon nombre d'aventures, mais elle n'avait pourtant pas éprouvé ce sentiment très souvent, malgré sa stature.

Rien ne me semblait impossible. Je me sentais en mesure de retourner les océans, de vaincre des guerres, même de ramper sur la terre ferme jusqu'à ce que mon souffle ne me maintienne plus en vie, uniquement pour Arius. S'il devait lui arriver malheur, j'étais capable de faire tout ce qui était en mon pouvoir pour l'aider ou le sauver. Mon esprit me disait que je perdais la raison, mais mon coeur trouvait tout ceci parfaitement normal.

J'avais désormais peur de le perdre. Peur qu'il ne se blesse et, surtout, peur qu'il ne reparte. Or, je savais qu'il devait repartir car telle était sa destinée et je n'en étais pas maître. Personne ne l'était, hormis les Moires et leurs fils. Elles seules connaissaient le destin des mortels et des héros. Elles seules étaient toutes puissantes et pouvaient décider de couper le fil de vie d'une âme.

Peu m'importait s'il vieillissait, s'il changeait physiquement. Je m'en fichais éperdument. Je craignais de devoir passer le restant de mes jours sans sa compagnie. Et cela allait arriver. J'étais un dieu immortel, et il était un héros mortel en devenir. L'histoire était ainsi écrite.

Soudain, on frappa à la porte de ma chambre. Je clignai des yeux plusieurs fois afin de comprendre ce que je venais d'entendre, puis me râclai la gorge avant de répondre.

— Qu'y a-t-il ?

Arius se tourna en direction de la porte pour saluer également le visiteur.

— Seigneur Triton, votre mère, la Reine Néréide Amphitrite, est au palais et demande à ce que vous la receviez.

Amphitrite venait parfois me rendre visite dans mon palais, car je savais qu'elle s'ennuyait de temps en temps dans la demeure de Poséidon. Il s'absentait souvent pour les besoins de l'Olympe et des mortels, et elle supportait de plus en plus mal la solitude.

— Merci, Nicodas, fis-je à mon soldat à la tignasse brune.

L'intéressé eut un petit mouvement de tête et disparut en refermant la porte derrière lui. Au même moment, Arius se leva et se dirigea vers la sortie.

— Je vais te laisser, annonça-t-il. Si Amphitrite est ici, il vaut mieux que vous ne soyez que tous les deux.

Je ne sus pas quoi ajouter de plus car il avait tout bonnement raison. Je me contentai donc juste d'un sourire discret et le gratifiai d'un regard entendu.

Après son départ, je me levai de mon lit, mon épaule et mon bras droits me faisant un peu grimacer, et m'emparai de mon trident avant d'attacher de nouveau ma conque autour de mon torse.

La reine Amphitrite était une Néréide d'une beauté saisissante. Même si elle était ma mère, j'en avais malgré tout conscience. Elle faisait partie des plus jolies créatures, toutes espèces confondues. Il fallait dire que les Néréides, et même les nymphes en général, étaient souvent plus belles que la moyenne, mais Amphitrite avait un côté envoûtant, mystérieux et insaisissable qui la rendait unique.

Je la reçus dans l'antichambre bleue, qui me servait en quelque sorte de salon de réception avant l'accès à mes appartements privés. J'aimais beaucoup le jeu des couleurs, aussi j'avais fait bâtir quatre salons où quatre couleurs différentes s'imposaient : le rouge, le vert, le bleu et le jaune. Chacune d'elle représentait une saison, aussi les objets, illustrations et mosaïques étaient liés à la saisonnalité.

Dans le salon bleu, le sol était dallé de turquoises polies et de mosaïque bleu marine qui représentait une lune au centre de la pièce. Les murs étaient ornés d'illustrations bleutées qui représentaient la nature figée, immobile dans le froid de l'hiver. Je n'avais pu admirer que de loin l'effet des saisons sur la nature terrestre, mais il me plaisait d'imaginer ce à quoi cela pouvait ressembler. C'était fascinant de savoir que la nature se transformait d'un cycle à l'autre, mourait et se régénérait ensuite, selon un ordre précis. Bien sûr, Déméter et Perséphone n'y étaient pas étrangères[5]. Elles faisaient d'ailleurs preuve d'une ponctualité presque indécente. Mais leur puissance m'impressionnait constamment.

— Je m'attendais à être reçue dans un salon plus joyeux, me dit Amphitrite en scrutant les amphores blanches et les représentations de la nature en deuil.

— J'aime beaucoup celui-ci, lui expliquai-je. Le bleu est ma couleur préférée.

— Il semble presque souligner une âme en peine.

À ces mots, ma mère tourna son regard de biche vers moi. Ses yeux semblaient avoir la capacité de vous traverser et de pénétrer au fond de votre âme. C'était très étrange, tout autant que désagréable. Personne n'avait envie d'être sondé sans avoir prononcé le moindre mot et sans avoir évoqué la moindre envie de partager un sentiment.

---

[5] Selon la mythologie, la nature se meurt lorsque Perséphone, fille de Zeus et de Déméter, rejoint son époux Hadès aux Enfers pendant six mois. Ce temps correspond à l'automne et à l'hiver, où Déméter, déesse de l'agriculture, pleure sa fille et refuse de donner vie à la nature. Au printemps et à l'été, quand Perséphone revient à la surface, Déméter reprend ses fonctions, heureuse d'avoir son enfant à ses côtés.

Son regard n'était pas la seule chose qui hypnotisait. Tout en elle avait été créé pour qu'on la remarque. Elle était la seule Néréide de ma connaissance qui disposait d'une queue blanche immaculée aux reflets argentés. Cette pureté étonnait tout autant qu'elle charmait. Sa queue paraissait entourée d'un halo lumineux très discret, tout comme ses cheveux longs et blonds, alors détachés, et sa peau de porcelaine. Ce jour-là, sa poitrine était dissimulée par un mélange complexe de lin, de coton et de soieries rehaussées par du fil d'or. Tout autour de sa nuque, comme un encadrement de son cou sur l'extérieur, une grande collerette blanche lui conférait un aspect à la fois élégant mais aussi profondément imposant. Elle était la grâce et la force incarnées.

— Ton père m'envoie près de toi car il se demande pourquoi Arius n'est toujours pas reparti à la recherche de Céto.

Elle ne cligna pas des yeux et attendit patiemment une réponse, ses longues manches en pagode flottant élégamment autour de ses bras parfaits.

— Il n'est pas encore prêt, répondis-je simplement.

Mes doigts se serrèrent davantage autour de mon trident car je savais que ma mère n'était pas dupe. Si j'avais un esprit affûté, celui de ma mère l'était encore plus. Sa clairvoyance dépassait tout entendement. C'était d'ailleurs cela qui avait terminé de conquérir le cœur de Poséidon. Elle avait du caractère et était d'une pertinence incroyable.

— Tu n'as pas envie qu'il reparte, finit par dire Amphitrite, toujours avec son calme légendaire.

Les yeux dorés de ma mère continuèrent de me fixer. Elle savait tout. Je le sentais. J'ignorais comment mais elle savait. Depuis ma naissance, je ne pouvais rien lui cacher. De ma plus petite bêtise dans l'enfance à mon premier chagrin d'adulte immortel, elle avait toujours su.

— Non, avouai-je.

Il était inutile de lui mentir et de lui faire perdre son temps.

— Non, je n'ai pas envie qu'il reparte.

Elle soupira doucement et son regard sembla s'adoucir. Amphitrite franchit l'espace qui nous séparait et posa délicatement l'une de ses mains froides sur la mienne.

— C'est un jeu dangereux auquel tu joues, me dit-elle. Tu sais que ce n'est pas raisonnable et qu'il n'y a aucune bonne issue possible. Rien de bon ne ressort d'une union entre un dieu et un mortel.

— Tu oublies Ganymède, lui fis-je remarquer. Zeus l'a rendu immortel et il est toujours auprès de lui, sur l'Olympe.

— Oui, mais à quel prix ? Zeus est toujours marié à Héra, et cela ne l'empêche pas de continuer d'aller voir ailleurs. Les mortels finissent constamment par être déçus, blessés, ou pire. Les héros connaissent toujours une fin tragique.

— Avec Arius, ce sera différent.

Amphitrite pencha la tête sur un côté, son visage se remplissant de compassion, et pinça ses lèvres, attendrie.

— Tu sais aussi bien que moi que ce ne sera pas le cas, Triton. Tu souhaites simplement te rassurer et te protéger. Mais tu ne pourras pas être là pour lui à chaque seconde de son existence.

Je me tus. Elle avait sans doute raison, mais cela m'était insupportable. Je n'avais pas envie qu'elle ait raison. Je n'avais pas envie de le laisser partir. C'était presque physique. S'il partait, j'allais dépérir.

— Il faut le laisser partir.

— Ce n'est pas juste.

— Je le sais.

Un voile d'émotion traversa ses prunelles et, alors que cela ne s'était quasiment jamais produit auparavant, elle me serra dans ses bras. Je perçus alors toute sa tendresse, tout son amour, toute sa désolation. En quelques secondes, elle me prouva toute son empathie et me partagea son envie de me protéger.

— J'aimerais qu'il en soit autrement. Sincèrement.

Lorsqu'elle desserra son étreinte, elle prit mon visage entre ses mains délicates, et me sourit. Seulement, ce fut un sourire empreint de tristesse car elle savait que l'amour pouvait faire souffrir. Personne ne souhaitait voir son enfant souffrir. On se sentait impuissant face aux épreuves de la vie qui pouvaient lui être infligées. Pourtant, un enfant devait traverser ces sentiments tout seul et se forger par lui-même. On ne pouvait pas l'accompagner tout au long de son existence. C'était impossible. Mais cela n'enlevait en rien la peine qu'un parent pouvait éprouver en le voyant subir et souffrir.

— Je dirai à ton père qu'Arius n'est pas encore prêt. Il ne me posera pas de questions. Je te laisse quelques jours tout au plus pour arranger la situation, sinon tu sais que Poséidon viendra te demander des comptes. La flotte du roi Cadmos est presque restaurée et il va de nouveau prendre le large vers Athènes dans peu de temps. Si Zeus se rend compte qu'Arius est encore en vie, il restera encore une chance de sauver l'Atlantide. Il ne faut pas tarder car le sort de plusieurs âmes mortelles est encore en jeu. C'est une situation qui vous dépasse, Arius et toi. Veille à bien écouter ta raison, même si cela te coûte. Tu sais que c'est la meilleure chose à faire.

Mes lèvres se pincèrent et mon regard s'obscurcit.

— Oui. Je le sais, lâchai-je.

Ces mots me coûtèrent énormément. Le cœur n'y était pas mais Amphitrite avait raison. Et c'était bien cela qui me frustrait et m'enrageait. Seulement, je n'avais plus envie d'écouter la voix de la raison.

Amphitrite rebroussa tranquillement chemin, en silence, et, avant d'atteindre la porte du salon, elle me glissa un "je compte sur toi", avant de s'échapper de la pièce.

Je me sentais désormais totalement désemparé.

CHAPITRE 6

BELLÉROPHON

Lorsque Hermès revint à proximité de Pélagos, Bellérophon espéra de tout cœur qu'il était porteur de bonnes nouvelles. Quitte à être le messager des dieux, autant apporter des nouvelles qui pouvaient faire plaisir, non ?

Le visage d'Hermès semblait toujours un peu tiré, étrangement vieilli, mais son expression ne laissait pas transparaître grand-chose. C'était un dieu et il savait bien dissimuler ses émotions. Au bord de la plage, Bellérophon passait le temps en jetant des petits cailloux trouvés un peu plus loin dans l'eau. C'était tout ce qu'il avait trouvé pour se calmer pendant l'absence du dieu ailé. Il avait attendu deux jours pleins mais c'était comme si cela avait duré une éternité.

— Je suis allé voir les dieux de l'Olympe, lui dit Hermès en s'approchant silencieusement de lui, comme à son habitude.

Bellérophon fit rouler les deux cailloux lisses et gris qu'il lui restait entre ses doigts avant de lui faire face.

— Enfin, je suis allé voir Poséidon, plus précisément, corrigea Hermès. Zeus n'est pas au courant que je suis ici, alors je me devais de passer par le dieu des mers pour faire remonter ta demande.

— Qu'est-ce que ça a donné ? demanda-t-il en fronçant les sourcils.

— Les Olympiens se sont réunis et Poséidon a exposé la situation. Arius étant porté disparu, un long débat s'en est suivi.

— Et ? s'impatienta Bellérophon.

Bon sang, il avait envie de connaître la finalité de cette histoire, pas tous les détails de la vie des divinités !

— Zeus a décidé de trancher en ta faveur.

Bellérophon ouvrit de grands yeux ronds. Le roi des dieux n'était pas vraiment connu pour sa magnanimité, aussi il était surpris d'apprendre qu'il accédait à sa requête. Il l'avait bien sûr grandement espéré mais, au fond, il n'y avait pas forcément cru lui-même.

— C'est…formidable, finit-il par dire. Merci.

— Seulement il y a un "mais".

— Voilà qui m'aurait étonné…

Ils y arrivaient. Il y avait toujours un revers de la médaille avec les dieux. Toujours une nuance. Cette dernière n'était d'ailleurs généralement pas de bon augure.

— Zeus accepte ta proposition à condition que tu redeviennes mortel.

— Que je…redevienne mortel ? s'étonna-t-il, incrédule.

Cela n'avait aucun sens.

— Ma punition était d'être immortel pour subir le fardeau de l'existence, rappela Bellérophon. Pourquoi Zeus voudrait-il que je sois de nouveau mortel ?

— Parce qu'il y a désormais d'autres enjeux.

Bellérophon haussa les sourcils en guise d'incompréhension. Hermès soupira et leva les yeux au ciel. Il crut l'entendre marmonner "les mortels, il faut vraiment tout leur expliquer", mais décida de ne pas réagir.

— Le but de ta requête est d'aider Arius et d'accomplir ce qu'il n'a pas pu achever. Si tu réussis la troisième et dernière épreuve, cela signifie que l'Atlantide sera sauvée. En étant immortel, il n'y a quasiment aucune chance pour que tu échoues, et ce serait ainsi déséquilibré. Par contre, si l'on te rend ton caractère mortel, tu auras beaucoup à perdre. Il se peut que tu perdes la vie et que tu rates cette épreuve.

Et tout le monde mourrait, songea Bellérophon. Encore une fois, il avait l'impression d'être le pantin des dieux. Il n'était rien de plus que leur objet, leur jouet et ils disposaient de lui selon leur bon vouloir. Leur cruauté n'avait pas de fin. Si Bellérophon acceptait la condition de redevenir mortel, il pouvait condamner toute l'Atlantide s'il échouait à la troisième tâche. Pendant des années, il avait souhaité mourir, il avait souhaité rejoindre les Enfers et quitter le monde de la surface, il avait souhaité abréger ses souffrances. Pourtant, maintenant qu'il avait trouvé une nouvelle cause à défendre, maintenant que ses intentions étaient des plus louables et qu'il voulait honorer la mémoire d'un ami et accomplir un nouvel exploit, on lui demandait de redevenir mortel et fragile dans l'espoir de le voir perdre et de le briser encore. C'était encore et toujours un dilemme des plus terribles.

— J'accepte, finit par dire Bellérophon.

— Vraiment ? s'étonna Hermès.

Le dieu ailé attendit quelques secondes en haussant un unique sourcil pour vérifier qu'il ne revenait pas en arrière.

— J'aurais cru que ton égoïsme l'emporterait, comme il t'a autrefois emporté.

— Je ne suis plus la même personne, répondit Bellérophon en ignorant la pique du dieu.

— C'est bien ce que j'ai pu constater, en effet.

Hermès lui esquissa presque un léger sourire. Décidément, il commençait à se dérider en sa compagnie. Hermès lui était presque agréable. Presque. Il ne fallait pas exagérer.

— De toute façon, si je ne fais rien, les Atlantes mourront. Il faut que je tente quelque chose, même si cela doit me coûter la vie.

— Voilà de belles paroles de héros, conclut Hermès.

Il porta ses mains près de sa bourse nouée à sa ceinture et en sortit un tout petit flacon de cristal taillé en forme d'amphore miniature. À l'intérieur se trouvait un liquide épais et violacé.

— Bois ceci, lui dit Hermès en lui tendant la fiole. Grâce à ce breuvage tu retrouveras ta mortalité et nous pourrons poursuivre vers la troisième quête.

Bellérophon saisit le flacon et l'ouvrit doucement avant d'humer la substance. Son odeur était délicate et parfumée, comme un mélange de bleuet et de miel. Il ignorait ce qu'il y avait dedans mais cela devait probablement dépasser l'entendement si cette potion pouvait transformer un être immortel en une créature vulnérable.

Sans penser à ce qu'il faisait, il porta le goulot à ses lèvres et but le contenu d'un seul trait. Un frisson le parcourut et il eut l'impression que ses forces le quittèrent, mais seulement l'espace d'un instant. Son corps devint brusquement lourd puis, il sentit comme une vague impalpable passer en lui et se diriger vers le sol pour disparaître dans la terre sous ses pieds.

— Comment te sens-tu ? lui demanda Hermès.

— La sensation était étrange, mais je me sens plutôt bien.

— Veux-tu que l'on fasse un test ? Je pourrais te taillader la main par exemple.

— Ça devrait aller, je te remercie.

Cette fois-ci, Hermès lui décocha un véritable sourire. Bellérophon entrevoyait enfin la malice du dieu et son esprit taquin qui faisaient, entre autres, sa grande renommée. C'était beaucoup plus agréable.

— Alors, quelle est la prochaine étape ? demanda Bellérophon.

— Nous devons nous rendre auprès de l'oracle de Naos pour découvrir quelle est la prochaine épreuve.

— Tu ne sais pas quelle est la prochaine étape ? demanda-t-il.

— Non. Seul Zeus sait ce qui t'attend.

— Si je me rappelle bien, l'oracle de Naos est à proximité de la plaine désertique, près d'un massif montagneux.

— C'est exact.

Bellérophon fit quelques pas en arrière et ramassa sa grosse besace, qu'il avait laissée là depuis deux jours en attendant le retour d'Hermès.

Il l'ouvrit et en sortit plusieurs éléments d'armure et, notamment, une superbe cuirasse dorée, finement sculptée et gravée.

À genoux dans le sable, les mains du héros soulevèrent la cuirasse et il posa ses yeux dessus avec émotion. Il s'immobilisa quelques secondes et des souvenirs lui revinrent en mémoire. Il y avait bien longtemps qu'il n'avait pas osé regarder cette armure. Il l'avait depuis des décennies mais elle lui rappelait une époque passée qu'il n'avait plus envie d'évoquer. Pourtant, depuis quelque temps, il se sentait capable de la remettre à nouveau.

Hermès se rapprocha de lui et se pencha élégamment par-dessus son épaule, les bras croisés dans le dos.

— La Chimère, constata-t-il.

La cuirasse dorée, qui épousait joliment les formes musclées de Bellérophon, était dotée d'une représentation de tête de chèvre au niveau de l'épaule gauche, et d'une tête de lion sur la droite. Dans le dos, une gravure, fine et délicate, traçait les contours d'un serpent aux yeux perçants et terrifiants.

Bellérophon avait fait créer cette armure suite à son exploit contre la Chimère, cette créature hybride à deux têtes - l'une de lion et l'autre de chèvre - et à queue de serpent. Il avait eu du mal à la vaincre car cette créature crachait des flammes. Mais il avait été tellement fier d'avoir réussi qu'il avait voulu montrer à tous sa bravoure et son courage et, surtout, sa réussite.

C'était étrange comme ce passé pouvait à la fois le remplir de nostalgie, mais aussi lui sembler totalement étranger. Il n'avait plus du tout l'impression d'être cette personne, comme si ce souvenir ne lui appartenait pas mais qu'il se l'était seulement approprié. Pourtant, il se rappelait des sensations, des émotions, de tout ce qu'il avait vécu.

Hermès s'écarta doucement de Bellérophon et se mit à scruter l'horizon. Il avait compris. Bellérophon s'équipa de tous les éléments de son armure, qui étincelaient encore comme au premier jour, avant de rejoindre son nouveau compagnon.

— Allons-y.

Il siffla pour appeler Pégase et, tous ensemble, ils quittèrent les berges de Pélagos pour entamer leur périple vers l'oracle de Naos.

C H A P I T R E   7

A R I U S

Depuis quelques jours, Triton était distant et Arius trouvait cela étrange. Il n'avait jamais été tenu à l'écart depuis son arrivée et il trouvait ce comportement étonnant, d'autant plus qu'il paraissait l'avoir pris sous son aile. Quelque chose avait changé mais il ne savait pas dire quoi. Cela lui échappait. Il avait beau se repasser les derniers événements et moments échangés, il ne voyait pas ce qui avait pu contribuer à établir une distance entre eux. Et Arius n'aimait pas cela. Pire, il n'aimait pas éprouver cela. Il devait garder la tête froide et, surtout, il avait l'impression de trahir Alix.

Depuis sa mort, il s'était juré de ne pas tomber amoureux aussi intensément d'une autre femme. Il était persuadé de ne plus pouvoir ressentir autant d'attraction, une osmose aussi déroutante, et pourtant il devait se rendre à l'évidence. Cependant, il n'était pas tombé amoureux d'une femme mais d'un homme. Ce n'était même pas un homme. C'était un dieu. Et il ne voulait pas se l'avouer, il ne voulait pas l'accepter.

Il avait toujours pensé qu'Alix serait son seul et unique grand amour, qu'elle avait représenté l'histoire parfaite des deux amants profondément épris l'un de l'autre. Sa disparition l'avait dévasté. Il n'était jamais tombé si bas, ne s'était jamais senti si brisé, si vide. Il n'avait alors plus voulu ressentir cela à nouveau. Arius avait entrepris de se protéger, de se murer dans un flegme voire, parfois, dans une nonchalance, pour ne plus être atteint par la douleur. La souffrance causée par la perte d'Alix et par sa propre culpabilité avait été si intense qu'elle en avait été physique. Il avait eu la sensation d'être marqué au fer rouge et que tout son être s'était paré de cicatrices. Les cicatrices, comme tout le monde le savait, partaient difficilement et, alors qu'elles avaient à peine blanchi, Triton était apparu et avait entrepris de détruire les murs qui entouraient Arius. Ce n'était probablement pas volontaire de la part du dieu des vagues mais, petit à petit, Arius sentait ses structures s'effriter, sa volonté devenir moins forte à mesure que sa peur grandissait.

Il se sentait meurtri et épuisé et ressentir de l'affection sincère pour une nouvelle personne n'était pas dans ses projets. Il ne l'avait à aucun moment envisagé. Pourtant, il ne pouvait pas ignorer les signes. Il ne connaissait que trop bien cette flamme qui brûlait au fond des prunelles, ce rythme cardiaque qui s'accélérait, cette volonté de bien faire lorsque l'on croisait l'être aimé, ce sourire que l'on n'arrivait pas à effacer, ces précieux instants de flottement avant un possible rapprochement.

Il avait perçu tout cela avec Triton, en particulier lorsqu'il était allé lui rendre visite dans sa chambre. Son sang n'avait fait qu'un tour dans son corps et il avait bien cru que quelque chose allait se produire. Fort heureusement, ils avaient été interrompus et Arius n'en fut que plus soulagé. Il ne se sentait pas prêt, d'autant plus que ces sensations étaient nouvelles pour lui. Jamais il n'avait envisagé avoir une attirance pour un homme, et encore moins pour un dieu. C'était profondément déconcertant.

Mais ce qui l'était encore plus était qu'il se sentait coupable. Il s'était fait la promesse de rester loyal - à défaut de rester fidèle - à Alix. Même s'il n'avait pas envie de se marier pour l'instant car il ne parvenait pas à oublier sa bien-aimée, il savait pertinemment au fond de lui que, pour accomplir ses devoirs de prince, il allait devoir prendre une épouse.

Seulement, il s'était juré de retarder le projet et de ne jamais éprouver de sentiments plus forts que ceux qu'il avait alors pour Alix. Depuis, bien des choses s'étaient produites. Il s'était vu destitué, condamné à l'exil, et sa vie avait pris un tournant inattendu.

La seule chose à laquelle il se raccrochait était toutefois son amour pour Alix. C'était le seul élément stable qu'il lui restait, la seule sensation agréable et sincère qu'il éprouvait encore. Pourtant, même ceci était mis à rude épreuve. Arius n'était désormais plus certain de rien. Il avait l'impression que, contre sa volonté, Triton s'emparait petit à petit de la place qu'occupait Alix. Mais qu'adviendrait-il d'elle ?

Cette idée lui était insupportable. Il était totalement perdu dans un chaos absolu composé de sentiments confus et de rebondissements qui lui échappaient. Cette quête était trop lourde pour lui et il avait déjà trop perdu. Il se sentait désemparé et creux, mais tentait malgré tout d'aller de l'avant. Cela lui permettait d'oublier ou au moins de ne pas se concentrer sur ce qui le touchait.

Arius se trouvait dans sa chambre et se sentait en proie à tous ces troubles, à toutes ces interrogations et pensées. Il ne savait plus quoi faire. Il avançait automatiquement, comme si son corps et son esprit s'étaient détachés de sa raison et de ses sentiments pour fonctionner par eux-mêmes, sans qu'il ait son mot à dire. Il était reconnaissant pour cela car il parvenait malgré tout à poursuivre ses entraînements avec Iona et à ne pas perdre de vue son objectif initial.

Enfin…il l'avait perdu à un moment donné. Coupé du monde en étant au fond des océans, Arius avait fait une pause dans sa quête. La perte de sa sœur l'avait tant ébranlé qu'il avait ressenti le besoin de se couper du monde et son séjour aquatique était arrivé à point nommé. Triton, Kala et même Iona - dans une certaine mesure - avaient été comme une bouffée d'air frais. Cela lui avait permis de songer à autre chose, noyé dans de nouvelles découvertes et coutumes.

Ces derniers jours, il avait assisté à un concert dans le théâtre situé à l'arrière du palais, contre une paroi rocheuse qui amplifiait d'autant plus l'acoustique - qui restait toujours un mystère pour Arius car ils se trouvaient au fond de l'eau -, s'était promené dans les jardins, avait continué son entraînement au combat avec Iona, et avait exploré les fonds marins et les côtes des îles qui environnaient l'Atlantide et dont il n'avait jamais entendu parler. La plupart de ces terres émergées étaient minuscules et sauvages, mais leurs plages de sable blanc étincelant semblaient magnifiques. Les eaux étaient si cristallines qu'Arius avait senti les rayons du soleil lui réchauffer le dos pendant qu'il nageait alors qu'il était encore à plus de cinq mètres sous la surface.

Pourtant, malgré ces découvertes et cette certaine routine qui commençaient à rythmer son quotidien, Arius avait envie de retrouver ses amis. Il pensait souvent à Oreste et à Élanée, qui devaient se faire un sang d'encre, mais aussi à Bellérophon et à Hermès, qu'il connaissait depuis peu mais qu'il appréciait beaucoup. Ils l'avaient épaulé et protégé et il leur était plus que reconnaissant de la confiance que chacun plaçait en lui. Il ne pensait pas mériter autant, mais il était profondément touché de leur présence et ne s'en trouvait que plus heureux.

Il savait qu'il allait devoir affronter Céto et remonter à la surface sous peu car le mois que lui avait accordé Zeus touchait bientôt à sa fin et il n'avait aucune idée de la troisième et dernière épreuve. Il était toutefois partagé entre son envie, de plus en plus forte, de retrouver la terre ferme et ses proches, et le déchirement qu'allait engendrer son éloignement de Triton.

Ce n'est pas possible, tout me ramène toujours à Triton, se fustigea-t-il intérieurement.

Au même moment, on frappa à la porte de sa chambre, qui s'ouvrit quelques secondes plus tard.

Triton.

— Je peux entrer ? demanda-t-il.

— Il s'agit de ton palais, je suppose que tu peux aller où tu le souhaites sans te sentir coupable de quoi que ce soit.

Sa réponse lui sembla un peu sèche, bien que particulièrement juste.

Triton ne répondit rien, et ne parut même pas relever cette pointe d'agressivité venue de nulle part. Il s'approcha en silence, ses mouvements entraînant une légère salve de bulles et d'ondulations derrière lui.

Posté à proximité de la fenêtre, Arius reporta son regard au-dehors, scrutant les fonds marins, ces parois rocheuses, ces ensembles d'algues et de végétation aquatique, ces bancs de poissons, ces mollusques et ces mammifères qui, ensemble, formaient un monde unique et plein de vie.

— Il va bientôt falloir retourner trouver Céto, lui indiqua Triton d'une voix douce.

Arius baissa les yeux, cligna deux fois très lentement, puis posa ses prunelles sur le dieu des vagues.

— Oui, répondit-il simplement. Ma mission n'est pas encore terminée.

Un silence s'installa entre eux. Ils semblaient tous deux immobilisés par une force invisible et, paradoxalement, dévorés par une passion naissante qui faisait rage. Intérieurement, ils avaient envie de se rapprocher, de laisser ce feu ardent les consumer, les envelopper jusqu'à ce qu'ils ne forment plus qu'une seule et unique entité. Pourtant, ils restaient là, muets, le regard plongé dans celui de l'autre. L'un pensait à la barrière que représentait son immortalité, et l'autre songeait à son amour perdu et à sa quête, tandis que leurs sentiments ne demandaient qu'à s'exprimer sans qu'ils en aient conscience.

— Certaines nymphes m'ont rapporté que les eaux commençaient à s'agiter à quelques kilomètres d'ici, annonça Triton, d'une voix soucieuse.

Arius fronça les sourcils. Il n'était pas certain de comprendre.

— C'est mauvais signe. Cela signifie que Zeus commence à s'impatienter et à croire qu'il a gagné. Il prépare le cataclysme progressivement.

Le cœur d'Arius se mit à accélérer brusquement et il sentit une vague de chaleur atteindre son visage. Le temps était passé beaucoup plus vite que prévu. Il devait redoubler de vitesse et ne plus perdre une seule seconde.

— Il faut que je retrouve Céto, dit-il. Est-ce que tu penses pouvoir m'aider ?

— Je peux faire bien plus que cela.

Un petit sourire naquit sur le visage de Triton, ce qui ne le rendit que plus beau.

— Suis-moi.

Intrigué, Arius suivit Triton dans le dédale de couloirs et d'étages qui composaient son palais. Ils traversèrent plusieurs volées d'escaliers, le hall d'entrée et finirent bientôt par atteindre la plus haute salle de la deuxième tour de sa demeure. Cette tour se trouvait à l'opposé de celle de Triton, où se trouvaient son office et ses appartements. Arius ignorait jusqu'à présent ce qui se trouvait ici et ne s'était même jamais posé la question. Il savait juste que peu de personnes montaient dans cette tour.

Parvenu devant une porte de bronze en arcade, qui semblait peser une tonne, Triton s'arrêta et s'approcha doucement et sans bruit. Il posa alors sa main au centre de la porte. Pendant une seconde, rien ne se produisit. Puis, des halos bleutés se dessinèrent autour de sa main et se propagèrent sur toute la porte, comme des ondes sur l'eau après avoir lancé un caillou. Dans un mouvement lent et difficile, un accès se dévoila bientôt à Arius et à Triton.

— Seul un dieu peut ouvrir cette porte, expliqua Triton.

— Qu'est-ce qui se cache derrière ? demanda Arius, qui ignorait quels secrets renfermait encore ce palais.

— Tu vas bientôt le découvrir.

En pénétrant dans la pièce circulaire, Arius découvrit alors une cuirasse argentée ainsi que des manchettes assorties. Il aurait pu reconnaître ces manchettes entre mille…

— Les armes de l'Atlantide, chuchota-t-il pour lui-même.

Triton tourna son visage vers lui et il esquissa un sourire.

L'armure et les manchettes avaient été disposées sur un mannequin en bronze, au centre de la pièce, tandis qu'une coupole en cristal laissait pénétrer une douce lumière juste au-dessus. Les armes avaient l'air robuste, mais aussi d'un autre temps. Arius n'aurait su dire pourquoi, mais elles semblaient anciennes, bien qu'elles ne fussent en aucun cas altérées ou abîmées.

— Ce sont les toutes premières armes de l'Atlantide, expliqua Triton. Celles…

— Que Poséidon a offertes à mon peuple, acheva Arius.

— Je vois que tu maîtrises bien l'histoire.

Derechef, Triton le gratifia d'un sourire.

— Les Atlantes sont très fiers de ces armes et des techniques que Poséidon leur a enseignées. Elles sont uniques au monde.

— Et ces reliques sont précieusement gardées ici. Elles sont d'ailleurs légèrement différentes des armes de ton peuple aujourd'hui. Ces manchettes peuvent faire apparaître un bouclier, mais aussi une lame d'épée.

Arius détacha alors son regard de l'armure et adressa un regard interrogateur au dieu des vagues.

— Pourquoi me montrer ceci ?

— Parce que tu vas en avoir besoin. Céto est une créature dangereuse, et tu en as déjà fait les frais. Si nous n'étions pas intervenus, tu ne serais désormais plus de ce monde. Comme Zeus te croit mort, il ne faut en aucun cas te mettre de nouveau en danger. Tu te dois de réussir et, pour cela, ces éléments d'armure vont te permettre de te protéger. La cuirasse est indestructible, tandis que les manchettes te permettront de faire apparaître ton épée et ton bouclier. Mais je suppose que tu sais déjà comment elles fonctionnent ?

Arius acquiesça d'un signe de tête. Son esprit se souvint alors du troisième vers de la prophétie de l'oracle de Pélagos : *Dans les ténèbres bleutées il te faudra obtenir de quoi l'emporter.* L'oracle savait qu'Arius allait pénétrer le monde aquatique. Cette rime nébuleuse venait de prendre tout son sens. C'était également pour cette raison qu'il avait échoué la première fois. Il n'avait pas les armes appropriées. Il se rappela de son affrontement avec Céto et, juste en se remémorant ce souvenir, un frisson lui parcourut le dos. Il ne pouvait cependant plus reculer.

Triton s'approcha de la cuirasse et l'ôta du mannequin qui servait à la poser. Sa couleur argentée brillait d'un éclat pur et parfait. Il n'y avait aucune rayure, aucune trace, aucun impact dessus, comme si elle n'avait tout simplement jamais été utilisée. Pourtant, les premiers rois de l'Atlantide l'avaient revêtue avant qu'elle ne soit récupérée par les dieux. C'était une relique d'une rareté extrême et d'une robustesse incomparable.

Sans prononcer le moindre mot, Triton se tourna vers Arius et, lentement, la lui passa au-dessus de la tête avant de la poser délicatement sur ses épaules. Il entreprit ensuite d'accrocher les deux parties - avant et arrière - avec les lanières de cuir recouvertes de bronze. Il prit le poignet gauche d'Arius et lui souleva doucement le bras avant de poser ses mains à proximité de son buste et de ses hanches, pour sangler et resserrer la cuirasse. Puis, Triton le contourna et fit de même du côté droit.

Pendant ce temps, Arius retenait son souffle. Il sentait le courant tiède qui le frôlait tandis que Triton se mouvait autour de lui. Il percevait la fraîcheur de ses mains autour de ses poignets lorsqu'il lui demandait silencieusement de lever les bras pour qu'il puisse atteindre les côtés de son buste. Son cœur battait plus fort quand il s'affairait à attacher les sangles, qui touchaient presque sa peau. Cela le faisait frissonner. C'était un frisson agréable et délicat, mais aussi puissant voire dangereux. Triton n'était qu'à quelques centimètres de lui et il osait à peine bouger, comme tétanisé. Son corps ne répondait plus tandis que son esprit était en alerte. Arius était partagé entre l'envie et la peur.

Puis, Triton s'éloigna quelques instants, avant de revenir, toujours sans bruit, placer les manchettes autour de ses avant-bras et de ses poignets. Il prit la main droite d'Arius dans la sienne et, presque tendrement, plaça la manchette au-dessus de son poignet avant de tourner sa paume vers le ciel pour l'attacher fermement. Arius était raide et feignait d'observer les mouvements de Triton, comme si le regarder mettre un élément d'armure était subitement devenu la chose la plus intéressante au monde. Il sentait la peau tiède, légèrement froide, du dieu marin, le contact de ses doigts sur sa main, la douceur et la fermeté de chacun de ses mouvements. C'était hypnotisant, presque excitant.

Lorsque Triton eut fini d'attacher la deuxième manchette à son poignet gauche, Arius réagit instinctivement. Il saisit alors les mains de Triton, qu'il n'avait pas envie de voir s'éloigner et, sans réfléchir, l'attira à lui. Il sentit alors le souffle chaud et salé de Triton à proximité de sa bouche, et lut l'étonnement dans son regard si profond et si étincelant. On pouvait y déceler tout son vécu, mais aussi et surtout toute sa bienveillance et toute sa sensibilité. Arius était sur le point de flancher, noyé dans le regard du dieu des vagues, dans l'immensité de son esprit et de son attirance. Il avait le souffle court, et ne s'était pas attendu à ce que son corps lui ordonne de l'approcher de lui. Il n'était plus certain de savoir quoi faire, les mains toujours dans les siennes, son visage à quelques centimètres seulement du sien.

Arius entendait seulement ce que lui criaient l'envie et le désir. Il avait les pensées embrouillées, et son cœur battait la chamade. Les lèvres très légèrement entrouvertes sous le coup de la surprise, Triton resta indécis quelques instants, apparemment tout aussi ébranlé qu'Arius. Ils se regardèrent, l'un en face de l'autre, pendant de longues secondes. Et ils le perçurent. Ce fameux instant de flottement. Cet instant de flottement qui confirmait le désir, qui faisait naître la passion, et qui indiquait que quelque chose était sur le point de se produire.

Alors - et pour une fois dans sa vie -, Triton n'écouta pas sa raison et se laissa guider par les élans de son cœur. Il dégagea doucement ses mains de celles d'Arius et laissa ses doigts courir le long de ses poignets, puis sur ses avant-bras avant d'atteindre ses coudes et la base de ses biceps. Là, il glissa sa main gauche dans le creux du dos du jeune homme et l'attira à lui. Le torse d'Arius se laissa faire et, dans un mouvement de courage et d'envie, les lèvres de Triton se retrouvèrent bientôt sur les siennes.

Arius crut perdre la raison. D'un seul coup, son corps devint un brasier inarrêtable. Il sentait la fine bouche du dieu embrasser goulument la sienne, la goûter avec force et avec passion. Il sentait sa main dans son dos, par-dessus la cuirasse, mais qui semblait si brûlante en cet instant qu'il crut que l'armure avait fondu. Il sentait ses doigts se crisper délicieusement sur son coude et son bras. Il sentait son odeur aquatique et rafraîchissante, et la force de son corps à proximité du sien. C'était enivrant à en perdre la tête. C'était comme une rencontre entre le feu et l'eau. C'était étonnant, puissant, merveilleux, inattendu.

Les mains d'Arius se mirent alors en mouvement et il les passa autour du buste nu de Triton, percevant ses cheveux châtains dans le creux de sa paume tandis que ses doigts montaient plus haut dans sa nuque. Il pressa son corps contre le sien, sa musculature contre la sienne, et lui rendit son baiser, avec encore plus de fougue et encore plus de passion.

C'était une tempête, un ouragan, un véritable cataclysme qui ébranlait tous les principes d'Arius, toutes ses croyances, qui balayait tous ses doutes et lui faisait tout oublier. Il dut alors faire un effort considérable, presque titanesque, pour s'arracher à Triton.

— Céto, murmura-t-il, presque à bout de souffle.

Triton retira brusquement ses mains du corps d'Arius et s'éloigna de lui de quelques centimètres. Son regard, alors presque voilé, parut revenir à la réalité, et il secoua la tête avant de répondre.

— Oui. Céto, répéta-t-il. Il…il faut que nous retrouvions cette créature.

Le dieu des vagues, décontenancé et encore chamboulé par ce qui venait de se produire, se dirigea vers la porte de bronze avant de jeter un œil par-dessus son épaule.

— Rejoins-moi devant les portes du palais.

Et il disparut.

Arius et Triton étaient en route pour retrouver la trace de Céto. Triton pouvait aisément parvenir à sentir sa présence car il disposait d'une sorte de sonar, à l'instar de nombreux mammifères, comme les baleines. C'était fascinant pour Arius qui, bien que muni d'une queue de poisson aux nuances de bleu, restait cloîtré dans ses capacités humaines. Il voyait ainsi l'expression faciale de Triton, sa concentration et sa ride du lion froncée entre ses deux arcades sourcilières tandis qu'il tentait de capter le moindre mouvement, la moindre onde.

Ce don que le dieu possédait lui faisait presque oublier ce qui s'était passé quelques instants plus tôt. Presque. Ils n'avaient pas prononcé un seul mot depuis qu'ils s'étaient retrouvés au pied du palais pour partir à la recherche du cétacé. Triton semblait aussi gêné qu'Arius et évitait son regard, ce qui convenait parfaitement au jeune homme. De toute façon, il n'aurait su quoi dire. Cet événement avait été si soudain, si brutal qu'il en venait presque à douter de son existence. L'avait-il rêvé?

— Je n'ai pas réfléchi…C'est compliqué, finit par dire Arius.

Cette phrase n'avait pas beaucoup de sens et n'expliquait pas grand-chose, mais il ignorait par où commencer. Pour être honnête, il ne savait même pas bien pourquoi il cherchait à s'excuser. Le silence lui était devenu tout simplement trop pesant et il fallait qu'il dise quelque chose. Une fois Céto retrouvé - et, si possible, vaincu -, Arius allait devoir retourner sur la terre ferme et ne plus revenir au fond des océans. Il n'avait finalement plus rien à perdre.

— Je sais, répondit simplement Triton, qui paraissait toujours absorbé par son sonar et sa concentration.

Triton était redevenu distant et froid, à l'image de son attitude au cours des jours précédents. Arius n'était pourtant pas vraiment un adepte des discussions à cœur ouvert, et n'aimait pas beaucoup parler de ses émotions. Il n'était en fait pas un grand bavard de façon générale. Le comportement de Triton ne l'encourageant pas à poursuivre, il se ravisa.

— Je crois comprendre ce que tu traverses, dit finalement Triton. Tu dois certainement songer à Alix et à ton devoir. C'est compréhensible.

Arius regardait droit devant lui, dans l'obscurité qui s'épaississait à vue d'œil tandis qu'ils nageaient plus profondément dans les eaux salées. Le jour semblait sur le point de décliner mais les vagues et vaguelettes ne paraissaient pas décidées à s'apaiser. Zeus devait vraiment avoir commencé à s'impatienter.

Tout autour d'eux régnait un calme presque angoissant. Il n'y avait aucun être vivant, et presque aucune végétation aquatique. Seuls leurs bras et leurs queues se mouvaient dans une atmosphère qui devenait étouffante à chaque battement de nageoire.

Alors qu'Arius s'apprêtait à répondre, les pupilles de Triton se dilatèrent, transformant ses iris métallisés en orbes noires. Il s'arrêta brusquement, soudainement alerte. Il leva son bras droit pour indiquer qu'il ne fallait pas faire le moindre bruit et patienta. Arius scrutait les horizons, mais il ne voyait rien d'autre que l'immensité bleue aux accents verts autour d'eux. La lumière du soleil filtrait à peine à cette profondeur et il n'entendait rien du tout.

Tout à coup, le jeune homme remarqua des reflets argentés parcourir ses écailles et ses bras. Cela ne pouvait pas être la lune puisqu'elle ne s'était pas encore levée…

— Oh non ! s'écria Triton.

D'un mouvement vif, il se projeta sur Arius et le propulsa avec force sur le côté, ses bras enserrant violemment son bassin. Céto avait surgi des profondeurs et avait failli le happer d'un seul puissant coup de mâchoire. Malgré son imposante stature, la bête les avait eus par surprise et avait agi en silence.

— Merci, murmura Arius à Triton.

Ce dernier hocha simplement la tête et serra davantage son trident entre ses doigts. Son regard fut subitement animé par une lueur de détermination et Arius se concentra davantage. Il ne devait pas échouer cette fois-ci.

Mu par une force inédite, il gonfla sa poitrine sous sa cuirasse et tous ses sens se mirent en alerte. Il joignit ses poignets et fit s'entrechoquer à deux reprises ses manchettes en argent. Le son métallique se répercuta plus intensément sous l'eau et, en un instant, une épée et un bouclier se matérialisèrent dans les mains du prince déchu. Le bouclier, comme ceux des soldats Atlantes, était comme composé d'une eau pure, en mouvement, conservée dans un cercle aux reflets de bronze et d'argent. La lame de l'épée, quant à elle, avait jailli d'un pommeau doré, tel un cristal étincelant et d'une robustesse impressionnante. Arius ignorait comment ces objets se matérialisaient car cela défiait tout entendement, mais ce n'était pas le moment de s'interroger sur ce qui était de l'ordre de la réalité humaine. Céto n'allait leur laisser aucun répit.

Avec une nageoire latérale en moins, la créature bougeait plus lentement qu'au cours de leur première rencontre, mais avait gagné en effet de surprise. Il fallait absolument utiliser cet avantage. Vêtu de son armure dorée, Triton avait déjà lancé un premier assaut. Pour que l'épreuve soit validée, il fallait que ce soit Arius qui donne le coup fatal.

— Je vais distraire Céto, annonça Triton tandis qu'il cherchait à trancher les excroissances blanchâtres de la créature. Occupe-toi de le ralentir et de l'atteindre dans les zones les plus stratégiques.

— La tête et le cœur.

— Exactement.

Une certaine puissance semblait émaner des reliques atlantes, et ce fut sans aucune peur ni aucun doute qu'Arius s'élança à la poursuite de Céto.

D'un rapide coup de nageoire, il franchit la distance qui le séparait encore de la créature et lui trancha sa deuxième nageoire latérale gauche. Céto poussa un cri de rage, aussi guttural qu'assourdissant, et son regard se remplit de haine et de cruauté. Totalement déséquilibré, Céto redoubla d'efforts du côté droit afin de se maintenir à flot et de conserver son aplomb. Seulement, son corps était si lourd que la baleine chavira sur plusieurs mètres. Malgré tout, sa rage n'en fut que décuplée. Elle fondit sur Arius et ouvrit grand sa mâchoire. N'écoutant que son instinct de survie, Arius se protégea à l'aide son bouclier. Les fanons de Céto rencontrèrent son arme et se brisèrent dessus.

Derechef, un hurlement sourd surgit des entrailles de la bête. Arius dut se boucher les oreilles pour ne pas perdre la raison et son sens de l'orientation. Elle grondait désormais tant que sa tête commençait à lui tourner.

D'un coup de bras, Arius se dégagea de l'imposante dentition de Céto et se mit à le contourner. Il le vit tenter de l'esquiver et lui asséna un grand coup à l'aide de son excroissance blanche, qui ressemblait curieusement à une défense. Arius fut projeté en avant, le dos meurtri, et manqua de peu de s'ouvrir le crâne sur un récif rocheux à quelques mètres de là. Fort heureusement, Triton le rattrapa au passage et s'assura que tout allait bien.

— Rien de cassé ? lui demanda-t-il, sincèrement préoccupé.

Arius avait le dos brisé et très douloureux, mais ce n'était pas le moment de lâcher. Il fit signe que non et Triton parut rassuré.

— Il faut que l'on vienne à bout de cette maudite créature, annonça le dieu des vagues. Et dire que nous avons le même père…

Triton tressaillit et un frisson lui parcourut l'échine à cette idée.

— Je crois que j'ai une idée.

Arius avait froncé les sourcils. Il n'était pas certain que son idée fonctionne, mais elle lui semblait tout aussi envisageable qu'une autre. Ici, sa force était Triton. La dernière fois qu'il avait rencontré Céto, il était seul et n'avait pas encore de nageoire. À présent, il avait autant de possibilités que la baleine mythologique et disposait d'un allié de poids.

— Je t'écoute, lui dit Triton, qui était plus que curieux d'entendre son plan.

— Céto est désormais très limité dans ses mouvements. Profitons de sa lenteur pour l'attaquer tous les deux en même temps, sur chacun de ses côtés. Il est certes alerte, mais si tu utilises ton pouvoir pour contrôler les vagues à notre avantage, notre vitesse n'en sera que décuplée.

— Je vois où tu veux en venir…Nous ne perdons rien à essayer. Tiens-toi prêt.

Alors que Céto fondait sur eux, les deux guerriers, l'un en armure argentée, l'autre en armure dorée, furent brusquement propulsés en avant par une vague à l'énergie inouïe. La vague se scinda ensuite en deux bras distincts, les transportant de chaque côté de la baleine. Arius fut décontenancé par la puissance de la vague et par ce mouvement quasiment automatique qui l'avait forcé à bouger plus loin. C'était comme être emprisonné dans une capsule qui poussait en avant à grande vitesse.

Parvenu sur le côté gauche de la créature, Arius reprit le contrôle de ses bras et de sa nageoire avant de piquer en direction de l'abdomen de Céto. Pendant ce temps, Triton s'était dirigé à l'opposé, au niveau de la tête de la créature. Céto était déboussolé. Il ne savait plus où s'étaient dirigés ses ennemis et tous ses sens s'en trouvaient brouillés. Son corps penchait dangereusement vers la gauche sans ses précieuses nageoires.

Alors que Triton et Arius étaient en position, ce dernier cria :

— MAINTENANT !

Au même instant, Triton planta férocement son trident dans le crâne de Céto tandis qu'Arius enfonçait violemment la lame de son épée dans son cœur. Les deux coups furent si brefs, si précis et si synchronisés que la créature n'eut pas le temps de lâcher le moindre son. Toute vie s'échappa de ses yeux et elle entreprit une longue et lente descente dans les profondeurs. Arius eut tout juste le temps de s'extirper de sous son corps afin d'éviter d'être entraîné dans sa chute, et regarda la baleine s'enfoncer dans les ténèbres de l'océan.

Ils avaient réussi. La deuxième épreuve venait d'être franchie avec succès.

CHAPITRE 8

ARIUS

— Tu as eu une excellente idée en attaquant Céto des deux côtés, dit Triton à Arius tandis qu'ils nageaient tranquillement - voire gaiement - pour retourner au palais.

Arius avait fait disparaître ses armes et laissait sa queue flotter derrière lui, poussé par les courants et vagues marines tièdes portées par Triton. Il était absolument épuisé, le courage et l'adrénaline ayant laissé place à la fatigue. Pourtant, il se sentait léger, presque heureux. Il avait réussi à surmonter deux de ses épreuves et il ne lui en restait désormais plus qu'une avant de rabattre le caquet de Zeus. Il n'était qu'à deux doigts de devenir un héros et, même si l'idée d'en devenir un ne lui avait jamais effleuré l'esprit ni même tenté, il devait avouer que c'était malgré tout plaisant et motivant. Curieusement, son aventure lui faisait voir les choses sous un autre angle. Il avait envie de redorer son image, de revenir dans la cité atlante en tant que héros et de prouver à son père qu'il était un homme bien. Non pas qu'il avait envie de faire plaisir au roi, mais simplement pour le mettre devant un fait accompli qu'il n'aurait jamais soupçonné. Ses péripéties - et surtout ses rencontres - lui avaient redonné une force incommensurable.

— J'ai eu un éclair de génie, répondit Arius, un léger sourire se dessinant sur son visage.

Il y avait une certaine fierté à recevoir un compliment de la part d'un dieu et Arius comptait bien le marquer au fer rouge dans son esprit.

— Je pense que tu as ça dans le sang.

Arius fit pivoter sa tête vers Triton et la secoua en guise d'incompréhension. Triton le regarda à son tour, mystérieux.

— Il y a quelque chose que tu ne sais pas à propos de ton peuple et de ses origines, expliqua-t-il calmement.

— De quoi tu parles ?

Le dieu des vagues poussa un léger soupir, comme s'il allait révéler une sombre vérité.

— Je vais te montrer quelque chose. Suis-moi.

D'un seul coup, Triton fit volte-face et emprunta une autre direction, inversant par la même occasion le sens du courant qu'il contrôlait. Arius fit demi-tour à sa suite, surpris par sa soudaine capacité à se mouvoir si précisément avec une queue de poisson, et suivit Triton de près. Il ignorait totalement où il le conduisait et cela l'intriguait. Il redoutait de découvrir un autre secret non révélé, une autre vérité à propos des dieux et de leurs manipulations.

Alors que la nuit tombait de plus en plus vite à la surface, les eaux s'obscurcissaient davantage et se teintaient de nuances sombres et inquiétantes. Même si cela faisait des jours qu'Arius se trouvait dans les profondeurs de l'océan, il n'était toujours pas habitué à l'atmosphère noire et angoissante qui remplaçait la clarté du jour. Paradoxalement, il appréciait cependant le calme qui régnait à la nuit tombée et les reflets bleutés et argentés qui dansaient dans chaque recoin du palais.

Triton nageait de plus en plus vite, sans pour autant perdre son élégance dans ses mouvements. C'était comme s'il n'avait pas envie d'être vu en train de nager dans cette direction. Que pouvait cependant craindre un dieu ? Un frisson d'effroi parcourut la colonne vertébrale d'Arius à l'idée qu'une autre créature, plus redoutable et imposante encore que Céto, existe.

Alors qu'Arius commençait sérieusement à fatiguer et perdait petit à petit sa vitesse et son entrain, Triton lui tendit gentiment la main en constatant qu'il avait du mal à le suivre. Arius eut un bref mouvement de recul, étonné. Puis, il la saisit, enroulant ses doigts autour du poignet du dieu, et Triton l'aida à maintenir le cap. Sa main était tiède, comme la dernière fois, et d'une douceur et d'une force étonnantes. C'était une véritable caresse.

Ils continuèrent à avancer ainsi pendant de longues minutes. Là-haut, la lune avait pointé le bout de son nez et couvait de son regard argenté les flots devenus ténébreux. Une agréable lumière blanchâtre semblait suivre les deux compagnons et éclairer leur chemin. Alors qu'ils approchaient d'une dune de sable, Triton ralentit la cadence et sa queue cessa de luire pendant quelques instants sous les rayons lunaires.

— Où sommes-nous ? demanda Arius en retirant sa main de celle de Triton.

À peine avait-il fait cela qu'il regretta de ne pas l'avoir laissée où elle se trouvait.

Arius ne reconnaissait pas l'endroit. Iona et Kala ne l'avaient pas conduit dans cette partie de la mer.

— Nous voici arrivés dans l'ancienne Atlantide.

À ces mots, Triton se recula et un majestueux panorama s'offrit à Arius.

En contrebas de la dune où ils se trouvaient, se dressait une immense cité faite de ruines qui, malgré tout, avaient tenu bon. Ces ruines dessinaient un paysage argenté et cuivré qui paraissait dormir paisiblement sous la protection de la nuit. Il y avait des rues, des ruelles, des fondations, des morceaux de murs qui s'érigeaient encore fièrement, quelques meubles attaqués par le sel et les animaux marins et, surtout, de gigantesques temples rongés par le temps et où la végétation aquatique avait pris possession des espaces. C'était une authentique ville dont la beauté se percevait dans son côté abandonné et ancien. De nombreux poissons, pieuvres, crustacés et mammifères y vivaient désormais, et on aurait dit qu'ils étaient les maîtres des lieux.

C'était un spectacle à couper le souffle. Cette cité devait avoir été d'une richesse incommensurable à en juger par les nombreuses peintures détaillées, les mosaïques d'une finesse incomparable, les cristaux, pierres précieuses et autres matériaux précieux, tels que l'or, l'ivoire, l'argent ou encore l'orichalque.

— Quelle est cette ville…? fit Arius, subjugué par la hauteur des temples qui scintillaient malgré les ténèbres.

Chaque temple devait faire vingt à trente mètres de haut mais ne semblait pas forcément construit en hommage aux dieux habituels. Arius n'aurait su dire pourquoi, mais ils paraissaient différents. Plus…habitables.

— C'est l'ancienne Atlantide, répéta Triton.

— Tu me l'as déjà dit, lui fit remarquer Arius. Ce que je veux savoir c'est…pourquoi existe-t-il une ancienne Atlantide ? Que s'est-il passé ?

Pour toute réponse, Triton passa devant lui et lui prit de nouveau la main au passage. Il l'entraîna alors entre les murs détruits et croulants de la cité antique et lui offrit une balade silencieuse parmi les algues grimpantes qui s'enroulaient élégamment autour des colonnes et piliers, parmi la mousse verdoyante qui fleurissait dans chaque recoin, entre chaque dalle, parmi les nuées de poissons colorés qui s'enfuyaient sur leur passage, parmi les statues auxquelles il manquait parfois un bras, une jambe voire la tête, et enfin parmi ces temples mystérieux entièrement parés d'orichalque, de marbre et de pierres. Certaines pierres précieuses manquaient à l'appel désormais, les trous béants prouvant leur présence passée, mais il en restait que tout était magnifique.

Là, sur une grande avenue bordée de somptueuses bâtisses aux proportions grandioses et de colonnes entièrement recouvertes d'orichalque - Arius n'en avait jamais vu autant concentré en un seul endroit -, Triton s'arrêta et scruta les alentours.

— Quel est cet endroit ? réitéra Arius.

Triton l'invita à poursuivre le trajet à l'intérieur de l'un des temples et il découvrit alors une somptueuse demeure entièrement faite d'or.

Malgré la mousse et les traces d'humidité qui recouvraient le métal précieux, il n'était en rien altéré. Bien au contraire, sa brillance semblait scintiller de mille feux, y compris au fond des eaux. Au centre de la pièce se trouvait un lit immense, aux tentures abîmées, voire déchirées par endroits, et duquel partaient des rayons solaires taillés à même le sol. On aurait dit que ce lit était aussi important que le cœur du soleil lui-même. Chaque rayon avait été recouvert d'or ou d'argent.

Le reste de la pièce était quasiment vide, les meubles ayant été renversés, dévalisés, et la plupart des tentures et mosaïques arrachées.

Même si la demeure était d'une beauté faramineuse, l'atmosphère qui y régnait était pourtant des plus sinistres. Peu de lumière parvenait à pénétrer l'espace et cela ne faisait que renforcer la désolation.

— Bienvenue chez Néritès, finit par dire Triton, après d'interminables minutes de silence.

La voix du dieu perça le silence et se répercuta sur tous les murs. Un écho résonna puis mourut dans le calme de la cité.

— Néritès ? répéta Arius, incrédule. Qui est-ce ?

— Néritès était une divinité mineure, comme moi. Il était le fils de Nérée et de Doris[6].

— Nérée, comme les Néréides ?

— Exactement. Nérée et Doris ont donné naissance aux cinquante premières Néréides qui ont peuplé ce monde. Néritès était également leur fils, le seul mâle de leur descendance.

— Et il vivait ici ?

— Il a fondé l'ancienne Atlantide.

Arius fronça les sourcils. Il n'était pas sûr de comprendre.

Triton lui raconta alors toute l'histoire.

— Néritès, en tant que seul héritier mâle, s'était toujours senti à l'écart, différent par rapport à sa famille. Ses parents avaient bien du mal à s'occuper de cinquante et un enfants, aussi il grandit en adoptant

---

[6] Nérée était un dieu marin primitif, fils de Gaïa (la Terre). Doris était une Océanide.

un caractère plutôt discret et modeste. Seulement, après une importante dispute entre lui et son père, Néritès décida de se séparer des Néréides et de fonder sa propre ville en la peuplant d'une nouvelle famille. Il partit donc à la rencontre de plusieurs Océanides afin de les inviter à le rejoindre. Très vite, une nombreuse progéniture vit le jour à travers ses multiples conquêtes. Toutefois, cette progéniture était différente de tout ce que l'on avait pu voir auparavant.

— Différente ? s'enquit Arius.

— Elle ne ressemblait pas à des sirènes, ni à des tritons. C'était encore autre chose. Quasiment chaque être aquatique qui naissait se voyait attribuer un buste et une tête humains mais avec une queue de poisson, de pieuvre, ou de mammifère existant.

— Je ne suis pas certain de comprendre…, avoua le jeune homme, qui peinait à imaginer ce que lui racontait Triton.

Triton se frotta le menton, ne sachant pas comment lui décrire plus précisément ces créatures.

— Hum. Imagine ton propre corps, ou le mien, mais remplace nos queues de poisson colorées et presque similaires dans leurs formes par une queue de requin. Ou bien une queue de baleine. Ou encore une queue de carpe ou des tentacules de calamar. Chaque nouveau-né disposait d'une queue d'une espèce marine qui existait déjà, à la différence de nos queues, qui nous sont propres et totalement uniques. Cela formait des sortes d'hybrides naturels. C'était à la fois étrange et fascinant.

Arius se mit à songer à ces espèces étonnantes. Certaines devaient être magnifiques, mais d'autres particulièrement hideuses. Qui pouvait avoir envie de ressembler à un être mi-homme mi-calamar ?

— À mesure que Néritès faisait bâtir sa propre ville, qui allait bientôt devenir une sorte d'empire miniature, sa progéniture prospérait et se multipliait à une vitesse folle. Ses descendants étaient dotés d'une grande intelligence, toujours plus pointue. Ce sont eux qui inventèrent le savant mélange baptisé orichalque, ainsi que tous les autres métaux précieux. Personne jusqu'à aujourd'hui n'a réussi à percer le mystère de ce métal mystérieux, hormis les Atlantes.

Le jeune homme commençait à comprendre où il voulait en venir.

— Cependant, avec une population toujours plus grande et des savoir-faire toujours plus étendus, le peuple, qui s'était alors autoproclamé peuple de l'Atlantide, car il pensait égaler la grandeur et la puissance du titan Atlas, devint plus égoïste et violent. Il commença à dérober des richesses à d'autres entités et à d'autres êtres, et n'hésitait pas à tuer lorsqu'on lui résistait. Petit à petit, les murs se parèrent de pierres précieuses, à mesure que leurs cœurs se gonflaient d'orgueil et d'envie. Puis, vint ce jour où tout bascula.

Le regard d'Arius fut alors attiré par un scintillement rougeâtre, au beau milieu du lit. Il se dirigea vers lui, comme happé par sa lueur vibrante et, parmi les draps usés et humides, il découvrit un rubis taillé en forme de cœur. Il le toucha du bout des doigts, sentant sa robustesse et sa froideur, avant de se retourner vers Triton, qui l'observait dans la pénombre.

— Aphrodite, murmura Arius.

— Oui, Aphrodite, confirma Triton. Alors que l'Atlantide régnait sur les fonds océaniques et terrorisait les alentours, Aphrodite émergea des flots suite au fameux incident entre Cronos, encouragé par Gaïa, et Ouranos[7]. Intrigué par cet immense amas d'écume qui entourait la déesse, Néritès alla à sa rencontre et fut le premier être à lui adresser la parole. Aphrodite tomba immédiatement sous son charme. Ensemble, ils filèrent le parfait amour pendant un temps. Néritès venait rendre visite à Aphrodite sur son île de Chypre tous les jours et toutes les nuits. Seulement, après l'émergence des dieux Olympiens, la déesse de

---

[7] Ouranos (le Ciel) et Gaïa (la Terre) ont eu de nombreux enfants (Titans, Géants, Hécatonchires). Cependant, refusant de laisser sortir sa progéniture de la Terre Mère, Ouranos se fit alors émasculer par son fils Cronos (le Temps). Au cours de l'incident, les testicules d'Ouranos tombèrent dans la mer et, née de l'écume, Aphrodite jaillit des eaux.

l'Amour fut invitée à siéger au mont Olympe. Elle proposa donc à Néritès de l'accompagner, aveuglée par ses sentiments d'une puissance inégalée. Avec du recul, Aphrodite reconnut plus tard que ce n'était pas un véritable amour. C'était la première des passions, celle qui aveugle et qui blesse. Celle qui fait tomber le rideau de la naïveté. Elle ne s'attendait toutefois pas à ce que Néritès refuse sa demande. Il voulait rester auprès des siens, dans cette ville emplie de richesse et de luxure. Piquée au vif, Aphrodite partit pour l'Olympe sans demander son reste.

— Il n'y a pas eu de conséquences ? s'étonna Arius.

Triton haussa un sourcil, amusé.

— Tu connais bien les dieux désormais. Peu de temps après la proposition d'Aphrodite, Néritès, qui avait perdu son esprit sain, déclara que les Atlantes surpassaient les dieux de l'Olympe et qu'il avait eu l'audace de décliner l'offre d'une déesse. Ils firent alors ériger de somptueux temples en leur propre honneur, qu'ils utilisaient comme demeures. Ici est le parfait exemple. Bien évidemment, cette fierté mal placée et cette insolence ne plurent pas aux dieux. Aphrodite changea Néritès en coquillage, ainsi que la plupart de ses proches. Celles et ceux qui avaient réussi à s'échapper de justesse, craignant pour leurs vies, se réfugièrent au cœur d'une île, à quelques kilomètres de là. Cette île, alors sauvage et loin de tout, constituait le refuge parfait. Les créatures aquatiques se mirent à l'abri dans des cavités et grottes marines en attendant que l'orage divin cesse. Mais, comme c'était à prévoir, les Olympiens ne tardèrent pas à retrouver leur trace, en particulier Aphrodite, qui nourrissait toujours de la rancœur envers les premiers Atlantes. Elle les transforma alors en humains, dénués de tout don et de toute queue. Ainsi, ils durent apprendre à se débrouiller par eux-mêmes, sans richesses, et sans leur environnement de toujours. Le chemin fut long et laborieux mais, progressivement, ils prirent possession de l'île et fondèrent une nouvelle cité, afin de repartir sur de nouvelles bases, plus saines.

— L'Atlantide d'aujourd'hui, conclut Arius.

Triton acquiesça d'un signe de tête.

Arius s'empara du rubis en forme de cœur et le fit rouler entre ses doigts.

— Alors les Atlantes descendent de Néritès ?

— C'est exact. Tu ne t'es jamais demandé pourquoi tu n'avais pas mis beaucoup de temps à maîtriser ta queue de poisson ? Tu ne t'es jamais demandé d'où venait l'aptitude des Atlantes au combat ?

— Non...

Arius devait reconnaître que cela ne lui avait jamais traversé l'esprit. Depuis son enfance, on lui racontait que les Atlantes étaient un peuple de soldats et que leur tout premier roi, Niclésias, avait accosté sur l'île avant de fonder la plus puissante cité du monde. Personne ne s'était jamais demandé d'où il venait, ni comment il était arrivé là. L'histoire était désormais si ancienne que personne ne pouvait remonter jusqu'à cette époque.

— Beaucoup de talent coule dans les veines des Atlantes, au même titre que la violence et l'égoïsme. La corruption et le manque de modestie font partie de ce peuple depuis la nuit des temps. Malgré les efforts fournis, et malgré la volonté du peuple atlante originel d'effacer toute trace de son échec, les choses se répètent, des centaines, voire des milliers d'années plus tard. Même si Poséidon en est devenu le protecteur, le destin a fait que ce peuple a de nouveau sombré dans le mal.

— C'est ce qui explique la rancune des dieux et leur manque de compassion.

Arius observa la pièce, qui reflétait désormais tout son triste passé, et posa son regard sur Triton.

— Pourquoi ne m'avoir rien dit ?

— Ce n'était pas primordial et tu avais déjà bien des soucis. Je ne voulais pas ternir la vision que tu avais de ton peuple, ni te rajouter un quelconque fardeau.

Arius ne répondit rien et se contenta de baisser les yeux sur le cœur qui trônait au creux de sa paume. Il semblait avoir tiédi et paraissait plus lumineux que précédemment. Triton se rapprocha silencieusement, laissant derrière lui une traînée de minuscules bulles, et scruta le rubis à son tour.

— Il appartenait à Aphrodite, expliqua-t-il. Elle l'avait offert à Néritès en gage de son amour. Ce cœur est censé se teinter d'un rouge profond et devenir de plus en plus chaud lorsque l'on songe à l'être que l'on aime.

Arius constata alors que le rubis s'était mis à luire d'une lumière plus forte, plus intense. Il le sentit presque vibrer sur sa peau. Il releva alors la tête et croisa les prunelles de Triton, au fond desquelles dansaient les reflets du cœur, comme des petites flammes joyeuses et vivaces.

Il s'approcha lentement et tendit le cou vers le dieu des vagues, qui fit de même. Dans un silence religieux, ils cessèrent de respirer, leurs cœurs parlant pour eux, et leurs lèvres se rencontrèrent.

Le rubis en forme de cœur brilla alors d'un éclat que même Aphrodite n'avait jamais vu.

CHAPITRE 9

BELLEROPHON

Le périple vers Naos n'avait pas été de tout repos, même si Hermès et Bellérophon avaient rapidement atteint le troisième et dernier oracle. Situé sur un plateau en hauteur, à proximité d'un massif montagneux, l'oracle de Naos se trouvait dans un temple au sommet d'une montagne. Cette dernière n'était certes pas la plus élevée, ni la plus pentue, mais elle avait malgré tout donné du fil à retordre à Bellérophon qui, sous le poids de la fatigue et de son armure, avait sué à grosses gouttes et cru perdre son souffle à plusieurs reprises. Hermès n'avait évidemment pas aidé en le culpabilisant à coups de "je te croyais plus endurant que cela" ou encore de "tu as perdu de ta vigueur d'antan". C'était sa façon très particulière de le motiver en nourrissant sa rage.

Bellérophon était épuisé et commençait à saturer de la présence du dieu ailé à ses côtés. Il avait envie de tenir bon pour Arius et d'honorer sa mémoire et sa promesse, mais Hermès n'était pas un partenaire des plus faciles à supporter, encore moins sur plusieurs jours, et surtout lorsqu'il constituait la seule et unique compagnie. Le héros déchu se cramponnait à l'idée que le dieu avait malgré tout ses bons côtés - qu'il lui avait rarement montrés mais qui étaient bel et bien là quelque part - en priant pour qu'ils surgissent à nouveau sous peu.

Le temple dans lequel siégeait l'oracle de Naos était la seule chose qui se trouvait au sommet de cette montagne, hormis les vents plutôt violents qui secouaient Bellérophon. La roche ici était ocre et friable, et offrait un splendide spectacle pour les yeux. Tout était très coloré malgré tout. La vue était notamment imprenable. Sur la gauche de Bellérophon trônait le massif montagneux, dont les sommets étaient enneigés à cause de leur grande hauteur, qui les rapprochaient de la fraîcheur, et, au-delà, on pouvait distinguer la plaine désertique qui surplombait la forêt et menait à la cité royale de l'Atlantide. À sa droite, les eaux régnaient en maître à quelques kilomètres de là. Elles semblaient agitées et Bellérophon savait que cela ne présageait rien de bon. La houle brassait la mer et des vagues de plus en plus grandes et de plus en plus violentes et bruyantes naissaient petit à petit à l'horizon. Les cieux paraissaient également s'obscurcir, comme un voile grisâtre qui allait bientôt recouvrir toute l'île. Le temps était compté.

Bellérophon secoua la tête, comme pour s'arracher à cette pensée, et fit face au temple qui se dressait devant lui. Ce temple était relativement simple comparé à d'autres édifices qu'il avait pu croiser. Deux marches seulement le surélevaient par rapport à la surface rocailleuse du sol, et il ne disposait d'aucune illustration, d'aucune mosaïque ou peinture sur sa devanture. Seul un sanglier, représenté de profil, avait été taillé dans le marbre au-dessus des quatre colonnes qui encadraient l'entrée.

Toutefois, ce qui était le plus surprenant était que le temple ne disposait d'aucun mur, hormis au fond. Les soutiens étaient des colonnes, qui se multipliaient sur chacun des côtés. Aussi, Bellérophon pouvait voir tout ce qui se trouvait à l'intérieur du temple avant même d'y pénétrer. Force était d'ailleurs de constater qu'il n'y avait pas grand-chose au sein du bâtiment puisque les vents le traversaient constamment.

— Je n'étais encore jamais venu dans ce temple, avoua Hermès en observant le sanglier sculpté. On ne peut pas dire qu'il soit des plus chaleureux.

Bellérophon tourna son visage vers lui.

— En l'honneur de quelle divinité a été construit ce temple ? demanda-t-il.

— Oh tu le découvriras bien assez tôt.

Le visage d'Hermès était impassible. Habituellement, il s'ornait d'un petit sourire en coin, signe que le dieu ailé se réjouissait d'avance de ce qui allait se produire et qu'il jubilait de l'ignorance de ses compagnons. Cependant, cette fois-ci, il resta immobile et inexpressif.

— Pourquoi faut-il toujours que chaque information reste secrète jusqu'au bout ? soupira Bellérophon. C'est agaçant à la fin.

— Parce que je ne suis pas censé t'apporter de réponses, pas plus que je n'étais censé en apporter à Arius. J'agis ici en tant que lien avec Poséidon et j'éclaire ta lanterne lorsque tu en as besoin. C'est tout.

— Quel est le rapport avec le fait de me révéler en l'honneur de quel dieu a été bâti ce temple ?

— Tu comprendras bientôt.

Bellérophon se renfrogna et sa ride du lion se creusa davantage, elle qui était déjà bien visible.

— Allons à la rencontre de l'oracle, fit Hermès. Et cesse de bouder.

Cette fois-ci, le dieu ailé lui adressa un sourire malicieux en même temps que sa petite pique. Il commençait sérieusement à agacer Bellérophon. Rien n'était jamais gentil ou bienveillant avec les dieux, y compris ceux que l'on pensait sympathiques et généreux. Il avait hâte que cette quête se termine et qu'il puisse retrouver la paix, à défaut de retrouver son ami Arius. Les montagnes enneigées sur sa gauche le crispaient. Il savait ce qui s'y trouvait et espérait fortement que la dernière épreuve ne se situerait pas là-bas. Pourtant, en son for intérieur, il suspectait Zeus de lui avoir concocté une ultime tâche justement au cœur de ces montagnes.

Hermès entra le premier dans le temple, qui était tout en longueur et n'était parsemé que de quelques torches qui avaient été accrochées derrière certaines colonnes afin de les protéger du vent et ainsi les empêcher de s'éteindre. Le sol du temple avait été paré de dalles de marbre rouge et noir. Le rouge encadrait le chemin de marbre noir qui avait été tracé et conduisait directement au fond du temple, accessible par trois marches d'escalier. Hormis cela, il n'y avait rien d'autre.

Enfin non, il y avait autre chose. L'oracle.

La mystérieuse femme, dont l'âge demeurait impossible à déterminer, se trouvait au sommet des trois marches situées dans le fond du temple, à moitié dissimulée par l'obscurité apportée par le mur érigé dans son dos.

Bellérophon n'avait pas rencontré les deux précédents oracles, mais il pouvait parier qu'elles ne ressemblaient en rien à la femme qu'il avait devant ses yeux. L'oracle de Naos avait des cheveux enflammés, d'un roux si intense et vif que même l'ombre ne parvenait pas à ternir leur éclat. Ils avaient été tirés en arrière et surmontés d'une couronne finement taillée dans de l'or qui ornait la naissance de son front et retombait élégamment derrière ses oreilles. Elle avait des yeux d'un vert si lumineux que l'on aurait dit qu'ils pouvaient presque briller dans le noir. Son regard était perturbant, venu d'un autre monde. Son allure tout entière, soulignée par un chiton vert émeraude et par une ceinture rouge sang, dégageait une force et une puissance étonnantes. Si l'on avait dit à Bellérophon que cette femme était une guerrière, cela ne l'aurait guère surpris.

Le héros s'avança, le bruit de ses pas l'accompagnant à chaque mouvement, et fut suivi par Hermès, qui paraissait flâner. Parvenu jusqu'à l'oracle, Bellérophon s'inclina légèrement au pied des marches d'escalier par respect pour la mystérieuse femme, et se posta ensuite en face d'elle.

— Oracle de Naos, dit-il d'une voix solennelle. Je suis venu écouter la troisième et dernière prophétie qui me conduira à l'ultime épreuve confiée par Zeus, le roi des dieux.

Bellérophon maîtrisait l'éloquence et il jugea bon de l'utiliser en ce cas précis car il savait que sa vie n'allait tenir qu'à un seul fil une fois que le compte à rebours serait lancé. Mieux valait jouer la sécurité.

L'oracle le scruta pendant quelques secondes et resta silencieux. Puis, la femme aux cheveux flamboyants lui répondit, d'une voix forte et claire, qui vibrait presque, comme si ses paroles étaient accompagnées par un écho.

— Hipponoos, ou peut-être devrais-je dire Bellérophon. Toi qui as un jour fait preuve de la gentillesse liée à la naïveté du jeune âge, tu as sombré dans l'égoïsme et la prétention. Pourtant, te voici aujourd'hui devant moi, avec la volonté sincère et honnête d'expier tes péchés et de sauver le royaume de l'Atlantide. Tu es sur le chemin de la rémission et de la bonté.

Bellérophon n'aimait pas beaucoup qu'on le remette face à ses erreurs passées et face à son comportement, mais il devait reconnaître que l'oracle n'avait pas tort. Il savait pertinemment qu'il avait été odieux au cours de certaines années de sa vie, et sa longue descente aux enfers n'avait pas été totalement injuste. Sa durée et sa dureté, sans aucun doute. Mais il avait conscience qu'il n'avait pas été parfait, loin de là. Il éprouvait beaucoup de rancœur et de colère envers les dieux, mais aussi envers lui-même. Cela le hantait et il n'arrivait pas à se détacher de ses regrets, de sa culpabilité et de son passé. Il avait beau dire et faire comme si tout ceci appartenait à une autre vie, il ne parvenait pas à se mentir bien longtemps. Ses erreurs et blessures passées lui collaient à la peau. Pire, elles étaient comme marquées sur sa peau. Bellérophon avait beau avoir fui, refait sa vie, accompli d'autres choses, il ne pouvait pas se libérer de ses chaînes. La perte d'Arius lui avait ouvert les yeux et, au-delà du fait d'honorer la mémoire de son ami, qui lui avait redonné du courage et, contre toute attente, de l'espoir, il avait vu dans cette opportunité de prendre sa suite un moyen de se faire pardonner et de se pardonner lui-même.

— Ici et maintenant, reçois la toute dernière prophétie avant que l'Atlantide ne subisse le courroux divin ou qu'elle poursuive paisiblement son existence.

À peine avait-elle achevé sa phrase que la femme hoqueta. Sa nuque parut se briser et fut rejetée en arrière. Elle ouvrit brusquement la bouche et ses yeux prirent une couleur translucide tandis que ses bras et sa poitrine tremblaient violemment. Bellérophon ignorait si ce phénomène était normal ou s'il devait intervenir. Son sang commençait à tressaillir dans ses veines et il scrutait la scène avec attention et une certaine peur. Que se passait-il ?

Il sentit alors une main se poser sur son épaule. Une main parfaite, lisse et d'une pâleur solaire.

— Elle est en train de recevoir la prophétie, lui expliqua Hermès en chuchotant à son oreille.

Le dieu ailé avait dû le voir se tendre brutalement et se figer, n'étant pas certain de ce qu'il fallait faire. L'oracle se tordit alors en deux et lâcha un cri qui résonna dans toutes les montagnes environnantes. Ce hurlement glaça le sang de Bellérophon. Il avait l'impression d'assister à une torture.

— Tu es sûr que l'on ne peut rien faire ? demanda-t-il à Hermès en essayant de contenir son attitude alarmée.

— C'est le processus normal. Tout ira bien.

Hermès était en train de le rassurer. C'était presque cela le plus étonnant, finalement.

L'oracle cessa soudainement de se tordre dans tous les sens et retrouva une allure présentable et altière. Bientôt, elle parla d'une voix encore plus forte qu'auparavant, comme si elle venait de l'au-delà. On aurait dit qu'un esprit avait pris possession de son corps et parlait à sa place.

— *Contre ton passé tu devras faire face,*

Car le vautour ne te laissera aucun répit.

Au sommet du plateau aride tu prendras place,

Afin de te lancer à l'assaut de l'ultime défi.

Voilà ta prophétie. Et maintenant, va. Accomplis ce qui doit être accompli.

Tout à coup, une énergie parut quitter le corps de l'oracle et elle fut comme abattue en un instant. Ses épaules se voûtèrent, sa tête se baissa et elle resta debout mais comme inerte pendant un long moment.

Puis, elle reprit petit à petit contenance et ses prunelles redevinrent d'un vert clair écarlate. Bellérophon se tourna prudemment vers Hermès.

— C'est terminé ? demanda-t-il, n'étant pas sûr de ce qu'il fallait faire désormais.

— Tu as entendu la prophétie. Maintenant, il te faut la déchiffrer pour remporter la troisième épreuve.

Il avait bel et bien entendu la prophétie. Il n'avait cependant aucune idée de ce qu'elle signifiait. Si les deux derniers vers pouvaient être plutôt transparents, les deux premiers le laissaient dubitatif. Il redoutait ce qui se cachait derrière ces rimes mais, cette fois-ci, il ne pouvait plus reculer ni tenter de fuir. Il devait se confronter à son destin.

Alors que le soleil commençait petit à petit à décliner à l'horizon, Bellérophon planchait toujours sur la troisième et dernière prophétie. Hermès et lui étaient redescendus de quelques centaines de mètres pour moins souffrir de l'altitude, et se diriger davantage vers la plaine désertique. L'avant-dernier vers avait été plutôt évident pour Bellérophon : *au sommet du plateau aride tu prendras place.* Il était presque certain que cela désignait le plateau un peu en hauteur de la plaine désertique qui précédait la forêt de l'île. Au moins cela lui permettait de ne pas se rendre dans les montagnes enneigées. Le chemin allait être long et il espérait pouvoir déchiffrer l'énigme avant leur arrivée là-bas, afin d'être suffisamment préparé pour ce qui l'attendait.

Ils s'étaient arrêtés à l'orée d'un repli de la roche montagneuse qui leur servait à se couper des vents et à passer inaperçus dans la nature. Seul le feu pouvait désormais révéler leur présence. D'où ils étaient, Hermès et lui pouvaient apercevoir les contours du paysage atlante tandis que le soleil entamait son coucher et retirait peu à peu sa lumière sur le monde.

— Je crois que tu vas manger de la viande brûlée si tu ne la retires pas du feu immédiatement, lui dit Hermès, qui se régalait avec quelques petits morceaux d'ambroisie pris dans sa bourse.

Bellérophon sortit de ses rêveries et constata que le morceau de faisan - tué un peu plus tôt dans la journée - commençait à revêtir une teinte particulièrement sombre. Il retira brusquement la viande de la pierre grise et plate, posée au-dessus du feu, et souffla dessus pour la refroidir afin de ne pas se brûler les doigts trop longtemps.

— Tu m'as l'air bien songeur, en conclut Hermès, qui se tenait assis non loin de lui, ses jambes allongées et croisées et son buste légèrement penché vers l'arrière.

— Je réfléchissais à la signification de la prophétie, avoua Bellérophon, qui jugea, dépité, l'aspect de la viande de faisan.

Il saisit le morceau entre ses doigts et le jeta au loin. Il ne pouvait rien en faire désormais et, de toute façon, il n'avait pas très faim. Il sortit une poignée d'olives et quelques figues de sa besace et mordit dedans sans conviction.

— Pourquoi les prophéties doivent-elles toujours être aussi nébuleuses ? s'enquit-il en se tournant vers Hermès.

Bellérophon posa sa main droite au sol pour se trouver un équilibre et replia son genou gauche à la verticale pour y poser son avant-bras. Il avait ôté sa cuirasse quelques minutes plus tôt pour libérer ses mouvements.

— Parce que les dieux tiennent à conserver une part de mystère. Et à mettre à l'épreuve. C'est un moyen pour nous de montrer que nous conserverons toujours notre état supérieur et que nous aurons toujours plus de pouvoir et de connaissances que les mortels, répondit-il calmement.

Hermès referma sa bourse en tirant sur ses liens et l'attacha de nouveau à sa ceinture.

— Les dieux doivent se sentir particulièrement menacés par les mortels pour avoir cet irrépressible besoin de mettre constamment en avant leur puissance.

C'était une sorte de pique déguisée mais Bellérophon n'en avait que faire. Il crut alors déceler dans les yeux d'Hermès une sorte de voile d'insécurité, comme une note ténébreuse au fond de ses iris dorés.

— Ce n'est pas cela, finit par dire Hermès. C'est surtout une sorte de compétition entre nous.

— Une compétition ? s'étonna Bellérophon.

Hermès soupira et son regard se leva vers la lune, que l'on pouvait voir se dessiner progressivement dans le ciel de plus en plus sombre, malgré les teintes de brasier qui l'envahissaient.

— Nous avons besoin de prouver notre importance et de nous maintenir au même niveau que les autres. En tant qu'Olympiens, nous devons rester à peu près à égalité et ne pas tomber de ce palmarès divin. Pour cela, il faut que nous continuions à faire parler de nous, à avoir une certaine utilité et à être encore craints dans une certaine mesure. Au fond, nous cherchons surtout à ne pas être en bout de course et à rester aussi importants que les autres divinités qui sont à nos côtés.

— Je ne suis pas sûr de te suivre…, reconnut Bellérophon.

— C'est pourtant simple. On cherche à se prouver à nous-mêmes que nous sommes meilleurs que les autres dieux de l'Olympe. Aphrodite cherche à dominer Athéna, Héphaïstos cherche à égaler Arès, Apollon et Artémis sont en conflit permanent et ainsi de suite.

— On dirait surtout une guerre inutile d'ego sur fond de peur.

— Exactement.

Bellérophon haussa les sourcils, surpris. Il ne s'attendait pas à ce qu'Hermès confirme son propos, qui ne s'annonçait pourtant pas très glorieux. Seulement, le ton du messager n'était pas belliqueux. Il était anormalement calme et sincère, comme si Hermès était apaisé et fatigué des faux-semblants. Comme si la vision de la lune et la tombée de la nuit l'incitaient à se confier.

— Si l'on y réfléchit froidement, poursuivit Hermès, le destin d'un dieu n'a rien d'enviable. Nous devons sans arrêt trouver une nouvelle raison de continuer notre vie infinie et d'éviter l'ennui. Mais tu n'ignores pas ce que l'on ressent, n'est-ce pas ?

Le héros approuva d'un signe de la tête. Bien sûr qu'il savait ce que l'on éprouvait dans ce cas-là. C'était un cycle sans fin, une douleur éternelle et des questions à n'en plus finir.

— Sur l'Olympe, nous avons donc décidé, implicitement, de nous prouver à nous-mêmes que nous étions meilleurs que les autres. Comme nous sommes tous immortels, cette guerre, ou plutôt ces bêtises, peuvent durer éternellement. Nous sommes autant alliés qu'ennemis et cela nous permet de nous prouver que nous avons une utilité. Cela nous donne un but et nous empêche au passage d'éviter de sombrer dans l'oubli auprès des mortels qui sont, bien souvent, les premiers à en pâtir. Ce sont des batailles d'ego pour savoir qui est le meilleur dieu et quel talent surpassera celui des autres. C'est notre seule façon d'exister et, surtout, de survivre.

— C'est une bien triste façon de survivre, constata Bellérophon.

Il resta pensif quelques instants et leva son regard vers le ciel. Ce dernier commençait à laisser apercevoir quelques étoiles scintillantes.

— Les dieux doivent être brisés pour en arriver là.

— Je ne te le fais pas dire, dit simplement Hermès.

Plus ils échangeaient et plus la voix du dieu semblait éraillée, presque fatiguée. C'était comme s'il n'avait jamais parlé de cela à quiconque et que, ce soir-là, il se laissait totalement aller. Il paraissait las de tout et Bellérophon se demandait bien pourquoi. Hermès était secret, mais il était surtout l'un des dieux les plus joyeux du Panthéon et cela le troublait au plus haut point de le voir si…fragile en cet instant.

— C'est pour cette raison que je peux être désagréable, lâcha-t-il subitement, perçant le silence. À force de jouer des tours aux autres et d'essayer de se venger, on devient forcément plus mauvais, surtout lorsque l'objectif final est de revaloriser son ego. C'est une satisfaction de courte durée mais qui laisse malgré tout des marques à long terme sur la personnalité. Autrefois, j'étais beaucoup plus attentif aux prières et aux besoins des mortels. Je les affectionnais énormément. J'étais le plus généreux des douze Olympiens. Je parcourais le monde sans relâche et j'aimais rencontrer de nouvelles personnes. Et puis, à force d'être mêlé à de sombres histoires, à force de côtoyer ma famille, à force de voir les mortels s'entretuer et décliner en s'enfonçant dans les plus vils méfaits, j'ai perdu espoir. J'ai perdu cet entrain et cette malice qui me caractérisaient.

Bellérophon éprouvait presque de la peine pour Hermès, qui semblait empli d'une tristesse et d'un désarroi infinis. Il regrettait le passé et se montrait nostalgique. Jamais il ne l'avait vu si doux, si sensible et si honnête, lui qui aimait tromper ses interlocuteurs et s'amuser.

— Tu peux les retrouver, lui répondit Bellérophon. Ce sera un long chemin mais avec de la volonté, de l'énergie et un peu de courage, je suis sûr que tu pourrais redevenir la meilleure version d'Hermès.

Hermès étouffa un petit rire, légèrement moqueur et grandement découragé.

— As-tu une idée de ce que c'est que de grandir dans une famille de divinités ?

Il laissa un silence s'installer pendant quelques secondes. Bellérophon savait que cette question était purement rhétorique.

— C'est grandir au milieu d'un nombre incalculable de talents, de dons et de personnalités. Tout le monde est si doué, si bien loti qu'au final personne ne l'est. La perfection devient la norme, une banalité. Il n'y a pas de place à l'erreur, pas de place pour l'amour, pas de place pour la différence. On évolue dans un monde où l'on est un numéro. Le rejeton numéro six, ou douze ou trente-quatre, et personne ne fait attention à nous. Dès notre naissance, on est en danger. Tout le monde sait que Zeus ne se contente pas uniquement d'Héra, et bien des dieux n'ont pas été enfantés par elle. Alors on doit se cacher dès notre venue au monde, vivre dans une certaine peur, puis se montrer à la hauteur des autres Olympiens et tenter de conserver son rang. C'est accepter son immortalité. C'est assister à des atrocités comme la guerre de Troie. C'est se prendre d'affection pour des héros et des héroïnes qui finiront mal. C'est, finalement, passer une vie entière et éternelle seul, à lutter contre tout, y compris contre soi-même.

— Pourtant tu étais heureux au début de ton existence.

— Oh oui, je l'étais ! s'exclama Hermès en se remémorant quelques souvenirs. J'ai eu la chance de rester quelque temps en compagnie de ma mère, Maïa. Elle était douce, juste et pleine de tendresse. Et j'avais envie de voir le monde. Je suis né avec de l'audace, un brin d'espièglerie et quelques autres talents innés. Je les ai vite découverts et je m'en suis servi. Pendant quelques années, j'ai été heureux de pouvoir les mettre à profit, de jouer des tours, de guider les voleurs comme les voyageurs, de faire fleurir des commerces, de passer du temps en compagnie de mon frère préféré, Apollon. Et puis le temps a commencé à faire son œuvre. Petit à petit, les mortels ont diminué leurs prières et offrandes envers moi malgré ce que je faisais pour leur venir en aide. La routine s'est installée et j'en ai eu assez. Les héros ont alors émergé et, même là, je me rendais compte que, malgré l'aide que je pouvais leur apporter, malgré la docilité dont je faisais preuve envers ma famille, chaque quête se terminait de façon tragique. L'espoir s'est amenuisé et, finalement, je n'ai plus eu confiance en personne.

Il y avait une telle quantité d'informations que Bellérophon resta muet. Que dire face à tant de douleur et de frustration ? Il ne savait que trop bien ce que l'on pouvait ressentir en étant confronté à autant de solitude et d'épreuves. Il ignorait toutefois qu'un dieu pouvait avoir une âme si sensible et éprouver ce qu'il avait éprouvé.

— Je suis désolé, finit-il par dire.

Hermès pinça ses lèvres et fit un léger signe de la tête.

— Merci.

Bellérophon rangea les vivres restantes dans sa sacoche et remit du petit bois dans le feu.

— On devrait dormir à présent. La route va être encore un peu longue.

— Tu as raison. Bonne nuit.

— Bonne nuit, Hermès.

CHAPITRE 10

BELLEROPHON

— C'est hors de question.

Bellérophon était de nouveau paré de son armure et était prêt à reprendre la route, tout comme Hermès. Les deux compagnons se tenaient debout, l'un en face de l'autre. Les cendres du feu de la veille se trouvaient entre eux. Bellérophon arborait une expression fermée, presque irritée, et Hermès était droit, la mâchoire crispée. Si la nuit leur avait porté conseil, le petit jour les avait plongés en désaccord sur un point.

— Pourquoi diable ne souhaites-tu pas emprunter le chemin qui traverse les montagnes enneigées ? s'impatienta Hermès.

— C'est une mauvaise idée.

— Cela nous permettrait de gagner du temps pour rejoindre le plateau aride.

— De toute façon je n'ai pas encore déchiffré cette fichue prophétie.

— Tu auras tout le temps nécessaire au cours du chemin. Maintenant, allons-y et empruntons ce maudit sentier montagneux.

— Non.

Hermès soupira. Il était exaspéré et Bellérophon le lisait sur son visage.

— Dans ce cas, nous ne bougerons pas d'ici avant que tu m'aies révélé pourquoi tu as si peur de ce chemin montagneux.

Il planta ses pieds chaussés de ses sandales ailées dans le sol et patienta, les bras croisés. Son regard était sévère et paraissait transpercer Bellérophon. Toutefois, il ne voulait pas céder. Il savait que s'ils s'engageaient sur cette voie, ils pouvaient *la* rencontrer. Il était même sûr qu'ils allaient la rencontrer. Cela ne faisait pas de doute.

Devant son mutisme, Hermès leva les bras au ciel et saisit Bellérophon par le biceps.

— Tu ne me laisses donc pas le choix. Sans réponse de ta part, je vais employer les grands moyens.

Avec sa force divine, Hermès parvint à faire glisser Bellérophon sur le sol, malgré toute sa puissance et toute la volonté dont il faisait preuve. Ses pieds glissaient sur la roche et il n'arrivait pas à freiner le dieu ailé. En quelques minutes, ils furent bientôt sur le chemin qui traversait les montagnes enneigées.

Cela faisait une bonne heure qu'ils marchaient et le froid se faisait de plus en plus présent. L'air était si frais que chaque respiration devenait douloureuse, et de la brume commençait à s'échapper de leurs bouches. Il n'y avait strictement rien autour d'eux hormis de l'herbe rase. Il n'y avait ni arbre, ni animaux, ni point d'eau, rien.

Sur la gauche de Bellérophon se dressaient fièrement les montagnes enneigées, dont les sommets étaient à des centaines de mètres de là et donnaient l'impression de traverser le ciel. Depuis une heure, Bellérophon était également terrifié à l'idée de la revoir. Il y avait bien longtemps qu'il n'avait pas songé à elle et qu'il n'avait pas croisé son chemin. Après tout, elle n'avait été qu'un bref souvenir dans une vie devenue immortelle.

À présent qu'il avait accepté les conditions de Zeus, il pouvait de nouveau mourir et il n'était pas sûr que ce soit une bonne chose dans le cas présent. Il ne fallait surtout pas rendre l'âme avant la dernière épreuve, mais ces montagnes semblaient le menacer à chaque instant.

— C'est étrange, dit soudain Hermès.

— Qu'est-ce qui est étrange ? demanda distraitement Bellérophon, en proie à ses pensées.

— Il ne devrait pas se mettre à neiger à cette période de l'année. Nous sommes en été.

Bellérophon leva le nez en l'air et se rendit compte que de gros flocons virevoltaient tout autour d'eux et se multipliaient rapidement. En quelques instants, le sol fut entièrement recouvert d'une épaisse couverture blanche et des nuages gris s'amoncelèrent au-dessus d'eux. Le paysage désert fut tapissé d'un manteau d'hiver.

— Cette neige ne tombe pas au même rythme que d'habitude, constata Hermès.

— Quelqu'un la fait tomber, ajouta Bellérophon.

Il savait pertinemment qu'elle l'avait retrouvé.

— Je crois qu'elle sait où nous sommes.

Il scruta les alentours mais un épais brouillard, né de la chute brutale des températures, s'était levé. Ils avaient désormais de la neige jusqu'aux genoux. Le froid les enveloppait dangereusement et Bellérophon sentait des gerçures parcourir son corps. Son nez coulait, ses doigts avaient pris une teinte bleutée et des convulsions s'étaient emparées de son buste. Seulement, les flocons continuaient de tomber à un rythme effréné. Bientôt, ils seraient ensevelis ou morts de froid.

— Bien sûr que je sais où vous êtes, résonna une voix chantante. J'ai toujours su où vous étiez. En particulier toi. Bellérophon.

L'écho de sa voix glaça le sang du héros. Il se figea brusquement et un frisson désagréable parcourut son dos. Hermès se trouvait toujours à côté de lui, alerte. Il tentait de percer la couverture neigeuse de son regard mais il ne voyait pas grand-chose malgré ses dons.

— Il me semble reconnaître cette voix, dit-il. Elle m'est familière.

— Oh, je suis vexée que tu ne m'aies pas remise d'emblée, poursuivit la voix.

Elle s'était faite plus proche. Plus menaçante, presque moqueuse.

À sa gauche, Bellérophon entendit de légers bruits de pas qui foulaient la neige. Ce petit crissement se rapprochait de plus en plus, guilleret.

Bientôt, il aperçut sa silhouette. Sa silhouette élégante et élancée.

— Chioné, dit-il dans un murmure à peine audible.

Bien sûr, ce qui n'était pas audible pour les mortels l'était pour les dieux. Hermès comprit alors ce qui était en train de se produire.

— En voilà au moins un qui parvient à remettre un nom sur un visage ! s'esclaffa-t-elle.

Chioné était la déesse de la neige et elle incarnait son rôle à la perfection, jusque dans ses attributs physiques. La jeune femme avait un teint pâle, presque aussi pâle que les statues de marbre avant qu'elles ne soient peintes. Ses cheveux étaient longs et d'un blond polaire, parcourus de reflets argentés. Ils étaient légèrement ondulés et tombaient élégamment en cascade sur ses épaules et sa poitrine. Son nez était petit et en trompette et contrastait avec sa bouche, plus charnue, alors parée d'un bleu métallisé, et ses yeux gris perçants, grands et expressifs. Elle portait un chiton revisité, semblable à une robe plutôt près du corps, qui lui couvrait le haut des bras et la poitrine, mais laissait ses épaules à l'air libre. Son vêtement, long et disposant d'une traîne qui lui conférait une grâce inégalée, était composé d'un camaïeu de bleu, dont les notes les plus sombres tiraient grandement sur le violet pour se terminer par des teintes blanchâtres. Au sommet de son crâne siégeait une tiare en argent. Son visage était, à ce moment-là, éclairé par un sourire aux allures mesquines.

— Cela faisait longtemps que nous ne nous étions pas croisés, lui dit Hermès.

Lui non plus n'avait pas l'air ravi de la voir de nouveau.

— En effet. Bien trop longtemps. C'est pourquoi je suis ravie de vous accueillir dans mon royaume, répondit-elle en s'arrêtant à quelques pas d'eux, sa tenue étant apparemment protégée contre l'humidité des flocons.

— Ton royaume ? répéta Hermès.

— Je constate que les Olympiens n'ont toujours que faire des divinités mineures. Il y a des lustres que j'ai quitté les territoires de mon père, Borée, et que je suis venue m'installer en Atlantide. J'avais soif de pouvoir et j'avais envie de posséder mon propre royaume. Alors je suis venue m'installer ici, dans ces montagnes. Depuis, on les surnomme les montagnes enneigées. Mais ça, vous le savez déjà, n'est-ce pas ?

Les flocons de neige s'étaient fait tempête et le vent du Nord s'était levé. En quelques minutes, la chaleur estivale de l'Atlantide avait laissé place à une froideur extrême. Bellérophon grelottait sans répit, et l'humidité traversait ses vêtements et ses éléments d'armure. Il savait très bien ce qu'était en train de faire Chioné. Il la connaissait. Il n'ignorait pas que cette déesse était puissante, mais discrète. Elle était aussi belle que redoutable.

Tout autour de lui, les bourrasques soufflaient si violemment qu'il peinait à entendre correctement tous les échanges. Tout était devenu gris, froid et dangereusement humide.

— Qu'est-ce que tu nous veux ? demanda Hermès à Chioné, avec une pointe de défi dans la voix.

Chioné éclata de rire. Son rire était si cristallin et mélodieux qu'il en était presque envoûtant. Bellérophon se rappelait de ce rire. Seulement, il n'était alors pas empreint de vengeance.

— Je veux faire payer Bellérophon, répondit-elle. Et si je peux, en prime, me débarrasser d'un Olympien, alors ce serait formidable !

Chioné se frotta les mains, comme pour se délecter de sa prise, et Bellérophon aperçut des flocons bleutés jaillir autour de ses doigts et de ses paumes. Elle ne comptait pas stopper la tempête glaciale, bien au contraire.

— Tu joues un jeu dangereux, la prévint Hermès. Si tu t'attaques à moi, les onze autres Olympiens viendront te chercher. Tu perdras à coup sûr. Il est bien imprudent de s'en prendre à l'un de nous.

— Oh je suis au courant ! Mais ce n'est pas le plus important. Au-delà du fait que tu sous-estimes cruellement ma puissance, ainsi que celle de toutes les divinités mineures à laquelle vous prêtez à peine attention, je n'ai que faire de mourir ou d'être punie. Si je réussis à abattre un dieu de l'Olympe, d'autres suivront mes traces, et alors le Panthéon pourra enfin être renversé.

Bellérophon fronça les sourcils. Il ne sentait plus ses jambes. Il n'était plus capable de bouger et suffoquait de plus en plus. Ses poumons semblaient le brûler et, paradoxalement, devenir de plus en plus lourds et de plus en plus froids. Sa gorge était obstruée et chaque respiration le faisait souffrir. Ses cheveux et ses cils commençaient à geler tandis que sa bouche s'asséchait de seconde en seconde. La neige l'empêchait de bouger et il était enseveli sous des milliers de flocons jusqu'à la taille.

Il avait beau tenter d'avancer, de se dégager, la neige était trop compacte pour qu'il puisse s'en dépêtrer. Hermès, quant à lui, restait immobile. La tempête ne l'atteignait apparemment pas. Il était aussi entouré de neige que Bellérophon mais il ne réagissait pas. Son regard restait fixé sur Chioné, comme si un seul battement de cils pouvait lui faire baisser sa garde. À en juger par la méfiance et la tension qui régnaient chez le dieu ailé, il connaissait aussi l'étendue du pouvoir de la déesse de la neige.

Alors qu'Hermès s'apprêtait à répliquer, Chioné détourna son regard de lui pour le poser sur Bellérophon.

— Je vois que tu es transi de froid. Ça fait mal, n'est-ce pas ?

Derechef, un sourire machiavélique naquit sur son visage.

— Tu vois où je veux en venir, je suppose ?

— Ch…Chion…né,…l…laisse-n…nous p…pa…partir, bredouilla-t-il, frigorifié.

Il avait perdu de sa superbe. Le froid l'atteignait tant qu'il n'était plus capable d'articuler sans avoir l'impression de perdre sa mâchoire. Sa vision se brouillait de plus en plus. Il n'allait plus tenir très longtemps dans cette lande devenue polaire.

— Libère-le de la tempête, lui ordonna alors Hermès, sur un ton des plus tranchants. Et libère-moi également.

— À vos ordres, très cher Hermès, fit-elle en souriant toujours.

Elle frappa alors dans ses mains et un tourbillon enneigé enveloppa brusquement Bellérophon. C'était comme si un cyclone givré était subitement né de la terre pour l'avaler. Il crut devenir sourd l'espace d'un instant. Le vent et la neige lui fouettaient si fort le visage et les oreilles qu'il n'entendait plus rien, il ne voyait plus rien, ses sens étaient totalement saturés. L'air redoubla d'intensité et Bellérophon crut atteindre le point de non retour. Il cessa de respirer et fut entouré d'un halo blanc. D'un seul coup, il ne ressentit plus rien.

Bellérophon ne savait plus où il était et ne se rappelait plus des événements récents. Tout ce dont il était certain était qu'il avait froid, et qu'il avait mal absolument partout. C'était comme si l'on essayait de l'écarteler. Ses membres étaient durs et endoloris et il peinait à se mouvoir. Et tout était blanc. D'une blancheur aveuglante et hypnotique. Une infinité de vide lumineux.

Il crut alors percevoir quelque chose. Un son. Ou plutôt des sons. Lointains. Comme des cliquetis. D'un seul coup, il fut rattrapé par la réalité. Ses yeux s'ouvrirent brusquement et il reprit son souffle, comme s'il émergeait des flots. Malgré la froideur environnante, une goutte de sueur perla sur son front. Son corps était bouillant.

— Ce n'est pas trop tôt, lui dit une voix sur sa droite.

Bellérophon fit lentement pivoter sa tête en direction de son compagnon. Hermès.

— Où...où sommes-nous ? demanda-t-il, encore faible et confus.

— Dans le palais de Chioné. Entre les deux plus hauts sommets des montagnes enneigées.

Il constata alors, à mesure que sa vision revenait progressivement, qu'Hermès était enchaîné au niveau des poignets et des chevilles. Il était légèrement penché en avant, les bras tirés vers le plafond tandis que ses jambes étaient pendues au-dessus du sol. Bellérophon remarqua qu'il était exactement dans la même situation. Cette sensation d'écartèlement n'était donc pas anodine.

Tout autour de lui il n'y avait que du bleu et du blanc. Tout était constitué de glace et de neige. C'était agressif pour le regard. Ils se trouvaient dans une petite pièce avec une seule ouverture - la porte - et c'était tout. Bellérophon n'était jamais venu dans cette partie du palais, mais il devait avouer qu'il préférait les autres espaces.

— Comment est-on arrivés ici ? questionna-t-il.

— Chioné a utilisé ses pouvoirs pour nous transporter ici. Je suppose qu'elle aura agi avec l'aide de Borée. Ou du moins, qu'elle aura emprisonné certains vents pour les libérer sur nous.

— Il faut que l'on se libère.

— Si tu crois que je n'y avais pas encore pensé, simplet. Cela fait deux heures que j'attends que tu recouvres tes esprits pour que l'on déguerpisse d'ici.

— Tu aurais pu te libérer sans moi. Tu es un dieu.

Hermès bougea ses poignets et fit cliqueter ses chaînes au passage.

— Les chaînes sont faites en orichalque. Je ne peux rien faire.

— Depuis quand l'orichalque est un métal anti-dieu ? s'enquit Bellérophon.

Si l'orichalque était une spécificité atlante, il n'avait jamais été précisé qu'il pouvait neutraliser les dons d'une divinité.

— Depuis qu'il est né dans les tréfonds de l'océan. L'orichalque n'est pas un produit de mortels. Il dispose de propriétés très spéciales et est un alliage complexe. Seulement, le temps a fini par faire oublier aux Atlantes ce dont il était capable. Ma force et mes pouvoirs ne me servent ici à rien.

— Si l'on reste ici, on va mourir tous les deux. Je ne sens déjà plus mes mains, ni mes pieds.

Hermès soupira et une brume blanchâtre s'échappa de ses lèvres. Son teint paraissait plus pâle que d'habitude. L'orichalque lui pompait-il son énergie ?

Bellérophon grimaça. Ses poignets commençaient à saigner à cause du métal précieux qui entaillait sa chair. Un filet de sang, qui contrastait grandement avec les nuances de bleu de la pièce, s'échappa de la plaie et glissa discrètement le long de ses avant-bras.

Il remarqua alors que ses veines étaient beaucoup plus apparentes que d'habitude et que sa peau avait une blancheur mortuaire. Il n'allait plus tenir très longtemps avant de rendre l'âme. Il sentait son coeur lutter et battre fort contre sa poitrine.

— Je me demande bien ce que tu as pu faire à Chioné pour qu'elle t'en veuille ainsi, dit Hermès, curieux.

Il posa ses prunelles dorées sur Bellérophon. Pour une fois, son ton n'était pas trop inquisiteur ni moqueur.

— Il m'a dupée, répondit la voix cristalline de Chioné lorsqu'elle pénétra dans la pièce.

À ce moment-là, Bellérophon ressentit alors tout ce qu'il avait éprouvé la première fois qu'il l'avait rencontrée. Il fut subjugué par sa beauté et son charme. Chioné était certes une beauté froide, mais elle était saisissante. C'était une silhouette qui attirait le regard, qui envoûtait. De ses yeux argentés, elle le transperça d'une façon assassine.

— Dupée ? répéta Hermès. Il va falloir être un peu plus explicite.

— Et si tu lui racontais l'histoire, Bellérophon ? cracha Chioné. Avant que je ne me charge de vous deux.

Bellérophon ne se sentait pas apte à dévoiler tous ses secrets, mais il savait qu'il n'avait pas le choix. Sa survie en dépendait.

Il expira longuement et se mit à raconter, d'une voix rauque mais un peu faiblarde.

— C'était il y a quelques années, lorsque je suis arrivé en Atlantide. J'étais en proie à de nombreux conflits intérieurs, et j'ignorais encore comment aller de l'avant avec cette immortalité nouvelle. J'éprouvais un dégoût de la vie et j'étais totalement perdu. Quand je suis arrivé sur l'île, à l'aide d'un bateau marchand, je suis allé me perdre dans les nombreux paysages qu'elle compte. Je me suis mis à marcher, sans savoir où aller. J'étais complètement à la dérive.

En se remémorant ces souvenirs, Bellérophon sentit sa poitrine se compresser. C'était une période dont il n'aimait pas parler et qu'il avait tenté d'oublier. À vrai dire, il avait tenté d'oublier de très nombreuses années de sa vie. Presque toute sa vie d'immortel en fait.

— Cesse donc tes jérémiades et viens-en au fait, lui ordonna Chioné. Si tu crois qu'Hermès et moi sommes sensibles et compatissants.

Elle n'avait pas tort sur ce point. Seulement, Bellérophon savait aussi que les dieux, malgré leur façade, pouvaient se montrer presque humains. Il l'avait constaté avec Hermès et il avait connu une Chioné beaucoup plus tendre et délicate.

— Un jour que je m'étais aventuré dans les montagnes, je me suis fait surprendre par une tempête de neige. Nous étions en plein hiver et j'étais monté beaucoup plus haut que je ne l'aurais dû. J'ai fini par trouver un abri dans une grotte et c'est là que Chioné m'a trouvé. J'étais presque inconscient et transi de froid. Je ne pouvais pas mourir, mais la douleur était là et me consumait. Elle m'a alors invité dans son palais et j'y suis resté quelque temps.

Hermès leva le visage vers Chioné et Bellérophon, son regard passant de l'un à l'autre.

— Vous avez été amants, en conclut-il, presque bouche-bée.

Chioné leva un sourcil et fit la moue, comme si elle était gênée. Bellérophon, quant à lui, baissait les yeux.

— Seulement voilà, enchaîna Chioné, d'une voix forte et menaçante. Après m'avoir attendrie avec son châtiment divin et sa triste histoire de vie, il a commis l'irréparable.

— Il a osé dire que tu *refroidissais* ses ardeurs ?

Hermès étouffa un rire et Bellérophon ne put se retenir de sourire. Finalement, le dieu ailé était peut-être en train de revenir progressivement, et dans toute sa splendeur.

Une pique de glace couverte de neige se matérialisa dans la main gauche de Chioné. Ses phalanges devinrent encore plus blanches autour d'elle.

— Ne t'avise même pas de refaire une plaisanterie, dit-elle d'une voix qui glaça le sang de Bellérophon.

Hermès ne parut pas le moins du monde impressionné.

— J'ai dérobé sa tiare, termina Bellérophon.

— Sa tiare ? répéta Hermès. Pourquoi en aurais-tu eu besoin ?

— Pour la vendre. Même si j'étais immortel, j'avais besoin d'argent pour survivre sur l'Atlantide. C'est un royaume puissant, et l'on a rien sans rien. Et puis…je n'en suis pas fier mais je souhaitais me venger des dieux. Après tout ce que j'avais subi, après tout ce qu'ils m'avaient fait, j'ai voulu obtenir une certaine réparation.

— En commettant un délit ? Sacrée réparation.

Bellérophon leva les yeux vers Chioné, presque implorant.

— Je sais que c'était une erreur. C'était même une idée pathétique. Chioné, je ne pouvais pas t'offrir ce que tu attendais de moi. Alors je suis parti.

— Tu m'as abandonnée, rectifia Chioné, dont la rage se lisait dans ses prunelles.

Ses doigts se serrèrent encore davantage autour de sa pique de glace.

— Tu as quitté le palais sans rien dire, à la nuit tombée, et en emportant avec toi ma précieuse tiare d'alors. Tu m'as utilisée pour ton bon plaisir et tu es ensuite parti, sans demander ton reste. Depuis ce jour, je me suis alors jurée que je te retrouverais et que je te le ferais payer. Personne ne peut tromper la déesse Chioné.

Bellérophon comprenait entièrement la position de Chioné. Il savait que son attitude avait été intolérable et irrespectueuse. Pire, il avait violé la *xenia*[8], qui était l'un des principes les plus chers aux yeux des dieux et des mortels. Il avait commis l'irréparable à cette époque où plus rien ne lui semblait important. Il se rappelait à quel point les

---

[8] La xenia est un concept lié à l'hospitalité. L'art de recevoir et de remercier un hôte était très important dans l'Antiquité. Manquer à son devoir d'hôte ou d'invité revenait à blasphémer et représentait une insulte à Zeus, mais aussi à toutes les autres divinités.

journées lui étaient sans saveur, sans intérêt. Il vivait sans rien ressentir, sans rien éprouver. Il était comme mort à l'intérieur. Il avait passé de nombreux mois, et même de nombreuses années, à errer.

Son attitude n'était pas pour autant excusable, mais il avait aussi choisi de fuir parce qu'il ne voulait pas fréquenter une déesse. Les divinités le détestaient, et il les détestait tout autant. Il savait que tout avait une fin et il avait alors choisi de prendre la fuite, avant que la situation ne dégénère. Car tout finissait par dégénérer avec lui. Il n'était pas en mesure de lui offrir une vie à deux, ou même des enfants, tout bonnement car il avait déjà eu des enfants et qu'il les avait perdus. Chioné était certes une déesse et, à cette époque, lui aussi était immortel. Cependant, que l'on soit dieu ou mortel n'avait pas grande importance. On pouvait perdre son enfant à n'importe quel moment. Il n'avait pas eu envie de trahir sa descendance. Il avait donc opté pour la solution la plus facile.

— Je t'ai véritablement aimé, Bellérophon, finit par lâcher Chioné.

À ces mots, Bellérophon la regarda intensément et fut envahi par une immense culpabilité. Il n'était pas insensible à son charme, loin de là, mais il savait qu'il ne pouvait pas tomber amoureux d'une déesse. Il ne le pouvait pas et ne le voulait pas. Pourtant, il se sentait coupable de l'avoir blessée. Il n'en avait pas eu envie. Au début, peut-être, mais désormais il voyait les choses différemment. Du temps s'était écoulé.

Chioné semblait émue, et cela serra le cœur de Bellérophon.

— Je suis désolé, lui dit-il. Sincèrement.

Elle étouffa un petit rire las.

— Tu ne le seras plus très longtemps.

— Que veux-tu dire ?

Il fronça les sourcils. Chioné n'était pas bête, et il savait qu'elle préparait un mauvais coup.

— Vois-tu, Bellérophon, pendant ton absence j'ai eu le temps de peaufiner ma vengeance. Je suis donc allée rendre visite à une magicienne très douée répondant au nom de Circé. J'ai en ma possession un philtre d'amour des plus redoutables. Et, lorsque tu l'avaleras, tu redeviendras mien.

— C'est donc cela ton plan ? intervint Hermès. Un philtre d'amour ? On ne peut pas dire que Bellérophon vaille la peine que l'on se donne autant de mal.

Chioné et Bellérophon le fusillèrent du regard.

— Mon plan ne s'arrête pas là. Une fois que tu te seras de nouveau entiché de moi, Bellérophon, je te briserai le cœur comme tu m'as brisé le mien. Littéralement. Je veux voir la douleur dans tes yeux quand tu verras ton être aimé te planter une pique de glace dans la poitrine. Alors tu comprendras ce que j'ai éprouvé.

À ces mots, elle fit demi-tour et disparut dans une tornade de tissus bleutés.

Hermès soupira, de la brume glacée sortant de ses lèvres.

— Nous voici dans une situation des plus embarrassantes. Quand je pense que tu as voulu entourlouper une déesse. À quoi pensais-tu à la fin ? Tu savais pertinemment que cela se retournerait contre toi un jour ou l'autre.

Même si Hermès soupirait relativement souvent, cette fois-ci il paraissait réellement agacé, comme s'il s'agissait de la situation de trop, celle qui laissait penser que la coupe était bientôt pleine.

— Je le sais, répondit Bellérophon, piqué au vif. C'était il y a longtemps, et je n'ai pas réfléchi.

— Comme bien souvent on dirait. Et c'est bien ce qui vous fait défaut à vous, les mortels.

— Qu'est-ce que tu insinues par-là ?

Le regard du dieu ailé s'était fait dur, et ses prunelles s'étaient colorées d'une teinte d'un or plus foncé. Sa mâchoire était également contractée et il était apparemment sur le point de perdre patience. Bellérophon ne l'avait encore jamais vu céder à la colère sous ses yeux.

— Si vous arrêtiez d'agir sans réfléchir, peut-être qu'Arius serait encore là ! s'écria-t-il finalement.

Bellérophon resta muet, ne s'étant pas attendu à une telle réponse. Il connaissait Hermès jovial, Hermès mesquin, Hermès moqueur, Hermès fanfaron, Hermès rapide, mais certainement pas Hermès sensible. Il avait supposé que la perte d'Arius lui avait fait quelque chose car il l'avait senti ému, mais il n'avait pas envisagé que la mort de leur compagnon avait pu l'atteindre à ce point-là.

— J'ignorais que tu le portais dans ton cœur, finit-il par dire.

— C'est simplement usant de voir des mortels et des héros aller vers la mort alors que l'histoire aurait pu se terminer d'une autre façon.

Les prunelles d'Hermès se voilèrent l'espace d'un instant, et il se laissa aller, ses bras tirant sur les chaînes qui le liaient au plafond.

— L'important n'est pas là pour le moment, dit Bellérophon. Le temps nous est compté et toi et moi savons à quel point Chioné peut être dangereuse. Il faut que l'on sorte d'ici.

Hermès releva son visage vers le guerrier et fronça les sourcils.

— Que suggères-tu ? demanda-t-il.

— Une solution très simple mais à laquelle il fallait malgré tout penser.

À ces mots, Bellérophon se mit à siffler.

Rien ne se produisit.

Il siffla de nouveau.

Rien ne se produisit.

— Je ne sais pas ce que tu essaies de faire mais cet élan d'espoir était la seule chose remarquable que tu aies accomplie aujourd'hui, se moqua Hermès.

Bellérophon lui adressa un regard assassin. Il fallait toujours qu'il fasse une remarque cinglante.

— Serait-il possible que tu siffles exactement les trois notes que je viens de faire ? Avec ton écho divin, on aurait davantage de chance d'être entendus.

— Bien sûr que je peux reproduire ton sifflement et l'amplifier grâce à mon statut divin, mais quel est le but ?

— Tu le découvriras bien assez tôt.

Hermès se pinça les lèvres et se mit à siffler, dans un écho des plus percutants. L'avantage avec les dieux était que tout était décuplé chez eux : leur voix, leur force, tout.

À peine les trois notes s'étaient-elles achevées que plusieurs coups furent frappés au-dessus de leurs têtes, comme si une massue tapait contre le plafond. Au bout du quatrième coup, une partie du plafond céda et un amas de glace s'abattit dans la pièce et secoua Bellérophon. En s'écroulant, le plafond le libéra brutalement de ses chaînes.

— Qu'est-ce que…? s'étonna Hermès.

À travers les débris de glace et de neige, il découvrit alors Pégase.

— Beau travail, le félicita Bellérophon, qui se débarrassait du restant des chaînes.

Bellérophon était couvert de neige humide et froide, mais il s'en fichait. À partir du moment où il pouvait quitter ce palais de malheur, il était le plus heureux des hommes. Il était également content de retrouver son vieux compagnon.

L'étalon ailé le salua d'un signe de tête et déploya ses grandes ailes blanches dans un bruissement réconfortant.

— Comment a-t-il pu nous retrouver en aussi peu de temps ? s'étonna Hermès, ébahi.

— Pégase n'est jamais loin de moi, répondit Bellérophon en flattant l'encolure de sa monture. Même quand nous ne sommes pas ensemble, il me suit à la trace en restant à distance. Il sait repérer mon odeur. Nous sommes comme connectés depuis que nous avons vaincu la Chimère ensemble.

— Sauf quand il s'agit de te mener jusqu'au mont Olympe apparemment.

— Ce serait trop demander un peu de gentillesse alors que je viens de nous tirer d'affaires ?

— Pour cela il faudrait déjà que je sois libre.

Pégase s'ébroua alors et s'approcha d'Hermès. Bellérophon décela une lueur de terreur dans les yeux du dieu, qui ignorait ce qui était sur le point de se produire.

Le cheval ailé poussa alors un hennissement vibrant et rua avec une telle puissance que, dès lors que ses sabots arrières rencontrèrent l'orichalque des chaînes, ces dernières cédèrent instantanément. Le métal, en tombant lourdement sur le sol, provoqua un brouhaha assourdissant.

— Si avec tout ce raffut Chioné ne nous a pas entendus, ce serait une immense prouesse, fit Hermès en se frottant les poignets.

— C'est le moment de nous mettre en selle !

— Quoi ? Mais que…

Bellérophon ne le laissa pas terminer sa phrase. Il le saisit par la taille et le hissa de force sur le dos de Pégase, qui s'agitait nerveusement. Puis, il sauta à son tour sur sa monture et l'éperonna avec vigueur. Il fallait sortir d'ici et vite.

Au même instant, Chioné apparut dans l'encadrement de l'entrée de la prison et ouvrit de grands yeux remplis d'effroi. Pégase battit violemment des ailes et, après trois foulées au galop, manqua de peu la tête de Chioné au moment du décollage.

— Revenez ici !!! rugit la déesse.

Elle les prit alors en chasse et leur lança des gerbes de glace tandis qu'ils essayaient de prendre la fuite. Ils franchirent une volée d'escalier puis un premier couloir et parvinrent rapidement dans la grande salle du palais.

Bellérophon la connaissait bien. Cette salle était magnifique. Elle était comme une reconstitution d'une forêt enchantée sous la neige. L'atmosphère qui y régnait était apaisante et entièrement bleutée. Il y avait des sapins et toutes sortes de conifères, des rennes, des renards polaires, des loups blancs, et même des perce-neiges. Le héros déchu avait appris le nom de toutes ces espèces auprès de Chioné, lorsqu'il avait séjourné ici. Il se rappelait être venu dans cette salle au ciel artificiel - sans doute magique ? - tous les soirs pour observer la nature vivre. Le ciel qui se dessinait au plafond était constamment assombri, comme si la nuit tombait sans discontinuer, se teintant de couleurs grises et bleues, parsemées de petites lumières blanches semblables aux étoiles. Parfois, on pouvait y apercevoir des aurores boréales. Et puis, tout au fond de cette immense salle enneigée tout en longueur, se trouvait le trône de Chioné, entièrement sculpté dans la glace. C'était le petit royaume de la déesse. À défaut d'avoir été une divinité majeure, elle s'était construit son propre empire, composé de plantes, d'animaux et de beaucoup de neige.

Tandis qu'ils survolaient cet espace naturel, Chioné se trouvait désormais debout sur un char, tiré par deux rennes qui galopaient férocement. Même s'ils étaient en hauteur et la déesse au sol, elle parvenait malgré tout à les atteindre à l'aide de ses pouvoirs.

— Il faut que l'on se débarrasse d'elle ! s'écria Bellérophon.

Le bruit était incessant et Bellérophon ne savait plus où donner de la tête. Les ailes de Pégase, les sabots des rennes et les roues du char de Chioné, le bruit des piques de glace et le sifflement qu'elles provoquaient en passant non loin d'eux, sans compter tous les bruits de la forêt qu'ils survolaient, l'empêchaient de penser.

— Je m'en occupe ! répondit Hermès.

— Qu'est-ce que tu v…

Il n'eut pas le temps de terminer sa phrase qu'il vit le dieu sauter du dos de Pégase.

Bellérophon manqua alors de percuter une chouette harfang des neiges et fit brutalement tourner Pégase en insistant sur sa bride. Le cheval se disloqua presque le cou. Bellérophon entendit alors un craquement sourd et un immense fracas derrière lui, comme un coup de tonnerre étrange qui résonnait au loin, suivi par une nuée de tornades. Que se passait-il ?

Au moment où il fit demi-tour avec Pégase, car ils atteignaient bientôt l'autre bout de la salle - et donc la sortie en dessous d'eux -, il vit alors Hermès sous une toute autre forme. Il semblait plus puissant, plus rayonnant, plus fort, plus beau. Il portait désormais son pétase ailé sur la tête, et il tenait fermement son caducée entre ses mains. Le plus étonnant était malgré tout la paire de gigantesques ailes blanches qui ornaient son dos et lui conféraient une allure qui imposait le respect le plus profond. Pour parfaire le tout, le regard du dieu ailé scintillait de blancheur, comme s'il s'était transformé en une créature magnifique et venue d'un autre monde.

Suspendu au-dessus du sol, ses ailes battant puissamment, Hermès parla d'une voix forte, qui résonna dans toute la salle du trône. Bellérophon porta immédiatement ses mains à ses oreilles pour ne pas sentir ses tympans se percer.

— Maintenant, ça suffit Chioné !

La déesse ne parut pas le moins du monde impressionnée et continua malgré tout de foncer sur lui avec son char. Elle lui jeta une nouvelle salve de glace.

Hermès se protégea alors avec son caducée et riposta sans se faire prier. Il poussa un rugissement et saisit son attribut à deux mains. De son mouvement naquit une force lumineuse qui se dressa devant lui, comme un bouclier immatériel composé de lumière et dont le centre ressemblait étrangement à une tête de bélier. Les ailes dans son dos, ainsi que celles sur son casque et sur ses sandales, se mirent à battre à l'unisson et le dieu se rua sur Chioné.

L'impact ne tarda pas à se produire, bientôt suivi par une explosion retentissante. Le char de la déesse de la neige fut complètement disloqué et partiellement brûlé. Chioné se trouva expulsée, tandis que ses rennes étaient sonnés et gisaient désormais sur le sol, perdus. Ne lui laissant aucun répit, Hermès, dont le bouclier avait disparu, se dirigea rapidement vers la déesse, qui ne manqua pas de se relever. Les pieds ancrés dans le sol, les deux divinités se préparaient à s'affronter presque au corps à corps.

— Cesse tes enfantillages, Chioné, l'avertit Hermès.

— Je n'ai qu'une parole, répondit-elle. Je ne vous laisserai pas sortir d'ici.

— Comme tu voudras.

Il empoigna alors fermement son caducée comme une arme et se précipita sur la déesse. De son côté, Chioné fit apparaître une grand pique de glace, semblable à une lance givrée, et para le premier coup du dieu.

Pendant ce temps, Bellérophon tournoyait dans les airs et scrutait la scène avec appréhension. Il aurait voulu faire quelque chose pour aider Hermès, mais il savait aussi qu'il risquait de le ralentir et, surtout, il n'avait aucune envie de se propulser dans un combat de divinités. Il n'était pas de taille à leur faire face. Chaque coup donné par l'un ou l'autre rugissait et résonnait partout dans la salle et, Bellérophon était prêt à le parier, partout dans les montagnes. C'était un combat de titans.

Chioné répliqua rapidement par une salve de glace puis par trois offensives rapides. Hermès se protégea habilement et lui asséna un coup au genou avec son caducée. Il la fit ployer, mais elle le repoussa en le touchant avec sa glace à l'abdomen. Puis, elle le fit tomber à l'aide de sa pique.

Hermès se releva en utilisant ses ailes dorsales pour plus de rapidité et frappa Chioné au visage, l'envoyant valser au sol. Là, il lui donna un nouveau coup, mais elle lui planta son arme dans la cuisse. Le dieu ailé poussa alors un hurlement de douleur, et recula de quelques pas. Chioné en profita alors pour briser sa pique en deux et frapper Hermès de toutes ses forces. Elle le frappa dans le cou, sur le torse, sur les bras. Il se retrouva brusquement noyé sous des flots de violence et de rage.

Bellérophon voyait depuis son point de vue les filaments d'ichor qui s'échappaient du corps du dieu. Les prunelles de Chioné étaient en proie à la fureur et à la vengeance. Elle était en train de libérer des siècles de frustration et de colère. Elle était devenue une harpie incontrôlable, aveuglée par son désir de pouvoir et de puissance.

— Reprends-toi, Hermès, reprends-toi, murmura Bellérophon en serrant ses doigts autour des rênes de la bride de Pégase.

Même l'étalon ailé semblait nerveux.

Hermès eut alors le réflexe de rabattre ses ailes dorsales devant lui et forma une protection contre les attaques extérieures de Chioné. Il cherchait à gagner un peu de temps. Bellérophon le vit alors saisir de nouveau son caducée et, à l'instant même où il ouvrait ses ailes pour faire face à la déesse des neiges, ses deux paumes empoignèrent fermement le manche de son arme et un champ de force doré en émana pour repousser Chioné. La déesse fut projetée en arrière et heurta un sapin.

Hermès, dont le visage et le corps étaient meurtris par plusieurs plaies et coupures, poursuivit son œuvre et se mit à courir à toute vitesse autour de Chioné, un peu étourdie. Un cyclone, qui soulevait neige et glace, naquit alors et enveloppa dangereusement la déesse.

Hermès continua de courir de plus belle, et ne fut quasiment plus visible tellement sa vitesse était élevée. Il semblait avoir fusionné avec la tornade qu'il était en train de créer. Bellérophon n'avait jamais vu cela. Une énorme tempête avait jailli sous ses yeux et s'élevait jusqu'au plafond, se mouvant à une vitesse hors norme. Elle soulevait les arbres, la neige, la glace, et tout ce qui se trouvait à proximité. Tous les animaux avaient fui et s'étaient réfugiés ailleurs dans le palais ou avaient tout simplement quitté les lieux. C'était une masse étrange et grisâtre qui maintenait Chioné prisonnière. Bellérophon ne la distinguait même plus.

Une lueur dorée parcourut alors la tornade et, quelques instants plus tard, Hermès s'en extirpa, épuisé. Pourtant, la course du tourbillon ne s'arrêta pas et les volutes qui le composaient continuaient de tournoyer. Bellérophon ordonna alors à Pégase de s'approcher d'Hermès et il lui tendit la main. Les traits tirés, le dieu ailé saisit les doigts de son compagnon et se laissa hisser sur le dos du cheval.

Chioné était désormais hors d'état de nuire.

Hermès et Bellérophon avaient trouvé refuge à la limite du plateau ardent et des montagnes, à l'abri d'une grotte protégée par un amas d'arbres feuillus - du moins, aussi feuillus que possible malgré la chaleur estivale - et située juste à côté d'un point d'eau. La nuit était tombée et Bellérophon n'avait jamais connu Hermès aussi faible. Le combat contre Chioné l'avait exténué et cela se lisait clairement sur son visage. Il était pâle et ses yeux peinaient à rester ouverts.

Tandis que Pégase se désaltérait au point d'eau, Bellérophon avait proposé à Hermès de s'installer à l'abri de la grotte pendant qu'il faisait le feu. Le dieu ailé avait repris sa forme originelle et ses blessures guérissaient à vue d'œil. Malgré tout, il avait besoin de repos.

Ce soir-là, Bellérophon avait réussi à chasser un lièvre pour accompagner les quelques fruits qu'il avait cueillis. Il commençait sérieusement à avoir faim et un peu de viande allait lui faire le plus grand bien. Loin des regards, et surtout loin de Chioné, Bellérophon ne mit pas longtemps avant de briser le silence entre eux, alors qu'ils scrutaient tous deux le feu.

— Qu'est-ce qui s'est passé avec Chioné ? demanda-t-il dans l'obscurité de la nuit et alors que les cigales chantaient. Je veux dire…Elle est morte ?

Un faible sourire se dessina sur le visage fin d'Hermès.

— Non, je ne l'ai pas tuée, répondit-il paisiblement. Je l'ai enfermée dans un tourbillon.

— C'est possible ?

— Tu m'as vu à l'œuvre. Seulement, ce n'est pas un tourbillon ordinaire. Celui-ci est infini. Il continuera de tourner autour d'elle tant que je ne lui donnerai pas l'ordre de s'arrêter. Je l'ai scellé avec mes pouvoirs.

— C'était donc ça la lueur jaune dans la tornade à la fin ?

Hermès acquiesça silencieusement.

— Que va-t'il lui arriver maintenant ?

— Elle restera prisonnière jusqu'à ce que je me décide à la faire sortir. Cela va prendre un long moment si tu veux mon avis. Ce sera sa punition, et elle ne l'a pas volée. Cela lui laissera le temps de réfléchir à ses choix.

Bellérophon se tut alors. Lui non plus n'avait pas forcément fait les bons choix au cours de sa vie et, pourtant, malgré des années d'exil et de découragement, il avait quand même eu une seconde chance. Chioné, elle, était certes une déesse, et malgré tout elle n'avait jamais pu obtenir ce qu'elle désirait. Elle était même punie pour avoir haussé le ton. N'était-ce finalement pas plus cruel encore ?

— Je te remercie pour ton aide, dit Bellérophon, qui tâchait de chasser ses pensées. Je n'aurais pas pu me libérer de Chioné sans toi.

— Tu as eu de la ressource. Belle idée que de faire appel à Pégase. Nous formons une bonne équipe.

Hermès lui adressa un sourire, et Bellérophon le lui rendit. Le dieu ailé ne lui avait pas reparlé du fait qu'il avait eu une liaison avec Chioné, et Bellérophon n'y tenait pas particulièrement. Il devait savoir que ce n'était pas une fierté pour lui.

— Il nous reste à déchiffrer la prophétie désormais, rappela-t-il.

Contre ton passé tu devras faire face,

Car le vautour ne te laissera aucun répit.

Au sommet du plateau aride tu prendras place,

Afin de te lancer à l'assaut de l'ultime défi.

Ce fut alors que la prophétie céda brusquement dans l'esprit du guerrier. Il ne savait pas pourquoi il n'y avait pas pensé plus tôt, mais c'était Hermès qui lui avait finalement apporté la réponse, sans le vouloir. S'il voyait juste, ce n'était pas de bon augure. Vraiment pas de bon augure.

Il se racla la gorge et reprit la parole, en espérant sincèrement se tromper.

— Hermès, demanda-t-il prudemment, le bélier est ton animal attribut, n'est-ce pas ? Celui que tu protèges particulièrement et auquel tu es lié ?

— Oui, répondit-il en fronçant les sourcils en guise d'incompréhension. Pourquoi ?

— C'est donc pour cette raison qu'il est apparu sur ton bouclier tout à l'heure, face à Chioné.

— Oui, répéta Hermès, même si la dernière phrase de Bellérophon était plus rhétorique qu'autre chose.

Les yeux de Bellérophon se perdirent dans le vide. Non. Non, non, non, non, non… Cela signifiait alors que…

— Je sais quelle est la dernière épreuve, annonça-t-il alors gravement.

Une boule s'était formée dans sa gorge et un nœud tordit ses intestins. Il n'arrivait pas à croire que Zeus avait pu faire cela. Il n'arrivait pas à croire que l'on pouvait être aussi cruel.

Hermès le regarda, intrigué, attendant patiemment sa réponse.

— Je dois affronter Arès en combat.

D'un seul coup, sa tension monta en flèche et son sang ne fit qu'un tour. Arès, le dieu de la guerre.

— Si chaque dieu est lié à un ou plusieurs animaux, et si ma mémoire est bonne, le vautour représente Arès. Tout comme le sanglier. C'est pour cette raison qu'un sanglier était sculpté à l'entrée du temple de l'oracle. Nous étions dans un temple dédié à Arès.

Tout s'imbriquait dans son esprit à mesure qu'il comprenait.

— C'est aussi pour cette raison que la prophétie parle de mon passé… Arès a tué mon fils. Et ce sera à mon tour de le tuer.

CHAPITRE 11

ARIUS

Arius contemplait le cœur rouge qui luisait tendrement entre ses doigts. Il repensait à cette nuit en compagnie de Triton. Cette nuit où il s'était totalement laissé aller et où il avait eu l'impression d'être parfaitement à sa place. Il n'aurait su dire pourquoi ni comment, mais il n'avait pas du tout regretté cet instant. Pour être franc, il n'avait songé à rien sur le moment, pas même à Alix. Malgré toute sa culpabilité, malgré son propre serment envers lui-même, il ne parvenait pas à regretter. Il en était le premier étonné.

La nuit passée avec Triton n'était cependant pas la seule chose étonnante qui se soit produite. La découverte du passé de l'Atlantide l'avait également ébranlé. Ainsi donc, les Atlantes descendaient de Nérités, le seul et unique frère des Néréides… Cela expliquait beaucoup de choses, comme la protection de Poséidon, dieu des océans, l'orichalque, qui était un métal précieux dont la composition et la fabrication était tenue secrète par son peuple, mais aussi ce désir de vengeance de la part de Zeus et des autres dieux. Il y avait déjà un passif par rapport à l'Atlantide et Arius comprenait désormais mieux pourquoi Zeus en voulait tant à son peuple. Bien sûr, les Atlantes n'étaient pas innocents, et il y avait des personnes et comportements inexcusables, mais couler toute une population semblait un châtiment bien sévère. Cela expliquait aussi la capacité d'Arius à se débrouiller sous l'eau. Il ne s'en était rendu compte qu'en discutant avec Triton. Peut-être son attrait pour le dieu venait-il aussi de ses ascendants ?

Il ne lui restait malgré tout que peu de temps pour sauver son île et tous ses occupants. Arius était mieux armé et plus au fait de l'histoire de l'Atlantide, mais cela n'était pas suffisant pour contrer la colère d'un dieu, voire même de plusieurs dieux. Si Aphrodite avait été vexée par Néritès et qu'Athéna était la protectrice d'Athènes, il fallait rajouter deux déesses particulièrement puissantes au palmarès des futures vengeresses.

Arius savait qu'il lui fallait retourner à la surface, mais il ne parvenait pas à s'y résoudre. Il avait pourtant toutes les clés en main, seulement laisser Triton, celui qui l'avait fait se sentir mieux après toutes les épreuves qu'il avait traversées, lui semblait au-dessus de ses forces. Malgré tout, il ne pouvait pas abandonner ses proches et agir par pur égoïsme et par lâcheté. C'était inconcevable et il ne se le pardonnerait jamais.

Arius contemplait alors le cœur de rubis que Triton lui avait offert en revenant des ruines de la première cité atlante. Le dieu des vagues devait également se douter qu'Arius allait bientôt repartir et il lui avait légué ce petit trésor.

Fermant son esprit pour ne plus penser, Arius resserra ses doigts autour du petit cœur et s'éclipsa de sa chambre pour rendre une petite visite à Adriæ, la Néréide qui maîtrisait le plus les différents travaux manuels.

Alors qu'il traversait l'entrée du palais après sa visite à Adriæ, Arius se fit saisir par le bras. Instinctivement, il cogna ses manchettes l'une contre l'autre dans un mouvement de réflexe et fit apparaître l'épée et le bouclier atlantes entre ses mains. Il se plaça en position de défense, le bouclier entre son ennemi et lui.

— Doucement, Arius ! s'écria Triton en levant les mains devant lui et en esquissant un geste de recul.

En découvrant le dieu, Arius émit un soupir de soulagement et baissa ses armes avant de les faire disparaître en faisant tinter trois fois ses bracelets argentés.

— C'est toi, Triton.

Le dieu des vagues lui adressa un sourire des plus rayonnants.

— Les leçons de Iona ont véritablement porté leurs fruits.

— Comme si tu en doutais encore après que nous ayons vaincu Céto!

Arius avait retrouvé le goût de la plaisanterie et commençait à apprécier cette petite humeur guillerette qui faisait de nouveau surface après des années de désertion. Pourtant, le jeune homme devait lui avouer que son départ s'effectuerait bientôt. Un petit pincement au cœur lui traversa alors la poitrine et il baissa le regard.

— Il faut que…

— Je vois que tu as fait bon usage du cœur en rubis, le coupa Triton en lorgnant une petite étincelle rouge.

Les yeux d'Arius tombèrent alors sur la petite pierre taillée, qui pendait désormais sur sa poitrine, aux côtés du médaillon d'Éros et Psyché.

— Oh. Je l'ai fait percer par Adriæ à l'instant. Il m'a semblé que c'était la meilleure option pour ne pas le perdre ou l'abîmer.

— Je suis ravi qu'il te plaise.

Arius devait se résoudre à quitter ce royaume sous-marin, mais tout chez Triton lui donnait envie de rester ici. Tout était plus simple, plus agréable et, bonté divine, ce que cela faisait du bien d'être à nouveau aimé ! Il en avait presque oublié ce sentiment. Ce vrai sentiment amoureux, bien différent de l'amour familial ou amical. Ce sentiment physique et psychique, si déroutant, si transcendant, si puissant.

Pourtant, il devait faire ce sacrifice. Il en était bel et bien conscient. Au moment où il ouvrait de nouveau la bouche, il fut encore interrompu. Légèrement agacé, Arius dévisagea l'importun, qui s'avérait être l'un des patrouilleurs du palais.

— Seigneur Triton, annonça-t-il, un peu troublé. Nous avons des nouvelles de la terre ferme.

— De la terre ferme ? s'étonna Arius en regardant le dieu des vagues.

Triton se tourna furtivement vers lui, comme en aparté.

— Les nymphes surveillent tout ce qui se passe sous l'eau, mais aussi sur la terre. Avec tout ce remue-ménage engendré par les trois tâches, il fallait que je puisse être au courant du moindre mouvement, en particulier depuis que tu es ici avec nous. J'ai donc envoyé des gens de mon peuple dans différents lieux stratégiques pour qu'ils puissent me rapporter des nouvelles importantes, mais aussi des nouvelles de tes compagnons.

Arius fit un léger signe de tête. Il ignorait que Triton avait fait cela, et n'en fut que plus touché. Cependant, il n'eut pas le temps de s'appesantir sur le sujet car le patrouilleur semblait en état d'alerte.

— Parle, lui ordonna Triton d'une voix ferme.

Les pupilles de Triton étaient dilatées, presque noires, et il paraissait boire les paroles de son sujet.

— La troisième épreuve aurait débuté, annonça le patrouilleur, dont les yeux d'un vert d'eau soutenu, se plantaient dans ceux du dieu des vagues, comme pour prouver la véracité des informations.

Le cœur d'Arius fit un bond dans sa poitrine.

— La troisième épreuve ? répéta-t-il. Comment est-ce possible ? Je suis ici depuis des semaines, que s'est-il passé ?

Cette fois-ci, le patrouilleur se tourna vers Arius et s'adressa directement à lui, à son plus grand soulagement.

— Selon nos informations, votre ami, Bellérophon, aurait insisté pour prendre votre place et remplir votre mission. Il vous croit mort, prince Arius.

— Mort ? fit Arius, d'une voix teintée de surprise et d'effroi. Mais…Mais Bellérophon se trouve en compagnie d'Hermès, d'Oreste et d'Élanée…N'y en a-t-il pas un qui aura compris que je n'étais pas mort ? En particulier Hermès !

Le patrouilleur fit non de la tête avant de poursuivre.

— Aucun d'eux n'est apparemment au courant de votre survie. Il semblerait d'ailleurs que les dénommées Élanée et Oreste soient retournés au cœur de la cité royale. Seuls Bellérophon et Hermès se sont présentés à la troisième épreuve.

— Voilà qui est insensé, l'interrompit Triton. Hermès doit conduire les âmes de héros aux Enfers. Il devrait savoir qu'Arius n'est pas décédé.

— Sauf si le héros est entre la vie et la mort, lui répondit le patrouilleur. Ou bien que son corps n'a pas été correctement enterré, selon les rites en usage. Si le corps du prince Arius se trouvait au fond de l'océan, alors il aurait été possible qu'il ne rejoigne pas le monde souterrain, ou beaucoup plus tardivement. Les voies d'accès aux Enfers diffèrent entre le monde marin et le monde terrestre.

Triton resta songeur quelques instants. Puis, il se passa une main dans la nuque et la fit remonter dans ses cheveux.

— Hmmm c'est sans doute vrai. Mais tout de même…

— Tu disais que la troisième épreuve avait commencé, mais quelle est-elle ? reprit Arius, qui commençait à ressentir un vent de panique monter en lui.

Si Bellérophon avait pris sa place et que les dieux étaient en accord avec cela, alors son ami se mettait en danger. Arius savait que l'Olympe ne l'épargnerait pas cette fois-ci et il refusait de le voir mourir à cause de lui. Et dire qu'il avait passé de beaux jours relativement paisibles sous l'eau ! Il se détestait.

Il serra ses poings sous le coup de la culpabilité et il sentit ses bras trembler. Il ne pouvait pas supporter cette situation. Il devait agir.

— Selon nos sources, répondit le patrouilleur, la troisième épreuve aurait lieu sur le plus haut sommet du plateau ardent.

— MAIS QUELLE EST CETTE FICHUE ÉPREUVE ? rugit Arius, qui ne tenait plus.

Peu lui importait s'il s'emportait. Il devait savoir, et vite.

Le patrouilleur ouvrit de grands yeux et se figea l'espace d'une seconde avant de reprendre contenance.

— Bellérophon est en train d'affronter le dieu Arès, prince Arius. Il s'agit là de la dernière épreuve.

— Le dieu Ar…

D'un seul coup, toutes les forces d'Arius le quittèrent. Il avait compris. Bellérophon devait vaincre Arès - à défaut de le pouvoir le tuer, il devait le désarmer - pour remporter l'ultime tâche. C'était un pur suicide.

— Le combat consiste simplement à désarmer son adversaire, n'est-ce pas ? demanda Arius, qui tentait de se rassurer comme il le pouvait.

— Pour Bellérophon envers Arès oui. Par contre, Arès est en mesure de tuer son adversaire.

Un nouveau coup dans le ventre pour Arius.

— C'…C'est impossible, Bellérophon est un immortel.

— Plus maintenant.

— Quoi ?! s'écria Arius.

Bon sang, ce que ce patrouilleur pouvait être long à délivrer sa nouvelle ! Arius avait envie de l'étriper.

— Bellérophon s'est vu retirer son immortalité lorsqu'il a passé un marché avec les dieux pour vous remplacer. Il est de nouveau mortel. Nos nymphes aquatiques ont entendu les conditions de ce pacte car Hermès et Bellérophon se trouvaient sur la côte, à proximité de Pélagos.

Arius n'en croyait pas ses oreilles. Son cœur battait à tout rompre et ses pensées étaient embrouillées.

— Ce n'est pas tout, ajouta le patrouilleur, un peu plus gêné qu'auparavant. L'épreuve a débuté et…il paraîtrait que Bellérophon n'est pas en bonne posture…

Arius le fusilla du regard et contracta sa mâchoire pour s'empêcher de le tuer.

— TU N'AURAIS PAS PU COMMENCER PAR LÀ ?! tonna-t-il.

Sa décision était prise. C'était maintenant ou jamais.

Il se précipita dans les étages, nagea à toute vitesse au-dessus des volées d'escalier et parvint jusqu'à sa chambre. Là, il fourra ses vêtements humains dans sa besace et vérifia que ses manchettes atlantes étaient bien attachées à ses poignets avant de se précipiter hors de la pièce.

Il fonça alors droit dans Triton, qui l'avait suivi. Leurs têtes cognèrent l'une contre l'autre et Arius laissa échapper un grognement de douleur. Il se frotta le front, qu'il sentait endolori, et secoua son crâne afin de remettre ses idées en place.

— Arius, qu'est-ce que tu fais ? lui demanda Triton, qui jetait un regard inquiet à son léger bagage.

— Je dois partir, lui dit-il rapidement.

Sa voix était empreinte de tristesse, mais aussi de peur et surtout d'empressement. Il n'avait pas de temps à perdre et il ne pouvait pas se permettre d'être retardé. Le danger était désormais trop grand.

L'expression de Triton, précédemment tiraillée, s'adoucit quelque peu et il ferma les yeux pendant deux secondes, avant de les rouvrir.

— Bellérophon est peut-être sur le point de mourir, Triton. Je dois y aller. De toute façon, il était temps que je parte.

— Je sais, dit-il simplement. Mais une fois sorti de l'eau, tu ne pourras plus revenir…

— Je sais, répondit Arius à son tour.

Triton et Arius se regardèrent intensément, les yeux remplis de douleur et de tristesse, et ils se sourirent timidement.

Arius saisit alors Triton par la nuque et lui offrit un ultime baiser, qui fit battre leurs cœurs à l'unisson. Ce baiser disait tout. Ils n'avaient pas besoin de parler, pas même besoin d'échanger un regard. Ce contact enflammé était la marque physique de leur affection, de leurs sentiments, et du déchirement qu'ils éprouvaient.

Arius refusait de penser que c'était la dernière fois qu'ils se voyaient. Il refusait de croire qu'ils n'allaient sans doute jamais se retrouver. Il n'osait même pas songer à ce qui l'attendait une fois sur la terre ferme. Il voulait simplement rester là, pour l'éternité. Il voulait sentir la peau fraîche de Triton sous ses doigts, éprouver sa générosité, sa justesse et sa gentillesse pour toujours, et vivre loin de tous ces problèmes divins. Seulement, il avait également appris à se protéger et à ne pas écouter ses pensées lorsqu'il devait agir. S'il laissait libre cours à son instinct, jamais il n'allait quitter le fond des océans. Pourtant, il le devait. Pour son ami Bellérophon. Même si cela lui tailladait le cœur et lui déchirait l'âme. Même si cela troublait ce nouvel - et précieux - équilibre qu'il commençait tout juste à trouver. Même si cela était injuste.

Alors il s'arracha aux lèvres salées de Triton et ne se retourna pas lorsqu'il le quitta.

Arius nagea, nagea, nagea à toute vitesse. Il quitta le palais et remonta progressivement à la surface. Il ne devait pas se retourner, il ne devait pas penser, il ne devait pas se laisser aller. Il fallait juste qu'il rejoigne Bellérophon au plus vite.

Lorsqu'il sentit le soleil lui réchauffer la peau sous la surface de l'eau, il fonça droit vers la terre. Droit vers Pélagos. Sa queue était douloureuse tellement il l'agitait rapidement, et ses bras étaient sujets à de véritables crampes sous le coup de la tension, mais il ne devait pas ralentir.

Tiens bon, Bellérophon, tiens bon, ne cessait-il de se répéter.

La terre se rapprochait dangereusement et il allait bientôt retourner à la surface. Elle n'était plus qu'à cinquante mètres…trente mètres…dix mètres…

Arius plongea alors plus profondément dans l'eau et fit brusquement demi-tour, avant d'effectuer de puissants coups de nageoire pour se propulser à une vitesse astronomique hors de l'eau. Il émergea des flots avec une force qu'il ne soupçonnait pas, effectua un saut en avant, et sentit les écailles de sa queue se décrocher et disparaître dans la mer, tandis que ses branchies se résorbaient.

Dans un saut périlleux, Arius finit par atterrir - un genou à terre, et l'autre en angle - sur le sol meuble. Il se trouvait sur le ponton à proximité de la maisonnette de Chrysalès, qui le reconnut instantanément. Toutefois, Arius n'avait pas de temps à perdre. Il porta son pouce et son index à sa bouche et siffla de toutes ses forces, alors que ses poumons se remplissaient de nouveau d'air pur. Il sortit alors de sa sacoche ses vêtements complètement mouillés et entreprit de revêtir sa tunique, car il était entièrement nu.

— Prince Arius ! s'exclama Chrysalès à quelques pas de là.

Le vieil homme s'approchait tranquillement de lui, un sourire aux lèvres.

— Vous êtes en vie ! Je suis si heureux de vous revoir ! Tous vos amis pensaient que vous aviez sombré.

— Je sais, répondit-il, pressé. Sauriez-vous me dire quel est le chemin le plus court pour atteindre le plateau ardent ?

Étonné par sa question soudaine, Chrysalès mit un peu de temps avant de répondre.

— Hum, il vous faudra emprunter le chemin à la sortie de Pélagos et contourner les monts rocheux entre les steppes et la ville. En restant entre les deux, vous devriez atteindre le plateau ardent, si vous continuez ensuite tout droit vers le Nord. Mais…que vous arrive-t-il ? Vous émergez des flots nu comme un ver et vous éprouvez subitement une envie pressante d'aller dans ce recoin aride ?

— C'est une longue histoire.

À quelques mètres de là, un hennissement et un bruit de sabots se fit entendre. Arion. Il avait répondu à l'appel d'Arius. L'étalon semblait heureux de le voir, et il devait reconnaître qu'il lui avait également manqué. La fougue de ce cheval était impressionnante, et il fallait bien une bonne dose d'énergie à Arius pour affronter ce qu'il trouverait sur le plateau ardent.

— Je ne peux pas rester plus longtemps, fit Arius, en guise d'excuse envers Chrysalès, qui ne cessait de le dévisager. Je vous raconterai tout lorsque nous nous reverrons. À bientôt !

À ces mots, Arius enfourcha Arion, à qui il avait passé sa bride, et partit au triple galop.

Sa chevauchée à travers une partie de l'Atlantide lui sembla interminable. Si les Néréides avaient eu vent de la troisième épreuve et de son déroulé, cela signifiait qu'elle avait débuté plusieurs minutes auparavant. Le temps que le message parvienne jusqu'à Arius et qu'il se rende sur le plateau ardent… Il espérait qu'il n'était pas trop tard.

Arion galopait plus vite que jamais. Le paysage défilait à toute vitesse sous les yeux d'Arius, qui ne distinguait plus rien. Tous les contours étaient flous et chaque élément n'était qu'une suite de lignes qui s'étiraient puis s'étiolaient en un instant. L'étalon n'avait jamais été si fougueux, comme si lui aussi avait compris les enjeux de cette course folle.

L'air chaud fouettait le visage du jeune homme et il continuait d'agiter les rênes entre ses doigts, se cramponnant à elles de toutes ses forces. Sa mâchoire était crispée et il ne pensait qu'à une seule chose : Bellérophon. De tous les tours que les dieux pouvaient lui avoir joué, celui-ci était bien le pire. Il avait accepté de se sacrifier, de retrouver sa mortalité pour sauver l'Atlantide, pour endosser la lourde responsabilité qui devait lui revenir à lui, Arius. Il se sentait profondément mauvais et égoïste. Pendant qu'il était dans sa bulle légère dans les profondeurs de l'eau, ses amis avaient continué à lutter à sa place et avaient même traversé le deuil car ils le croyaient mort…Il ne pouvait pas se le pardonner. Il avait certes eu besoin de ce temps pour se retrouver, pour prendre du recul et pour accepter son destin et la mort d'Alix, puis celle de Thalia. Mais il avait pris ce temps au détriment de ses proches, qui lui avaient pourtant beaucoup donné. Les bras d'Arius tremblaient de rage. Il était en colère contre lui-même.

Arion traversait à toute allure le chemin rocailleux à flanc de montagne. Sur sa gauche, au loin, Arius pouvait distinguer les steppes et il espérait que les Aspasiens se portaient toujours bien. Droit devant lui, les silhouettes des falaises se dessinaient petit à petit. Il était quasiment certain que le plateau ardent était situé sur la falaise la plus haute, celle la plus proche du soleil. Si un combat contre un dieu de l'Olympe devait avoir lieu, Arius mettait sa main à couper qu'il ne pouvait se tenir que dans l'endroit le plus élevé. L'ego des dieux était ainsi fait. Arius en vint presque à penser que son ego s'était récemment plus rapproché de celui des Olympiens qu'il ne l'aurait cru.

— Allez, Arion, on y est presque, dit-il à l'oreille de sa monture.

L'étalon s'ébroua et accéléra de plus belle. Arius ne distinguait que des taches de couleur autour de lui et sentait la chaleur du soleil écrasant sur sa peau. Avec cette température et la force d'Arès, Bellérophon ne tiendrait pas longtemps, malgré ses grandes capacités…

Arion emprunta alors un chemin beaucoup plus étroit, qui menait directement au plus grand des plateaux, au sommet d'une falaise rougeâtre, bordée par une plage et par la mer sur sa droite. C'était comme si le cheval savait où Arius devait se rendre, comme s'il était attiré par la divinité - ou le danger ?

Ce fut alors qu'Arius les vit. Les trois silhouettes.

Il talonna à nouveau Arion et l'étalon poussa un hennissement énergique avant d'avaler les dernières centaines de mètres qui les séparaient encore du sommet. Monter à flanc de falaise était ardu, mais Arion disposait d'un équilibre impressionnant. Il sillonnait, tournait, sautait sans perdre de vitesse. Lancée à pleine allure, la monture était un véritable atout. Dans un ultime élan, Arion poussa sur ses jambes arrières et se propulsa directement sur le plateau ardent.

Arius découvrit distinctement la scène qui se déroulait sous ses yeux.

Hermès était là, un peu en retrait, au bout de la falaise. Il était debout, les bras croisés, et observait la scène, une expression fermée dessinée sur le visage. Il ne rayonnait pas autant que d'habitude, nota Arius. Devant lui, à quelques six ou sept mètres, il y avait Bellérophon. Le courageux héros était au sol, meurtri. Sa cuirasse était abîmée, ses bras lacérés, son visage boursouflé. Du sang coulait au niveau de son arcade sourcilière, de ses lèvres, de ses pommettes. Il avait un œil gonflé, des bleus et des ecchymoses sur le corps, et de nombreuses coupures sur les jambes. Il était à bout de force, allongé sur le dos, la nuque partiellement redressée, le souffle court. Et en face de lui se trouvait Arès. C'était la première fois qu'Arius le voyait. Étrangement, il ne se l'était pas imaginé ainsi.

Arès, comme tous les autres dieux, était d'une grande beauté. Seulement, il ne paraissait pas spécialement très jeune, à l'inverse d'Hermès. Son statut de dieu de la guerre devait lui avoir laissé quelques traces. Il avait un visage légèrement allongé, avec une mâchoire puissante recouverte par une fine barbe de trois jours. Ses yeux étaient dorés, comme ceux des Olympiens, mais d'un or plus sombre, comme teinté de notes cuivrées. Il avait des cheveux châtains et courts, et une musculature puissante, alors rendue encore plus impressionnante par l'armure noire et rouge qu'il portait.

Arius n'avait jamais vu une telle armure. La cuirasse était d'un noir d'encre parsemé d'ornements rouges au niveau des côtes et des épaules. Ses jambières étaient également rouges, et le dieu de la guerre portait en plus une peau d'ours autour de ses épaules, comme un signe de triomphe et de puissance. Sous son aisselle gauche, et maintenue par son biceps, se trouvait son casque, noir lui aussi, qu'il avait alors ôté. De son bras droit, Arès tenait fermement son épée, qu'il pointait en direction de Bellérophon. Il allait l'achever.

Malgré la peur qui lui cisaillait l'estomac, malgré l'aura rougeâtre et dangereuse que dégageait Arès, Arius bondit du dos d'Arion et courut aussi vite que possible vers son ami.

— NON ! hurla-t-il alors qu'Arès brandissait sa lame tranchante au-dessus du cou de Bellérophon, épuisé.

Arius franchit en quelques pas la distance qui les séparait et se jeta sur le corps de son compagnon, à genoux, avant de faire s'entrechoquer ses manchettes. Pile au moment où Arès abattait son arme, le bouclier atlante se matérialisa dans la main gauche d'Arius, et le coup fut immédiatement paré. La force du choc résonna sur tout le plateau et projeta Arius et Arès en arrière.

— Arius ? s'étonna Hermès, qui n'en croyait pas ses yeux.

Bellérophon ne décocha pas un mot, trop amoché pour prononcer la moindre phrase, mais son regard en disait long. Lui aussi était surpris de le voir revenir d'entre les morts, en particulier à l'instant où il pensait en avoir fini avec la vie.

— Qui ose troubler cet affrontement ?! rugit Arès d'une voix grave, rauque et forte.

Un frisson parcourut le dos d'Arius. Armé de son épée et de son bouclier, il se releva et se plaça devant Bellérophon, qui tenta de se remettre sur ses pieds.

— C'est moi, répondit-il en faisant face au dieu de la guerre. Arius, prince de l'Atlantide. Je suis venu terminer cette épreuve et sauver mon royaume.

La bouche d'Arès se tordit, puis il esquissa un sourire narquois.

— Oh, c'est donc toi dont tout le monde parle sur l'Olympe. Voilà un retournement de situation que nous n'avions pas envisagé.

Arès jeta un regard furieux à Hermès.

— Quoi qu'il en soit, il est trop tard, ton ami Bellérophon est sur le point de perdre.

Il désigna Bellérophon de son épée avec un dédain à peine feint.

— Je suis ici pour poursuivre ce combat. Les épreuves m'ont été confiées, à moi. Laisse Bellérophon en dehors de cette histoire et bats-toi.

Arius ignorait d'où lui venait cette audace, mais il comptait bien se nourrir de son insolence et de sa profonde colère pour vaincre Arès. C'était comme si le dieu dégageait un halo de rage, qui enveloppait tout ce qui se trouvait autour de lui.

Arès soupira et haussa les épaules.

— Très bien. Battre à plates coutures deux mortels au lieu d'un, ça ne va pas changer grand-chose.

Une lueur terrifiante s'alluma alors au fond des prunelles d'Arès.

— Prépare-toi à mourir.

Il poussa alors un cri bestial absolument glaçant et se rua sur Arius. Ce dernier eut tout juste le temps de se protéger avec son bouclier d'eau et de relever son épée. La brutalité d'Arès s'abattit sur lui. Le coup fut si violent que le jeune homme fut repoussé de plusieurs pas. Arius savait qu'Arès ne faisait pas appel à toute sa force - il n'osait même pas imaginer ce que cela donnerait s'il revêtait sa forme divine, comme Hermès l'avait fait contre Basilic - mais il frappait malgré tout très, très fort. Cependant, il ne se laissa pas démonter. Armé de son épée atlante,

Arius croyait en son potentiel. Il n'était pas le meilleur guerrier, ni même le plus fort, mais il se sentait mu par une énergie inexplicable, comme…

Il jeta un coup d'œil furtif en direction d'Hermès. Ce dernier semblait, cette fois-ci, rayonner davantage. Était-il en train de l'aider discrètement à l'aide d'un pouvoir ?

Arius releva son épée et fonça sur Arès, qui n'éprouvait pas une once de peur, bien au contraire. Il voulut lui asséner un premier coup de lame, mais le dieu de la guerre le para. Il en alla de même pour les cinq autres qui suivirent. Au sixième coup, Arius changea de tactique et opta pour plus de rapidité et moins d'offensives. Il se projeta alors sur la gauche d'Arès et roula au sol pour se réceptionner sur un genou. Là, il trancha la cuisse du dieu, qui poussa un cri de douleur. Énervé, Arès donna un puissant coup de poing dans la mâchoire d'Arius, qu'il entendit craquer. Sonné et à moitié couché sur le sol, le jeune homme cracha une salve de sang et se ressaisit avant d'être à nouveau touché. Un mince filet d'ichor s'échappait de l'entaille d'Arès et cela lui donna du courage. Son épée atlante avait un effet sur les dieux.

Tandis qu'Arès s'apprêtait à le toucher avec une force herculéenne, Arius sauta sur sa droite et se releva avec l'agilité d'un félin. Il se protégea à l'aide de son bouclier et sentit trois coups fragiliser sa garde. Il n'allait pas tenir très longtemps à ce rythme. Chaque attaque du dieu le faisait ployer, que ce soit au niveau des bras ou des jambes.

Il se mit alors à dessiner de grands cercles autour d'Arès en veillant à le maintenir à une distance raisonnable. Arès était le dieu de la guerre mais il se débrouillait beaucoup mieux en contact rapproché. Si on lui ôtait cela, peut-être était-il moins dangereux ?

— Me tourner autour pour gagner du temps ne changera rien à l'issue du combat, jeune Arius, lui dit alors la divinité. Cela ne fera qu'augmenter ta dose de souffrance et de fatigue.

— De nous deux, qui est le premier à avoir reçu un coup efficace ? répliqua Arius, tranchant. Il ne me semble pas avoir une cuisse lacérée.

Le sourire féroce d'Arès disparut immédiatement et fut remplacé par une grimace de de colère. Le tempérament du dieu l'emportait bien souvent sur sa raison selon les mythes. Il peinait à prendre le dessus sur sa haine et son énervement et c'était bien là la source de la plupart de ses maux. C'était un colosse qui fonçait tête baissée et ne s'épanouissait que dans le chaos.

— Tu vas regretter tes paroles, menaça-t-il.

— Si seulement ça pouvait se prouver en actes, répondit Arius.

— Arius, qu'est-ce que tu fais ? s'inquiéta Bellérophon, qui observait la scène, horrifié.

Hermès était parvenu à le remettre debout et, le visage tuméfié, Bellérophon n'en croyait pas ses oreilles.

Arius savait qu'attiser la colère du dieu était une entreprise risquée, mais il savait aussi que ses compétences en combat n'égalaient pas celles d'Arès. Il devait ruser.

Arès vit alors rouge et fondit sur Arius. Il entama une série de coups, tous plus mortels les uns que les autres. Il manqua de peu l'épaule du jeune homme, puis son genou, puis sa gorge, puis sa tête, puis son bras… Arius ignorait comment il faisait, mais il parvenait à esquiver chaque offensive. Tout était question de seconde, voire de milliseconde. Un seul clignement d'yeux au mauvais moment pouvait être décisif. Sous le soleil brûlant de l'île, Arius n'en pouvait plus. Il transpirait à grosses gouttes, son visage rougissait à vue d'œil et son ventre criait famine. Pourtant, il ne devait pas lâcher. Il continua d'esquiver en se baissant, en évitant un coup sur la droite, puis sur la gauche, puis en roulant au sol. C'était un affrontement entre vitesse et force.

Au bout de quelques minutes, qui parurent littéralement interminables pour Arius, le bras d'Arès commença à trembloter et sa poigne à faiblir. C'était le moment. Arius en profita alors pour esquiver une dernière attaque et recula de deux pas avant de lui envoyer un coup de bouclier dans la figure pour ensuite enfoncer la lame de son épée dans son avant-bras droit, d'un revers de la main. Sous la douleur, Arès rugit et lâcha son arme. Arius l'envoya valser au loin d'un coup de pied énergique et menaça le dieu de la pointe de sa lame.

— Maintenant, tu ne bouges plus, lui intima Arius.

Stupéfait, Arès leva ses mains devant lui, en guise de trêve, mais une rage folle se lisait dans ses prunelles. Tout son corps hurlait à la vengeance.

Arès était désarmé. La troisième épreuve était terminée.

Toutefois, Arius fut surpris de voir que le dieu de la guerre se mettait à applaudir. Seulement, c'était purement sarcastique.

— Bravo, je n'en demandais pas tant, fit Arès, presque en riant. Je dois reconnaître que, même si je me sens humilié et terriblement en colère, je ne m'attendais pas à ce que tu fasses preuve d'autant d'ingéniosité.

— Alors pourquoi es-tu si content ? se risqua Arius, qui sentait que quelque chose clochait.

Il resserra sa prise autour de son épée et se rapprocha un peu plus d'Arès.

— Parce que je gagne toujours, sache-le. La défaite n'est pas quelque chose que je tolère et que je respecte. Je trouverai toujours un moyen de gagner. Après tout, la fin justifie les moyens.

— Qu'est-ce que…?

Arius n'eut pas le temps d'achever sa phrase. D'un seul coup, Arès brandit sa main gauche devant lui et Arius se retrouva totalement immobilisé, maintenu pétrifié alors que son esprit lui criait de bouger.

Le dieu de la guerre se mit à rire - d'un rire horrifiant et qui laissait présager le plus grand malheur - et ne relâcha pas son étreinte. Le jeune homme ignorait qu'il était en mesure d'immobiliser un adversaire… Il n'en avait même pas le droit dans cette épreuve. Ce n'était pas juste car Arius était un mortel et il ne disposait pas de tels dons. Le dieu était tellement aveuglé par la victoire qu'il préférait tricher plutôt que de s'avouer vaincu. Arius aurait dû s'en douter.

— Arès, qu'est-ce que tu fais ?! s'écria Bellérophon, dont les mots sortaient difficilement de sa gorge.

Bellérophon s'avança en claudiquant en direction du dieu, qui posa alors ses yeux sur lui.

— Il y a bien longtemps que tu aurais dû mourir, Bellérophon. J'avais suggéré cette idée à Zeus, mon père, mais il a préféré te faire vivre un véritable supplice. Une perte de temps si tu veux mon avis. Ça aurait été tellement plus vivifiant de te regarder mourir, comme j'ai vu mourir ton fils.

Arès avait déclenché un incendie chez Bellérophon. Ses enfants étaient le sujet à ne pas aborder, sa corde sensible, son talon d'Achille… Arius aurait voulu hurler, dire à Bellérophon qu'il ne devait pas se laisser guider par ses émotions, qu'il ne devait pas agir imprudemment, mais il était totalement prisonnier du pouvoir du dieu de la guerre. Son esprit tambourinait contre sa boîte crânienne, mais son corps restait de marbre.

— Je vais te faire ravaler ces paroles, espèce de lâche ! tonna Bellérophon.

Sans réfléchir, il s'empara de son épée et rejoignit toutes les forces dont il disposait encore pour foncer sur Arès, dans une frénésie incontrôlable. Arius ne l'avait jamais vu dans un tel état. Son visage, au-delà des plaies, était déformé par une souffrance et par une haine qui dépassaient tout entendement. C'était comme si Bellérophon ressentait physiquement sa douleur et que celle-ci irradiait tant qu'il éprouvait ce besoin obsessionnel de la laisser sortir, de la laisser exploser. Il était presque aussi terrifiant qu'Arès à ce moment précis.

— TU AS TUÉ MON ENFANT ! explosa-t-il en se ruant sur son ennemi.

Sans relâcher sa pression sur Arius, Arès s'empara de l'épée atlante, lâchée lors de la pétrification. Sa lame rencontra celle de Bellérophon dans un choc tonitruant mais le héros, affaibli, se fit rapidement désarmer.

Le sang d'Arius monta alors jusqu'à son cerveau sous la panique et il voulut à nouveau hurler, se débattre et protéger Bellérophon. Il savait ce qu'Arès préparait, il sentait le coup venir. Et, bon sang, pourquoi

Hermès ne faisait rien ? Tout ceci se déroulait en dehors des règles des épreuves, et Arès était son frère, alors pourquoi ne bougeait-il pas ?

À bout de forces, Bellérophon avait du mal à reprendre son souffle et Arès en profita pour lui donner un violent coup de pied dans le mollet gauche. Bellérophon ploya et se laissa tomber à genoux, totalement impuissant, mais une rage continuant de sévir au fond de ses yeux. Il était méconnaissable.

— Achève-moi si tu veux, dit-il dans un souffle et en crachant du sang. Mais au moins je mourrais en homme libre et honnête.

— Voilà de bien belles paroles, Bellérophon, siffla Arès. Tu aurais dû les servir à quelqu'un d'autre qu'à moi. Tu sais que je m'en fiche pas mal des phrases grandiloquentes.

Sur ces mots, Arès planta la lame atlante dans la gorge de Bellérophon.

Le visage du héros devint brutalement livide et il eut tout juste le temps d'ouvrir la bouche, comme s'il étouffait. Son visage vira brutalement au violacé et ses yeux se révulsèrent, tandis que les veines de son cou paraissaient exploser. Du sang s'échappa à flots de la plaie et il émit un hoquettement douloureux avant de s'effondrer sur le sol, inerte.

Un feu se mit à consumer la poitrine d'Arius. Il ne respirait plus, il se sentait à l'étroit. Il avait envie de hurler à s'en déchirer les cordes vocales, de cogner, de frapper, de casser, de briser, de tout brûler. Il venait de voir son ami mourir sous ses yeux. Il venait de voir la vie quitter ses prunelles. Il venait de voir le héros Bellérophon quitter ce monde. Cette douleur, cette colère, cette tristesse étaient intolérables. Arius ne pouvait pas contenir tant d'émotions aussi dévastatrices. Elles rongeaient son corps et son esprit et, pourtant, il n'arrivait toujours pas à bouger. Il sentit des larmes couler sur ses joues alors qu'il n'était même pas en mesure de cligner des yeux. Il devait s'échapper de cette emprise, il devait venger Bellérophon. Il le devait. Il le fallait.

Dans un geste presque théâtral, Arès laissa tomber l'épée qu'il tenait et s'essuya les doigts désormais ensanglantés sur le bas de sa tunique rouge, protégée par son armure.

— Salissant, dit-il simplement.

Le cataclysme était tel dans le corps d'Arius qu'il crut retrouver un peu de mobilité au niveau de ses doigts. Mais… il pouvait bel et bien les bouger ! Ce n'était pas une illusion. Il concentra alors toute son énergie, toute sa fougue, toute sa souffrance sur sa libération et il sentit l'emprise d'Arès diminuer. Il tomba alors au sol, à bout de souffle, mais totalement libre.

— Quoi ?! s'étonna Arès. Comment as-tu fait pour te libérer ?

Arius se releva et fit face à Arès, désarmé. Son épée était trop loin et, de toute façon, il se fichait bien de ce qui suivrait. Il voulait juste déverser sa haine sur le dieu, même si cela signifiait mourir à son tour. Peu lui importait.

— Comment as-tu osé tuer Bellérophon alors que nous avions remporté l'épreuve ? rugit Arius, qui peinait à se contrôler. Comment as-tu pu le regarder dans les yeux et encore prétendre être un dieu ?

Arès sourit. Il se mit à sourire. Rien de plus.

Arius ne put alors plus se retenir et cracha sur lui. C'était un affront. L'un des pires affronts. Une humiliation. Mais c'était tout ce qu'Arès méritait. Il ne méritait pas le respect des mortels. Il ne méritait pas d'offrandes. Il ne méritait pas son statut de dieu. Il ne méritait même pas que l'on prononce son nom. Arius avait appris à ses dépens que se lancer tête baissée sans réfléchir n'était pas forcément la bonne solution. Il avait appris qu'agir plus calmement pouvait être tout aussi efficace, voire plus blessant encore que de foncer directement. Et il voulait humilier Arès. Il voulait le rendre insignifiant.

Le rouge monta tout de suite aux joues du dieu, dont le corps faisait pâlir d'envie le plus musclé de tous les soldats. Pourtant, il ne réagit pas comme Arius s'y était attendu. Il se mit à rire. D'un rire mesquin, presque machiavélique. Il se tramait quelque chose.

— Remporté l'épreuve, tu dis ? finit-il par lâcher, d'une façon condescendante. Mon pauvre Arius, il n'y a jamais réellement eu d'épreuves.

Arius ouvrit de grands yeux, puis fronça les sourcils.

— Tu mens, répondit-il. Encore un tour des Olympiens.

— Je vois qu'Hermès ne t'a pas tout dit.

Arès se tourna vers Hermès, une expression satisfaite se dessinant sur le visage du dieu de la guerre. Le dieu ailé s'avança de quelques pas, mais resta légèrement en retrait. Curieusement silencieux, Hermès arborait un air indéchiffrable.

— Hermès, qu'est-ce que ça signifie ? s'enquit Arius, qui cherchait du soutien.

— Ça signifie que tout ceci n'était qu'une mascarade, répondit Arès. Il n'y a jamais eu de réelles épreuves. Tout cela n'était qu'un jeu et vous en étiez les pions. Tout a toujours été décidé à l'avance.

— Alors…ça signifie que…

— Exactement, fit Arès, plus que satisfait. Il n'a jamais été question de sauver l'Atlantide. Le cataclysme aura bel et bien lieu. Zeus a manigancé tout ceci afin que tu n'interfères plus dans ses plans. Après ta petite entreprise, où tu as empêché la flotte atlante de partir pour Athènes, mon père ne voulait pas que tu fasses de nouveau échouer son plan. Tu avais ruiné son argument pour couler cette maudite île. Alors il fallait que l'on t'éloigne de la cité pour laisser les soldats de Cadmos prendre le large. Voilà qui est chose faite.

Arius tombait des nues. Il venait de se prendre un coup de massue dans le ventre. Il était totalement sonné, abasourdi.

— Non…Ce n'est pas possible. Ça ne tient pas la route, dit-il. Pourquoi Zeus aurait-il eu besoin d'une raison pour noyer l'Atlantide ? Il est le roi des dieux et règne en maître.

— Quelle stupidité navrante, soupira Arès. Même si nous sommes des dieux, nous avons besoin des mortels. Si Zeus avait abattu sa colère sur ce royaume sans raison, crois-tu que les humains auraient continué de le louer ? Qui pourrait bien respecter un dieu vengeur et exterminateur ? Les dieux doivent récompenser et punir, mais pas agir selon leurs caprices.

Une demi-douzaine d'exemples vint en tête à Arius où les dieux avaient agi selon leurs caprices, mais ils n'impliquaient toutefois pas la mort de milliers de personnes sans offense au premier abord.

— Je n'en crois pas un mot, continua Arius.

Il refusait de croire Arès. Il était fourbe, vicieux, dangereux. C'était impossible. Cela ne se tenait pas.

— Hermès, dis-moi que ce n'est pas la vérité. Tu es mon allié.

— Lui ? Ton allié ? s'esclaffa Arès. Il te ment depuis le début. Hermès était dans le coup et il t'a trompé du début à la fin.

— Quoi ?! s'étonna Arius. Je…Ce n'est pas possible.

Hermès s'avança alors de deux pas supplémentaires pour parvenir au même niveau que son frère. Les différences entre ces divinités ne pouvaient pas être plus flagrantes.

— Et si, Arius, finit par dire le dieu ailé. Je n'ai jamais été envoyé par Poséidon pour te guider, pas plus que ces tâches ont existé. Mon devoir était de te détourner de la cité et de te faire croire que j'étais ton allié. J'ai accompli ma mission.

Trahi. Arius avait été trahi.

Alors qu'il pensait ne pas pouvoir être davantage blessé, heurté, brisé, il découvrait que le seul dieu en qui il avait jamais placé sa confiance l'avait roulé. Il était écoeuré. Dégoûté. Sa tête lui tournait et ses forces le quittaient.

— Ce n'est pas vrai…, dit-il à mi-voix, le regard perdu dans le vide.

Il allait tomber.

— Zeus a élaboré ce plan pour parvenir à ses fins et protéger Athènes, expliqua Hermès. Il savait que Poséidon chercherait à protéger l'Atlantide, alors il m'a chargé de lui faire croire qu'un ultime défi, comprenant trois épreuves, se tiendrait pour sauver sa précieuse île. Bien sûr, cela n'était qu'une illusion, une mise en scène. La vérité est que Poséidon doit être en train de découvrir la vérité en même temps que toi. Pour mettre tout ceci en place, Zeus m'a alors demandé de te servir de guide pour t'éloigner du cœur de la cité, car toi seul étais en mesure de faire échouer ses plans. Chaque fois que tu pensais que j'allais rendre visite à Poséidon, je me rendais en fait auprès de Zeus, pour lui faire mon rapport. Après tout, je suis le messager de Zeus. Pas celui de Poséidon.

Arius était abasourdi. Tout cela n'était qu'un cauchemar, cela ne pouvait pas être la réalité. Il n'y avait pas d'autre explication.

— Petit à petit, d'autres dieux ont été mis dans la confidence, mais seuls Arès, Athéna, Zeus et moi-même connaissions l'entière vérité. Les autres Olympiens ont été bernés eux aussi.

Arius songea alors à Artémis, qui lui était apparue en rêve, ainsi qu'à Triton. Eux aussi avaient été victimes de cette sombre stratégie. Et dire qu'ils n'en savaient rien !

— Mais et Bellérophon ? Les oracles ? Céto ? demanda Arius d'une voix faible. Pourquoi les avoir impliqués là-dedans ?

— Pour qu'une farce fonctionne, il faut qu'elle ait l'air vraie. Nous n'avons donc pas lésiné sur les moyens. Bellérophon et Céto étaient des plaies, des éléments agaçants dans le paysage de Zeus et il a trouvé que ces fausses épreuves seraient un bon moyen de l'en débarrasser. Au pire, tu mourais et cela lui permettait quoi qu'il advienne de ravager l'Atlantide. Au mieux, il accomplissait son œuvre et éliminait des nuisances en prime.

Les larmes aux yeux, Arius n'avait plus de force. Il regardait Hermès et tentait d'y déceler un nouveau mensonge, quelque chose qui pouvait lui prouver qu'il ne disait pas la vérité et que tout ceci n'était pas qu'une mascarade. Mais il ne voyait rien. Son regard était fermé.

— Et toi Hermès, qu'avais-tu à gagner dans tout ça ? parvint-il à dire.

— Je suis le dieu du mensonge et celui des tours de passe-passe. Cette aventure promettait donc d'être mon chef-d'œuvre. Quant à Arès, il avait quelques comptes à régler avec Bellérophon, et il est toujours partant lorsqu'il s'agit de combat et d'un peu de chaos.

— Alors toutes ces vies envolées, tout ce que nous avons accompli… Ça n'a servi à rien ?

— Personne ne regrettera Bellérophon, fit Arès en haussant les épaules et en regardant le cadavre blême du héros. D'ailleurs, personne ne regrettera les Atlantes.

Un signal d'alarme se déclencha dans l'esprit d'Arius.

— Le cataclysme doit avoir lieu maintenant ?!

— Il se pointe progressivement à l'horizon, répondit Hermès en montrant du doigt de hautes vagues férocement agitées non loin de la côte.

Le temps commençait à se modifier et d'épais et menaçants nuages noirs s'amoncelaient au-dessus de l'Atlantide. Quelques éclairs parvenaient parfois à zébrer le ciel. La fin approchait.

— Il parlait plutôt de ça, ajouta Arès, sur un ton cruel.

Le dieu de la guerre désigna du doigt le bas de la falaise, là où se trouvait la plage, non loin de la cité.

Arius s'approcha lentement et découvrit alors un effroyable spectacle. Des centaines de cavalières galopaient à toute vitesse en direction de la cité royale. Arius aurait pu les reconnaître entre mille.

— Les Amazones, dit-il, le souffle coupé.

— Vois-tu, j'ai ordonné à mes filles de…nettoyer un peu la cité avant que les vagues de Zeus n'atteignent les côtes. Mourir noyé, quelle atroce fin. Alors qu'une bonne lame dans le cœur, c'est plus délicat.

Le cœur d'Arius s'emballa et tambourina contre sa poitrine. Les Amazones. Ces guerrières sauvages impitoyables. Un bain de sang s'annonçait. Il devait faire quelque chose. Il ne savait pas encore quoi, mais il devait faire quelque chose.

Il courut alors vers Arion et hissa le corps inerte de Bellérophon sur son dos. Il fit s'entrechoquer ses manchettes trois fois et son épée et son bouclier disparurent du sol.

— Il ne sert à rien de tenter quelque chose, lui dit Arès. Tu as perdu.

Un immonde sourire se dessina sur son visage.

Arius ne lui décocha pas le moindre regard, ni à lui, ni à Hermès. Ils pouvaient bien terminer aux Enfers qu'il n'en avait désormais plus rien à faire.

CHAPITRE 12

ORESTE

C'était la cohue. Partout la peur régnait. On n'y voyait plus rien à plusieurs mètres, et il était impossible d'entendre quoi que ce soit tellement le brouhaha était omniprésent.

Oreste avait d'abord perçu les premiers cris depuis sa demeure, bien protégé derrière les murs qui entouraient la cour de sa maison. Il avait d'abord cru à un larcin ou à quelque chose de semblable. Très vite cependant, les cris s'étaient multipliés à grande vitesse et il avait compris que la situation était inhabituelle. La cité royale était généralement bien gardée et les méfaits se produisaient en pleine nuit, pas sous le soleil brûlant de l'île. La corruption s'était infiltrée depuis longtemps dans les rues de la ville, mais chacun veillait à ce que cela reste invisible aux yeux de tous. Des hurlements n'étaient pas anodins et son sang n'avait fait qu'un tour dans son organisme. Il redoutait le pire.

À vrai dire, Oreste redoutait le pire depuis qu'Arius avait disparu. Son meilleur ami s'était volatilisé sans laisser de trace. Il avait été avalé par les flots tumultueux de l'océan. Il avait été avalé par la créature qui répondait au nom de Céto. Cela faisait des jours désormais qu'il n'avait plus eu de nouvelles d'Arius et il commençait tout juste à se faire une raison. Dès le début, il s'était résigné. Il voulait accepter sa mort parce que l'espoir pouvait être encore plus douloureux. Élanée, quant à elle, continuait de s'accrocher à cet infime espoir qui, selon Oreste, n'existait pas et n'était que pure illusion. Qui pouvait survivre à une mer déchaînée et à une baleine si imposante et si dangereuse ?

Alors ils étaient tous deux rentrés à la cité royale et Oreste s'était muré dans un silence, un vide émotionnel depuis lors. Arius hantait ses pensées, nuit et jour. Il ne parvenait pas à trouver le sommeil et se réveillait sans cesse, le visage de son ami lui apparaissant constamment dans des cauchemars. Il n'avait pas pleuré. Il n'avait pas crié. Il n'avait pas réagi du tout. Pourtant, quelque chose en lui s'était brisé, avait éclaté. Il ne savait pas dire quoi exactement, mais il n'était plus le même, comme si une petite part de lui, qu'il ne soupçonnait pas, avait disparu.

Oreste avait grandi avec Arius et, même s'ils s'étaient quelque peu éloignés ces derniers mois, il avait conscience qu'il tenait beaucoup plus à lui qu'il ne le laissait paraître. Arius avait été son ami, son confident, son alter ego. Bien avant Élanée, bien avant n'importe quel autre proche de sa vie, Arius avait répondu présent. C'était avec lui qu'il avait accompli ses premières bêtises, avec lui qu'il s'était fait gronder, avec lui qu'il avait connu ses premières peines. Il avait en sa possession d'innombrables souvenirs avec Arius et il n'imaginait pas que ces moments passés en sa compagnie n'étaient justement désormais que des souvenirs. C'était étrange comme on pouvait songer à certains instants au cours de sa vie et les trouver satisfaisants avant de se mettre à les chérir tendrement dès lors que la personne avec qui on les avait partagés n'était plus de ce monde. Un changement s'opérait dans l'esprit. On ne se rendait réellement compte de la préciosité des choses que lorsque celles-ci avaient disparu.

Depuis des jours, Oreste ne voulait voir personne. Élanée lui avait rendu visite une ou deux fois, il ne savait même plus exactement, mais il ne se sentait pas d'humeur à recevoir quelqu'un, à converser ou même à sourire. C'était au-dessus de ses forces. Il n'avait envie de rien.

Il se sentait totalement creux, comme une coquille vide. Il ne ressentait rien, ni tristesse, ni mélancolie, ni colère. Il était juste *là*.

Quand les cris résonnèrent dans les rues de la cité, il fut comme rattrapé par la réalité, tiré de force de ses songes pour être percuté par une saturation des sens. À peine eut-il mis un pied dehors, devant les portes de sa demeure, qu'il fut agressé par la confusion qui régnait partout. Des jeunes gens couraient dans tous les sens, des femmes criaient, des enfants pleuraient, des chevaux paniquaient. Certaines maisons se trouvaient dans un piteux état et des nuées de flèches volaient partout. On entendait des bruits de coups, des craquements, des sabots qui claquaient contre le sol. On sentait des odeurs de fumée âcre et saisissante, des effluves de sang.

Alerte, Oreste se dévissa la nuque pour apercevoir quelque chose, un indice sur ce qui se tramait. La foule se pressait et cherchait à fuir. Mais à fuir quoi ?

Parmi le chaos, Oreste se fraya un chemin à contre-sens pour atteindre une rue encore plus bondée, encore plus étouffante, et encore plus bruyante. Il ne voyait que des gens paniqués, meurtris, perdus. Mais que se passait-il enfin ?

— Oreste ! s'écria une voix non loin de lui.

Dans le désordre omniprésent, il reconnut immédiatement cette voix. Celle d'Élanée. Il se tourna vers elle et elle tomba presque littéralement dans ses bras, son pied ayant heurté un pavé défait sur la chaussée. Son regard, habituellement si doux et si confiant, était habité par une lueur de terreur. Ses prunelles étaient dilatées, ses cheveux en pagaille et ses traits étaient tirés.

— Que se passe-t-il, bon sang ?! s'exclama Oreste en veillant à ce que la foule ne les percute pas.

Le ciel s'assombrissait à vue d'œil. Un orage s'annonçait.

— Les Amazones ! répondit simplement Élanée, apeurée.

— Quoi ?

Oreste les vit alors. Les farouches guerrières à cheval semaient la zizanie dans la cité royale. Elles étaient parvenues à entrer et entraînaient derrière elle le chaos le plus total.

— Que font-elles ici ? fit Oreste, qui cherchait à identifier combien d'Amazones étaient entre les murs d'enceinte.

— Je n'en sais rien, mais elles sont en train de saccager la cité et de tuer tout le monde, Oreste ! Il faut que l'on fasse quelque chose !

Élanée le tira de force par le bras et l'emmena dans un recoin entre deux maisonnées, à l'abri des regards et du danger. Devant eux, c'était un véritable cauchemar qui prenait vie. Les Amazones, vêtues de peaux, de cuir et d'ossements d'animaux et d'humains, percutaient les Atlantes avec leurs puissantes montures et bandaient leurs arcs pour tuer tout un chacun. Elles filaient à toute allure et griffaient, coupaient, taillaient, plantaient les habitants à l'aide de leurs armes, sans aucune pitié. Le sang commençait à couler à flots et les rues et ruelles se virent bientôt tachées d'un rouge sombre et profond. Il n'y avait aucune échappatoire, ces femmes guerrières étaient trop rapides, trop vives et trop précises. Elles n'épargnaient personne.

— Élanée, il faut que tu te mettes à l'abri, lui ordonna Oreste en la saisissant par les épaules.

— Quoi ? s'indigna-t-elle. Hors de question !

— Je ne te laisse pas le choix !

— Je ne t'ai pas demandé de choisir pour moi. Ces gens ont besoin de notre aide, Oreste. Je suis presque prête à parier que les dieux ne sont pas étrangers à ce phénomène aussi soudain. Arius n'est plus là, alors nous devons faire quelque chose. Tout le monde est en train de mourir sous nos yeux.

À ces mots, une femme passa en courant à un mètre d'eux et se fit trancher la gorge par une Amazone. Son corps tomba lourdement sur le sol, bientôt rejoint par deux autres cadavres. Ceux d'enfants. Oreste vit les yeux d'Élanée s'emplir de larmes et elle dut étouffer un cri pour ne pas se faire repérer. Elle se mordit les lèvres et il contint un haut-le-cœur de son côté.

Oreste savait pertinemment qu'Élanée n'en démordrait pas et il jugea plus prudent de se ranger de son côté. Il ne voulait pas qu'elle n'en fasse qu'à sa tête et qu'il la perde de vue. Il souhaitait être là, auprès d'elle, à chaque instant. La mort pouvait désormais pointer le bout de son nez à tout moment et il voulait passer le temps qu'il lui restait à ses côtés.

— C'est d'accord, finit-il par dire. Il faut que l'on ait un plan. On ne peut pas sortir d'ici sans savoir ce que l'on va faire. Tu as des suggestions ?

Élanée le regarda dans les yeux, reconnaissante, et s'agrippa à sa tunique lie-de-vin.

— Hmm. Tu as des armes chez toi, n'est-ce pas ? demanda-t-elle.

— Oui, j'ai plusieurs armes. Ne me dis pas que tu veux qu'on affronte les Amazones ?

— Tu vois une meilleure solution ?

— Mais…Élanée, tu es complètement inconsciente ou quoi ?

Il avait ouvert de grands yeux et essayait de savoir si elle plaisantait. Malheureusement, il lui semblait que non.

— Nous n'avons pas le choix. Soit nous restons là à ne rien faire, ce qui ne sera certainement pas mon cas, soit on aide notre peuple !

— Bon, bon, alors allons chez moi. Une fois armés, il faudra que l'on trouve l'issue la plus pertinente pour faire évacuer les survivants.

— La Porte Argentée, près de la forêt, serait la meilleure option. Elle est un peu exposée, mais cela permettrait aux Atlantes de se cacher dans les arbres et les fourrés.

— Bonne idée. Allons-y.

Oreste avança prudemment sa tête dans la rue pour s'assurer qu'aucun danger n'arrivait. Des combats faisaient rage partout dans la cité, mais cela s'était calmé de leur côté. Il prit alors Élanée par la main et tous deux se mirent à courir jusqu'à sa demeure, évitant les cadavres qui jonchaient le sol. Ils reconnurent plusieurs corps, comme celui d'un cousin éloigné d'Élanée, celui de la tante d'Oreste, ceux des neveux du prêtre du temple de Poséidon… Chacun fit taire ses sentiments et ses émotions. Ils savaient qu'ils ne pouvaient pas se laisser aller. Ils avaient besoin de toutes leurs forces, de tous leurs esprits.

Ils franchirent rapidement les quelques rues qui les séparaient de la maison de Oreste et s'engouffrèrent à l'intérieur en n'omettant pas de s'y barricader. Le silence mortuaire qui régnait ici était presque glaçant. Ils fouillèrent dans l'un des nombreux coffres de la demeure et dénichèrent une dague gravée, deux épées et un arc. Il n'y avait malgré tout pas l'ombre d'un bouclier.

— Ce sera toujours mieux que rien, fit Élanée, qui passait le carquois autour de son buste et nouait la dague à sa ceinture.

Elle coupa alors grossièrement le bas de son chiton pour pouvoir courir plus vite en cas de besoin. Oreste découvrait presque une nouvelle femme. Une femme courageuse, une femme téméraire, une femme juste et bienveillante. C'était sa Élanée. D'année en année, elle n'avait cessé de s'améliorer pour devenir la meilleure personne qu'il ait jamais rencontrée.

Il s'échappa de ses pensées et saisit une épée dans sa main droite avant d'en placer une autre dans un fourreau accroché à son ceinturon.

— Bien, je crois que nous sommes fin prêts, dit Oreste d'un signe de tête.

Ils se dirigèrent de nouveau vers l'entrée de la demeure et, juste avant qu'ils n'affrontent de nouveau la terreur extérieure, Élanée s'arrêta. Elle se tourna vers Oreste, lui posa délicatement une main sur son torse, et l'embrassa tendrement mais passionnément.

— Juste au cas-où ce serait le dernier, lui dit-elle.

CHAPITRE 13

ARIUS

Arius s'était arrêté sur la plage, dans un recoin protégé entre les falaises et la mer. Il savait que des Amazones pouvaient encore se trouver là, aussi il avait jugé bon de ne pas s'exposer plus que nécessaire. Il devait atteindre la cité avant qu'il ne soit trop tard, mais il fallait auparavant qu'il accomplisse une tâche importante.

À proximité d'une cavité étriquée creusée naturellement dans la roche, à l'ombre des falaises, il avait rejoint une grande quantité de bois et de brindilles. Le cœur serré, il s'approcha d'Arion, qui flânait paisiblement non loin de là. Il posa alors les mains sur le corps froid et sans vie de Bellérophon et serra les dents. Une immense colère le rongeait, et la vue de la silhouette inanimée de son ami lui était insupportable. Bellérophon était censé être encore en vie. Ils avaient remporté l'épreuve mais Arès l'avait tué de sang-froid. Le héros aurait pu mourir en étant certain d'avoir réussi, seulement tout ceci n'avait été qu'une plaisanterie, une mise en scène grotesque. Le pire était que tout le monde avait été trompé. Finalement, il était mort pour rien. Pour rien du tout. Et cela nourrissait la rage d'Arius.

Non seulement il avait perdu un nouvel être cher, non seulement il s'était fait trahir par Hermès, non seulement il avait dû dire au revoir à Triton, non seulement il s'était mis en danger, ainsi que de nombreux amis, mais en plus tout cela s'avérait totalement inutile et complètement faux. Arius n'aurait jamais cru cela possible. C'était si mesquin, si vil, si tordu que, même pour des dieux, il n'aurait pas pu y croire. Pourtant, ils lui avaient prouvé le contraire. Ils s'étaient moqués de lui. Ils s'étaient moqués de son peuple. Ils s'étaient même moqués d'autres dieux. Arius n'osait même pas imaginer ce que devait ressentir Poséidon. Lui aussi avait été trahi. Au moins, Arius n'était pas obligé de continuer à fréquenter Hermès, alors que Poséidon n'avait d'autre choix que de voir perpétuellement Zeus. Triton était-il au courant de cette mascarade ? Avait-il eu vent de ce qui s'était produit ? Avec ses espions postés un peu partout, il était possible qu'il ait été alerté.

Arius souleva le corps lourd et musclé de Bellérophon et le hissa sur ses épaules malgré son poids. Il tituba légèrement lors des premiers pas, puis le posa délicatement sur le lit de bois composé de branches, de branchages, de quelques feuilles et de brindilles. C'était tout à fait sommaire mais Arius préférait cela plutôt que de ne rien faire du tout.

La tunique désormais ensanglantée, du fait des plaies de son ami, Arius porta sa main à sa bourse et en sortit une pièce, qu'il plaça dans la bouche de Bellérophon. Son visage était méconnaissable et livide, malgré les nombreuses blessures et entailles. Il n'arrivait pas à croire que ce héros - son héros - était là, sous ses yeux, sans vie. Il avait adoré écouter le mythe de Bellérophon étant enfant, et il avait adoré raconter l'histoire de Pégase et de son cavalier à sa sœur, Thalia. Il l'avait finalement rencontré, et finalement perdu.

Arius sentit un poids lourd peser sur sa poitrine et décida qu'il était temps de procéder à la suite. Il ne devait pas s'attarder, et il ne le fallait pas, sinon il savait qu'il ne repartirait jamais.

— Tu vas enfin avoir droit au repos que tu mérites, dit-il simplement en couvant Bellérophon de son regard.

Puis, Arius donna naissance à quelques étincelles, qui se transformèrent bientôt en un gigantesque brasier. Le feu ne tarda pas à envelopper Bellérophon et à le consumer de toutes parts. Cette vision était si prenante qu'Arius ne put retenir un léger sanglot. Il ne voulait malgré tout pas pleurer. Il ne voulait pas se laisser abattre. Il avait horreur de cela, encore plus depuis qu'il avait perdu Thalia. Pourtant, sa fatigue, ses émotions, lui hurlaient de se laisser aller.

En observant les flammes dévorer le bois et lécher la peau du héros, Arius espéra de tout cœur qu'il pourrait accéder aux Enfers et accéder à l'après-vie qu'il méritait. Hermès était censé accompagner les héros jusque-là, mais Arius priait pour que ce ne soit pas le cas.

Hermès. À la simple pensée du dieu ailé, le jeune homme se mit inconsciemment à serrer les poings, ses phalanges blanchissant sous le geste. Et dire qu'il l'avait mené en bateau tout ce temps. Et dire qu'il avait placé sa confiance en lui. Hermès était celui qu'il avait toujours apprécié, mais il avait fini par le trahir. Arius était fou de rage, mais préférait pour le moment jouer l'indifférence. Il aurait voulu lui sauter à la gorge, le frapper de toutes ses forces, l'écarteler, le poignarder, le jeter du haut d'une falaise, juste pour calmer ses nerfs. Mais cela n'aurait servi à rien et, de toute façon, le dieu ne se serait pas laissé faire.

Il repensait à tous ces moments où Hermès l'avait aidé. Après tout, le dieu ailé l'avait aidé à vaincre Basilic, là où la situation commençait à s'envenimer. Il l'avait aiguillé pour résoudre les énigmes des oracles. Il l'avait même épaulé pour dompter Arion, voire même pour désarmer Arès. Pourquoi ?

En songeant à tout ceci, Arius ne comprenait pas. Hermès aurait pu le laisser mourir sous la férocité du serpent géant. Il aurait pu faire traîner en longueur le jeu des énigmes jusqu'à ce que le temps soit écoulé. Ainsi, il n'aurait plus représenté une menace pour Zeus, alors pourquoi l'avait-il soutenu ? Cela n'avait pas de sens. Il n'était qu'un pion dans un jeu qui le dépassait amplement. Il fallait que ce jeu soit crédible, mais si Arius était mort avant même d'avoir atteint la première épreuve, le jeu se serait terminé ici et il n'y aurait eu aucune suite, aucune conséquence, et Zeus aurait eu le champ libre.

Les traits du visage tirés, Arius se passa une main sur le front, qui luisait de sueur, et jeta un dernier coup d'œil au brasier qui avait complètement fait disparaître le cadavre de Bellérophon. Il aurait aimé pouvoir accomplir tous les rites funéraires, mais il devait regagner la cité de l'Atlantide et il espérait que ceci permettrait au moins au héros de son enfance d'atteindre le monde souterrain en paix. Il allait ainsi retrouver ses enfants.

Laissant le feu derrière lui, Arius remonta sans un bruit sur le dos d'Arion et se dirigea vers la cité atlante. Si les Amazones attaquaient son peuple, et si le cataclysme n'allait pas tarder à s'abattre sur l'île, alors il ne lui restait que peu de temps pour accomplir quelque chose.

C'était le chaos le plus total. Des gens hurlaient de toutes parts, terrifiés, des expressions de peur déformant leurs visages. Des habitations brûlaient, faisant s'envoler des volutes de fumée noire dans le ciel toujours plus obscur et menaçant. Du sang jonchait le sol tandis que l'on entendait des bruits de lames, de flèches qui traversaient l'espace et de boucliers qui contraient les coups. Jamais Arius n'avait vu la cité dans un tel état. C'était comme si elle vivait ses derniers instants. Une véritable apocalypse.

Arius était arrivé par la porte qui donnait sur la forêt, et avait vu que des Atlantes parvenaient à s'échapper, à passer au travers des griffes des guerrières sanguinaires. Il fallait qu'il les aide. Il fallait aussi qu'il retrouve sa mère. La reine devait être en danger, tout comme Oreste et Élanée. Un sombre pressentiment lui tordit les entrailles.

Il cogna ses manchettes l'une contre l'autre et fit apparaître l'épée et le bouclier atlantes. La guerre s'imposait. Il prit une profonde inspiration et talonna Arion pour qu'il se fraie un chemin parmi la foule, qui se massait de plus en plus vers la porte de la cité. Arion poussa un hennissement, les yeux révulsés, et partit au galop, ses sabots frappant le sol dallé.

Arius ne savait plus où donner de la tête. Il y avait tellement de monde. Les rues fourmillaient de vivants et de morts. C'était un véritable champ de bataille.

À peine eut-il franchi les portes de la cité qu'il fut violemment attaqué. Deux flèches volèrent dans sa direction et il eut le réflexe de lever son bouclier avant de se faire percuter. Il posa tout de suite son regard sur son ennemi. Une Amazone. La jeune femme aux cheveux blonds et épais et au sein droit brûlé[9] fonçait droit sur lui, juchée sur le dos de sa monture à la robe foncée. Son visage était carré, sa mâchoire puissante et dans ses yeux vivait une lueur meurtrière et sauvage.

Lancée à toute allure, l'Amazone bandait son arc et chevauchait sans l'aide de ses mains. Arius ne réfléchit pas et s'élança à sa rencontre, brandissant son épée et son bouclier. Le choc se fit brutal. Après avoir esquivé une salve de flèches, toutes tirées avec la plus grande précision, Arion percuta le cheval de l'Amazone de plein fouet et elle perdit l'équilibre.

Parfait, songea rapidement Arius.

Cela lui laissa tout juste le temps de lui lacérer les tendons de sa jambe gauche avant de lui trancher la gorge. Sa monture continua de galoper dans l'autre sens en trimballant une cavalière désormais plus morte que vive.

Arius n'eut cependant pas le temps de se reposer sur ses lauriers, puisqu'une autre Amazone, cette fois-ci armée d'un javelot, l'attaqua sans crier gare. Il fut frappé de plein fouet par la pique de l'arme, qui lui entailla profondément le biceps. Arius sentit une douleur lancinante et retint un cri puissant. Du sang se mit à ruisseler sur son bras, qu'il peinait désormais à bouger. Le moindre mouvement brusque pouvait lui arracher un hurlement. L'ennemie ne lui laissa pas de répit et revint à la charge, faisant rebrousser chemin à sa monture, et Arius se protégea avec son bouclier. Il la frappa alors au visage, et contra plusieurs offensives. La force et la rage animale de l'Amazone étaient phénoménales et Arius peinait à contenir son adversaire. Elle lui ouvrit le genou et l'atteignit également à la cuisse. Elle était déchaînée.

---

[9] Selon la mythologie, les Amazones se mutilaient le sein droit afin de ne pas être gênées lors du maniement de certaines armes (tir à l'arc, javelot…). *Amazôn* en grec signifie d'ailleurs "sans sein".

Alors qu'Arion devenait de plus en plus nerveux sous Arius, la guerrière se stoppa brutalement, le regard devenant soudainement vitreux. Le jeune homme attendit l'espace d'un instant, tandis que le brouhaha continuait de faire rage, et la vit brusquement tomber de sa monture, une flèche fichée dans le dos.

— Élanée ? s'étonna Arius en découvrant l'identité de l'archère.

— A…Arius ? s'étrangla-t-elle en accourant vers lui. C'est bien toi ?!

Elle se précipita alors à sa rencontre en bousculant quelques Atlantes et en pulvérisant une nouvelle Amazone au passage. Arius descendit de cheval et elle se jeta dans ses bras.

— Ne restons pas là, Élanée, nous sommes trop exposés.

Elle acquiesça d'un signe de la tête et ils empruntèrent une petite ruelle entre deux rangées de demeures. Si quelqu'un s'aventurait ici, ils ne seraient pas en mesure de s'échapper, mais ils n'en avaient que faire. Arius était si heureux de retrouver son amie.

— Tu es saine et sauve, constata-t-il, malgré les quelques plaies et la fatigue qui parcouraient le corps de la jeune femme.

— Je te croyais mort, dit-elle dans un soupir de soulagement. Que s'est-il passé ?

Arius jeta un coup d'œil derrière lui pour s'assurer qu'aucun ennemi n'arrivait à l'horizon.

— C'est une longue histoire, mais disons que j'ai passé un petit séjour au fond des eaux. Le plus important est que tout ceci n'était qu'une farce, un vulgaire jeu organisé par les dieux.

— Quoi…?

Élanée fronça les sourcils.

— Toute cette histoire d'épreuves n'était qu'un coup monté dont Zeus est à l'origine. Il n'y a jamais eu d'épreuves. Il voulait simplement couler l'Atlantide. Je suis revenu ici aussi vite que j'ai pu.

— Mais…et où est Bellérophon ? Et Hermès ?

Arius se tut quelques instants. Sa mâchoire se crispa et il prit une grande inspiration.

— Hermès était dans le coup. Il nous a trahis. Quant à Bellérophon…Il a été tué.

— Par tous les dieux…

Élanée était horrifiée. Malgré tout ce qui se passait autour d'eux, elle semblait plus ébranlée par la mort de Bellérophon que par l'ambiance mortuaire qui régnait au cœur de la cité. Elle porta une main à ses lèvres et ouvrit de grands yeux expressifs. Élanée avait toujours fait preuve de compassion et d'empathie, et c'était l'une de ses plus grandes forces. Elle savait penser aux autres et être à l'écoute. C'était, pour Arius à ce moment-là, le plus précieux de tous les dons.

— Où est Oreste ? Il est encore en vie ? s'enquit Arius, qui redoutait d'apprendre une terrible nouvelle.

— Je l'ai perdu de vue il y a quelques instants, mais il était encore en vie quand je l'ai aperçu. Nous essayons d'aider les gens à fuir vers la forêt et d'éliminer le plus d'Amazones possible. Ou du moins de les ralentir.

Arius imaginait mal Élanée réussir à tuer bon nombre de personnes, mais il devait reconnaître qu'elle se débrouillait plutôt bien. En temps de guerre, l'instinct de survie prenait le dessus et son amie lui avait d'ores et déjà sauvé la mise.

— Sais-tu où se trouve ma mère ? finit-il par demander.

— Elle doit être au palais, je suppose. Je peux t'y accompagner.

Arius entendit de nouveaux cris et de nouvelles volées de flèches au loin.

— Non, reste ici et protège notre peuple. Je vais aller la trouver. Les Atlantes ont besoin de toi. Je reviendrai te prêter main forte quand ma mère aura été mise en sécurité.

— Entendu.

Et Élanée s'élança de nouveau à la poursuite des Amazones.

Arius se rendit de nouveau dans la rue et entendit son amie crier "Dirigez-vous vers la forêt ! Cachez-vous là-bas !" à l'attention de deux familles Atlantes qui cherchaient du secours.

Arion s'était réfugié un peu plus loin et Arius lui fit signe de partir. Il s'ébroua et s'exécuta, à contrecœur. Arius ne voulait pas qu'il lui arrive malheur et il était plus facile de se frayer un chemin dans les rues à pied qu'à dos de cheval.

Il devait maintenant atteindre le palais.

Le monde d'Arius était réellement en train de s'écrouler. Malgré tous les efforts, malgré toutes les aventures, il était en train de sombrer à une vitesse vertigineuse. Son peuple se faisait décimer, les habitations étaient en proie aux flammes, qui se propageaient d'une maison à l'autre comme un démon insatiable, et il avait l'impression de ne rien pouvoir faire. C'était faux, bien sûr, car il aidait les personnes qu'il croisait et qui avaient besoin de soutien. Il tuait des Amazones, il leur assénait de violents coups d'épée, il protégeait des Atlantes grâce à son bouclier, et il les mettait en lieu sûr en attendant que les rues se vident pour qu'ils puissent enfin gagner un refuge en dehors de la cité. Pourtant, comment pouvait-il stopper cette folie et arrêter ce massacre? Si les Amazones ne venaient pas à bout de l'Atlantide, le cataclysme s'en chargerait à leur place. Que faire ? Comment contrer l'offensive des dieux ? Malgré la présence d'Élanée, et probablement celle d'Oreste quelque part dans la ville, Arius se sentait désespérément seul.

Il courait sans s'arrêter, malgré les blessures à sa jambe, malgré sa plaie ouverte au niveau du biceps. Ses armes devenaient lourdes à porter et il était vide de toute énergie. Depuis quand n'avait-il pas mangé ? Depuis quand ne s'était-il pas reposé ? Les journées paisibles au fond de l'océan lui semblaient désormais bien loin. Totalement hors de portée.

Après avoir abattu trois Amazones et risqué sa vie pour protéger un enfant qui se trouvait malencontreusement au milieu du champ de bataille, Arius parvint enfin au niveau de l'immense temple de Poséidon. Il se souvint alors des Océanes, de cette magnifique fête qui avait eu lieu un mois plus tôt. Tout avait changé depuis. Cette fête paraissait s'être déroulée il y avait des lustres. Comment tout avait pu basculer en aussi peu de temps ?

Sous ses yeux, le temple de Poséidon avait une bien triste allure. Des Amazones, dans leur sauvagerie, avaient cassé des marches, pillé des richesses, abîmé des colonnes et, pour couronner le tout, lui avaient mis le feu. L'incendie était ravageur et brûlant. Les flammes montaient si haut qu'elles semblaient vouloir atteindre les cieux.

Si Zeus pouvait s'étouffer avec cette fumée noire…, songea alors Arius.

C'était une véritable fresque morbide qui se dressait devant le jeune prince. Les cieux s'assombrissaient et de fines gouttes de pluie commençaient à tomber tandis que l'orage grondait et qu'il percevait le bruit dangereux des flots agités au loin. Arius cligna des yeux, car il commençait à ressentir le picotement de la fumée, et contourna le temple à vive allure avant de remonter le chemin qui menait au palais.

— Prince Arius ! fit une voix derrière lui.

L'interpellé se retourna brusquement, toutes armes sorties.

— Apollodore ? s'étonna-t-il alors, baissant sa garde.

Apollodore. Le frère aîné d'Élanée. Il y avait belle lurette qu'il ne l'avait pas croisé.

— Cela faisait longtemps que je ne vous avais pas vu.

Apollodore, comme beaucoup d'Atlantes, avait le visage meurtri et plein de poussière. Ses cheveux étaient ébouriffés, sa tunique trouée, et il saignait des mains et des bras. Pourtant, il avait conservé son air impeccable et sa bonne humeur.

— Ces dernières semaines ont été…mouvementées, répondit simplement Arius. Il faut que je me rende au palais sur-le-champ.

— Auriez-vous aperçu Élanée ? Je me fais du souci pour elle. Elle a quitté la maison au début de l'attaque et je ne l'ai pas vue depuis…

Apollodore avait toujours été très protecteur envers Élanée, en particulier depuis la mort de leurs parents. Il était vite devenu le seul et unique chef de famille et prenait ses devoirs très à cœur.

— J'étais en discussion avec elle il y a quelques minutes. Elle se trouve près de la Porte Argentée, à proximité des bois. Elle aide les habitants à s'enfuir.

Apollodore poussa un soupir de soulagement.

— J'essaie moi-même de venir en aide à notre peuple, expliqua-t-il en désignant le glaive qu'il tenait entre ses doigts. Une chance que mon père nous ait légué son armement.

— ATTENTION ! cria alors Arius.

Au même moment, une flèche se dirigea furieusement en direction de la tête d'Apollodore. Arius la repéra juste à temps et, par chance, leva sa lame pour la dévier. Il la cassa en deux et identifia sa provenance. Une Amazone se tenait non loin de là. Ses cheveux fous et roux étaient reconnaissables partout.

Apollodore et Arius échangèrent un regard entendu. Arius leva son bouclier et, les jambes fléchies, ils avancèrent rapidement jusqu'à l'Amazone, qui tenta de les contourner. Bientôt, leur assaillante fut dos au temple de Poséidon et elle ne trouva plus aucune issue.

Arius la propulsa contre le mur en la cognant avec son bouclier et Apollodore lui porta le coup de grâce.

— Elles sont de plus en plus nombreuses on dirait, remarqua Apollodore, un peu essoufflé.

— Il faut que la cité se vide plus rapidement.

— Je vais vous escorter jusqu'au palais. Ensuite, j'irai prêter main forte à Élanée.

Arius le gratifia d'un regard reconnaissant et ils avancèrent tous deux prudemment jusqu'aux portes du palais.

Parvenu devant, un sombre pressentiment naquit chez Arius. Les gardes qui protégeaient habituellement l'entrée de la demeure royale avaient été tués. Ils gisaient dans un bain de sang. Cela ne laissait rien présager de bon.

— Le palais a-t-il été pris d'assaut ? demanda discrètement Arius à Apollodore.

— Je n'en sais rien. Nous avons été tellement pris de court que nous avons réagi dès que possible. La cohue règne depuis.

Ils continuèrent d'avancer et parvinrent bientôt dans la salle du trône, complètement déserte.

— L'endroit a l'air vide, constata Arius. Il n'y a aucun bruit. Retourne auprès d'Élanée. Elle a plus besoin d'aide que moi. Je veux simplement m'assurer que la reine est en sécurité.

Au fond de lui, Arius sentait l'espoir s'amenuiser à chacun de ses pas. Apollodore ne broncha pas et fit demi-tour sans demander son reste. Lui non plus n'avait pas l'air de beaucoup y croire.

Tout était calme dans le palais et Arius observa les alentours avec attention. Les voilages avaient été déchirés, certaines mosaïques avaient été brisées, des amphores avaient été saccagées puis jetées au sol, et il régnait une atmosphère inquiétante. Il ne savait pas exactement expliquer pourquoi, mais une sensation étrange lui tordait les intestins. Comme si quelque chose allait survenir.

Il avança alors petit à petit, le regard alerte, dans ce silence assourdissant. Chacun de ses pas se répercutait sur les murs, et il se sentait oppressé. Le calme religieux du palais contrastait avec la tempête infernale et sensorielle qui s'agitait dehors. Il continua d'avancer dans la longue pièce et entrevit enfin quelque chose. Quelque chose ou quelqu'un ?

Il effectua encore quelques pas et découvrit alors avec stupeur un cadavre. Celui du roi Cadmos. Son père.

Cadmos était assis sur son trône, fier et droit, comme toujours. Cependant, une flèche était désormais logée dans son crâne et une autre dans sa gorge. Il avait les yeux et la bouche ouverts, une expression d'horreur et de douleur à jamais dessinée sur son visage vieillissant. Malgré tout, Arius ne ressentit qu'un petit pincement au cœur. La scène le dérangeait plus que la perte de son père, qu'il n'avait finalement jamais aimé. Ce qui l'inquiétait était le sort de sa mère. Où était-elle ?

À mesure qu'il arpentait les couloirs du palais, il sentait la peur lui saisir les os et lui glacer le sang. Il n'y avait plus de serviteurs, plus d'esclaves, plus personne. Il déboucha enfin sur l'escalier qui conduisait à l'étage où se trouvaient sa chambre et celle de Thalia. Il gravit alors deux marches et son cœur s'arrêta.

— Mère ! s'écria-t-il en la découvrant dans l'escalier, inconsciente.

Vêtue d'un chiton aux reflets rosés, la longue chevelure blonde de la reine recouvrait son visage. Elle ne bougeait pas.

— Faites qu'elle soit juste inconsciente, pria Arius à mi-voix.

Il se précipita à ses côtés, et planta ses pieds sur deux marches différentes pour conserver un certain équilibre. Arius souleva délicatement la tête de sa mère et découvrit son visage. Les yeux fermés, elle était morte.

Arius baissa alors les yeux et vit qu'une plaie sanguinolente traversait son abdomen. On l'avait poignardée. On l'avait poignardée et laissée là.

Le visage blanchâtre et les mains désormais froides et sans vie, Arius la reconnaissait à peine. La reine Althéa avait toujours été rayonnante, solaire, et pourtant elle gisait ici, glacée et terne.

Arius se laissa alors tomber à genoux et la serra fort contre lui. La mâchoire crispée, il ne savait même pas quoi dire, ni comment réagir. Il sentait ses lèvres trembler et n'avait qu'une envie : que ses bras parviennent à réveiller sa mère. Peut-être que s'il la serrait suffisamment fort et suffisamment longtemps elle reprendrait vie. C'était stupide, puéril même, mais il voulait s'accrocher à cette idée. C'était sa mère.

Elle lui avait donné la vie et, quelques semaines auparavant, il avait appris qu'elle l'avait protégé pendant des années. Il l'avait détestée pendant un temps, mais toute cette colère et toute cette rancœur s'étaient évaporées. Elle avait voulu œuvrer pour le bien de ses enfants, et s'était imposée comme un bouclier entre eux et le roi Cadmos. Sa mère n'avait pas toujours réussi mais elle avait compté sur sa vie comme moyen de défense pour préserver celle de sa progéniture. C'était une femme admirable.

Les yeux irrités, Arius l'embrassa tendrement sur le front et la porta, malgré ses blessures, jusqu'à son lit, afin qu'elle repose en paix dans un lieu plus confortable. L'esprit tourmenté et le corps vidé de toute force et de toute émotion, il longea le couloir et fit un arrêt devant la porte de la chambre de Thalia. Il prit une profonde inspiration, les mains tremblantes, et la poussa dans un grincement unique.

Baignée de grisaille, la chambre de Thalia paraissait plus morne que d'habitude. Le petit soleil de cette pièce s'en était allé. Il ne restait désormais plus que quelques poupées de chiffons, et quelques petites sculptures en bois ou tressées dont elle se servait pour jouer.

Thalia. Il aurait voulu la revoir une dernière fois. Il aurait voulu serrer ses petites mains dans les siennes et la couvrir de baisers. Il aurait voulu entendre son rire. Il aurait voulu la prendre sur ses épaules. Il aurait voulu qu'elle puisse avoir une autre vie. Il aurait voulu qu'elle vive.

Le cœur et le corps lourds, Arius entra doucement dans la chambre et il sentit comme un coup de poignard dans la poitrine. Ce n'était pas une attaque. Non. Ses sentiments faisaient simplement de nouveau surface. Il se mit à étouffer, à ressentir une gêne dans sa cage thoracique. Il s'approcha alors des fenêtres et sentit une puissante bouffée de chaleur l'inonder tandis que sa tête tournait. Ses membres tremblaient et il ne parvenait plus à penser clairement.

Puis, d'un seul coup, les émotions d'Arius le submergèrent, comme un raz-de-marée qui fauchait tout sur son passage. Il était arrivé au bout. Il n'en pouvait plus. Arius avait tenté d'être fort, tant physiquement qu'émotionnellement, mais désormais il ne tenait plus. Il se mit alors à pleurer. De vraies larmes de souffrance, d'épuisement, de douleur, de colère, de frustration, de culpabilité et de regrets. Il pleura brutalement. Il pleura sincèrement. Il pleura sans chercher à arrêter ce flot qui le percutait. De toute façon, il en aurait été bien incapable.

Il pleura la mort d'Alix. Il pleura la mort de Thalia. Il pleura la mort de Bellérophon. Il pleura la mort de sa mère. Il pleura pour s'être laissé berner par Hermès, pour ce combat qu'il avait finalement perdu contre Arès, pour toutes ces disputes avec son père, pour ne pas avoir été là dans les derniers instants de Thalia, pour ne pas avoir pu empêcher la chute d'Alix, pour avoir conduit Bellérophon à la mort, pour avoir laissé Triton en sachant qu'il ne le reverrait sans doute pas, pour avoir mis ses amis en danger, pour avoir été naïf et si peu à la hauteur, pour toutes ces épreuves factices, et pour toutes ces occasions manquées où il aurait pu faire le bien au lieu de rester inactif ou de choisir le mauvais chemin. Il pleura enfin de fatigue car son corps le lâchait et il n'arrivait plus à encaisser d'autres douleurs.

Arius tomba à genoux, et fourra son visage dans ses mains pendant que les larmes, toujours plus grosses, toujours plus lourdes et toujours plus sincères, inondaient ses paumes. Il se sentait si impuissant et si insignifiant alors qu'il avait l'impression d'avoir fait ce qu'il avait pu pour sauver la situation. Cela le terrassait. Des sanglots montaient du plus profond de sa gorge, et il ne parvenait pas à arrêter de pleurer. Il en avait besoin.

La pièce était plongée dans une obscurité mystérieuse et angoissante lorsqu'Arius releva la tête et observa les alentours. Il ignorait combien de temps il était resté là, assis dans la pénombre, les bras enroulés autour de ses genoux, le front posé sur ces derniers. Adossé au lit de Thalia, le jeune homme avait pleuré tout son soûl et n'était plus en mesure de verser la moindre larme. Il se sentait épuisé, plus que jamais il ne l'avait été.

Il prit alors la décision de se relever, et scruta l'horizon à travers les grandes ouvertures de la chambre. Le ciel était entièrement noir et des éclairs le zébraient. La pluie continuait de tomber, plus fort cette fois-ci, et de gigantesques vagues prenaient de la hauteur et de la vitesse à mesure qu'elles s'approchaient des côtes. Bientôt, elles engloutiraient l'Atlantide et tout ce qui s'y trouvait. Les flots étaient déchaînés et la mer semblait mécontente. Elle montrait à la terre entière qu'elle allait s'abattre sur l'île, comme le pire des fléaux.

Il y avait cependant encore un peu de temps avant que les vagues n'atteignent la côte. Il pouvait rester encore une chance. Zeus avait apparemment envie de faire durer le plaisir, et Arius comptait bien saisir cette opportunité. Il n'avait plus aucune raison de vivre, mais ce n'était pas le cas de ses proches et du peuple atlante. Ils n'avaient pas mérité un destin si tragique.

Il pensa alors à Oreste et à Élanée, ses meilleurs amis. Oreste avait fait sa demande en mariage un mois plus tôt. Ils devaient survivre pour pouvoir accomplir leur rêve. Et Arius allait les aider. Même si cela lui coûtait la vie. De toute façon, plus rien n'avait d'importance alors cela ne l'effrayait même plus de périr, tant qu'il faisait quelque chose de bien.

Poussé par un élan nouveau, Arius sortit de la chambre de Thalia, non sans jeter un dernier coup d'œil par-dessus son épaule, referma la porte derrière lui et descendit les escaliers. Il arriva rapidement dans la salle du trône et la traversa à vive allure, déterminé à sauver ce qui pouvait encore être sauvé. S'il parvenait à regrouper les Atlantes restants au port, ou du moins à conduire des embarcations jusqu'à eux, alors il resterait encore un peu de temps pour pouvoir prendre le large, loin de l'île et loin du territoire occidental. Arius ignorait ce qui se trouvait de l'autre côté de l'Occident, mais c'était leur seule chance de réussite.

Noyé dans ses pensées, il fut brusquement stoppé par une voix, claire et tranchante, juste derrière lui.

— Un instant, lui dit la voix.

Il ne la reconnaissait pas. Le palais était vide, comment quelqu'un avait-il pu être là pendant si longtemps sans donner signe de vie ?

Il se retourna et matérialisa son épée et son bouclier, par mesure de précaution.

Il fit alors face à une femme. L'inconnue était belle mais semblait avoir connu de nombreuses batailles et paraissait avoir des conditions de vie assez rudes. Ses longs cheveux blonds ondulés tombaient en cascade sur ses épaules et son dos, tandis qu'une sorte de couronne de cuivre, plaquée contre la base de sa chevelure, dégageait son front et lui conférait une certaine prestance. Elle était vêtue d'une tunique de couleur sable qui tombait jusqu'aux genoux et arborait également une sorte de manteau fait de cuir et de fourrure, en particulier au niveau des épaules. Cependant, ce qui attirait le plus le regard d'Arius était ses deux longs poignards, bien aiguisés, qu'elle tenait entre ses mains puissantes. Le regard vert et intense de la femme était empreint de férocité, tout comme ses lèvres retroussées.

— Tu ne croyais tout de même pas t'en tirer si facilement ? lui dit la femme, qui avança lentement de quelques pas.

Tout chez elle respirait la force, la brutalité et la confiance.

— Qui es-tu ? s'enquit Arius, dont le ton s'était fait acide.

— Je suis Hippolyte, reine des Amazones et fille d'Arès, clama-t-elle.

Un frisson parcourut le dos d'Arius. Rien de bon n'était sorti du combat contre Arès et il redoutait que cette histoire se répète avec sa descendance.

— Je t'ai cherché longtemps, poursuivit-elle tout en continuant son avancée. Après avoir saccagé ta demeure et éliminé tes parents, j'ai parcouru tous les endroits de ce palais mais je n'y ai rien trouvé. Pourtant, mon père m'avait juré que tu étais ici. J'ai bien cru baisser les bras.

Hippolyte frotta ses deux dagues l'une contre l'autre, dans un bruit métallique crissant et désagréable.

— Mais te voilà enfin. J'aurais été déçue de ne pas compléter mon palmarès royal en ne venant pas à bout du prince de l'Atlantide.

— Si c'est tout ce qu'il te faut pour te combler, ce n'est pas très compliqué.

— En effet. J'ai toujours eu des goûts simples.

Un détail percuta l'esprit d'Arius, qui cherchait à se rappeler de l'histoire des Amazones, et notamment celle d'Hippolyte.

— N'avais-tu pas été tuée par Héraclès lors de ses douze travaux ? demanda-t-il, presque sur un ton de défi.

Hippolyte s'arrêta net et sa bouche esquissa une grimace. Cela ne lui rappelait pas de bons souvenirs.

— Je n'ai jamais été vaincue par Héraclès, cracha-t-elle. Ce maudit bonhomme m'a simplement volé ma ceinture. Il a enjolivé l'histoire en prétendant m'avoir éliminée, mais preuve en est que c'était bel et bien un mensonge ! Personne ne peut m'abattre, tu m'entends ? Personne.

Étrangement, Arius compatissait avec Hippolyte. Elle s'était laissée berner par Héraclès, qui avait en plus réécrit l'histoire à sa façon. Comme pour Bellérophon, il y avait toujours plusieurs versions d'un même récit et il était difficile de démêler le vrai du faux. La version la plus racontée - et la plus romancée - était malheureusement celle qui l'emportait bien souvent.

— Je ne vais pas me laisser avoir par un nouveau héros, siffla-t-elle en reprenant sa marche. Tu as peut-être désarmé Arès, mais je ne te laisserai pas t'en tirer à si bon compte.

— Si je gagne, tu retires tes troupes de l'Atlantide, annonça Arius, d'une voix forte.

Derechef, elle s'arrêta net. Hippolyte ouvrit de grands yeux et fut bouche-bée. Arius ne comptait pas se laisser avoir et avait bien compris le fonctionnement des dieux, pour en avoir lui-même été victime.

— Comment oses-tu marchander avec moi, la reine des Amazones ! hurla-t-elle en s'égosillant.

— Et je suis le prince de l'Atlantide. Alors, si je gagne, toi et tes Amazones quitterez la cité et l'île, est-ce que je me suis bien fait comprendre ?

Arius avait la mâchoire contractée et serrait ses poings autour de ses armes. Il ne comptait pas se laisser marcher sur les pieds.

— Et si tu perds ? questionna Hippolyte avec le plus grand dédain que cette terre ait connu.

— Si je perds, tu feras ce que tu voudras de moi.

— C'est tout ? s'étonna-t-elle en haussant un sourcil.

— Réfléchis un peu. Si tu te débarrasses de moi, tu te débarrasses du dernier représentant royal de l'île. Si je me souviens bien, tu as toi-même voulu conquérir Athènes par le passé, mais tu as lamentablement échoué. Avec ma disparition, tu seras débarrassée du royaume atlante. Le royaume le plus puissant du monde.

Hippolyte plissa les yeux et baissa ses armes quelques instants, dubitative. Puis, son visage s'éclaira et elle reprit contenance. Elle avait pris une décision.

— J'accepte le marché, dit-elle.

— Jure-le sur le Styx, lui répondit Arius.

— Espèce de…

— Jure-le sur le Styx, répéta-t-il, plus fort et plus froidement.

Arius - et tous les dieux - le savait. Jurer sur le Styx revenait à faire un serment inviolable. En jurant sur le Styx, Hippolyte donnait sa parole la plus entière et la plus sincère et s'engageait à respecter le marché. Manquer à ses devoirs envers le Styx signifiait se damner pour l'éternité.

À contrecoeur, Hippolyte se ravisa, malgré ses phalanges blanches qui trahissaient un agacement des plus importants.

— J'accepte le marché et…je jure sur le Styx que je m'engage à le respecter.

Arius fit un bref signe de tête, comme pour approuver.

D'un bond, Hippolyte se rua sur lui et dégaina ses armes pour pouvoir le vaincre rapidement. Elle poussa un cri de rage et manqua de peu de lui trancher la gorge. Elle était rapide et précise. Arius voyait en la reine des Amazones à la fois tout ce qui faisait d'elle la digne fille d'Arès, mais aussi tout ce qu'elle avait développé et dont son père était dépourvu. Elle était beaucoup plus maligne et plus percutante dans ses coups. Il y avait une certaine finesse dans son style de combat.

Armée de ses deux dagues, elle rouait Arius de coups, tandis que ce dernier se protégeait derrière son bouclier atlante. À travers sa défense transparente composée d'eau, il la voyait s'évertuer à percer sa protection pendant que les offensives pleuvaient. Les bras d'Arius tremblaient sous la pression et la force, et il constata que sa plaie au biceps s'était remise à saigner. Le nerf devait être touché car il sentait cette zone-là particulièrement sensible.

D'un seul coup, Arius repoussa une attaque et se baissa rapidement avant d'entailler profondément les deux cuisses d'Hippolyte d'un unique geste. La reine amazone rugit de plus belle et atteignit le jeune homme sur le thorax avant de le projeter violemment au sol avec son pied droit. La brutalité du coup lui coupa le souffle et il eut un haut-le-cœur. La tête d'Arius heurta les dalles de la salle du trône et il sentit un mince filet de sang lui glisser tièdement le long de la nuque. Il se passa une main à l'arrière de son crâne et sentit le liquide rougeâtre teinter ses doigts. Hippolyte s'approcha de lui, plus menaçante que jamais, ses deux lames pointées vers son visage.

— On dirait bien que quelqu'un est sur le point de perdre, dit-elle, triomphante.

Arius sentit la fraîcheur de son épée sous ses doigts. Il était prêt.

— Quelqu'un, oui, acquiesça-t-il. Mais ce ne sera pas moi.

Il brandit rapidement son épée et donna un coup de lame dans celles de la reine. Le choc provoqua un bruit métallique assourdissant.

Arius, qui craignait qu'Hippolyte ne soit trop rapide pour lui, se protégea ensuite immédiatement à l'aide de son bouclier. Cela lui offrit un court instant de répit et il put se relever sans encombres. Il fonça alors sur Hippolyte, qui avait raffermi sa poigne autour de ses armes, et était plus furieuse que jamais.

Il lui donna un premier coup, qu'elle para. Puis un deuxième coup, dont l'issue ne fut pas plus glorieuse. Puis un troisième coup. Au huitième coup, et alors que la joute devenait de plus en plus fatigante, Hippolyte fit un moulinet avec son poignet gauche et désarma Arius. Son épée s'envola à plusieurs mètres de lui et une coupure superficielle se dessina dans la paume de sa main.

Le jeune homme était essoufflé, mais la guerrière l'était aussi. Elle n'était plus toute jeune et cela pouvait représenter un avantage. Toutefois, Arius était blessé à de multiples endroits et il se trouvait dans un état lamentable. Il ne lui restait que son bouclier désormais. Les chances de survie étaient des plus fines.

Il fit alors fonctionner ses méninges. Son instinct de survie prit le dessus. Il fallait qu'il trouve une combine, quelque chose. Hippolyte ne lui laissa pas le temps de penser et elle lança une nouvelle offensive. Elle tourna autour de lui et l'attaqua à intervalles réguliers, tandis qu'il essayait de se protéger derrière son bouclier. Chaque coup résonnait dans l'enceinte de la salle du trône. *Clong, clong, clong.* C'était une mélodie funeste, une mélodie barbare.

— Tu n'as plus aucune chance désormais, siffla Hippolyte. Tu as beau m'avoir fait jurer sur le Styx, je suis bien meilleure que toi.

Arius effectuait des pas sur le côté pour rester constamment face à son adversaire, qui continuait de se mouvoir autour de lui. Hippolyte le savait blessé et voyait ses plaies suinter. Elle cherchait à l'épuiser davantage et à lui faire prendre appui sur ses différentes faiblesses. Il le savait. Il l'avait deviné.

Alors, sans plus réfléchir, il tenta le tout pour le tout.

Arius resserra son poing autour de la poignée du bouclier et bloqua son biceps et son épaule contre lui. Il protégea sa nuque et, prenant appui sur ses pieds, se propulsa en avant avec une rapidité et une puissance déconcertantes. Il fonça en un instant sur la reine des Amazones avec la force et la vivacité de plusieurs béliers. Le bouclier écrasa brutalement le visage d'Hippolyte et Arius entendit un terrible craquement de mâchoire, doublé par un craquement en provenance de son nez. Il avait mis tant d'énergie dans son élan et dans ses cuisses que son ennemie fut contrainte de reculer malgré elle et tomba à la renverse. Elle lâcha l'une de ses épées dans son étourdissement.

Déboussolée, Hippolyte revint malgré tout rapidement à elle. Son nez était déformé et saignait abondamment, tandis que deux dents s'étaient déchaussées. Elle était désormais également dans un piteux état. Arius se rua sur sa dague manquante et s'empressa de lui lacérer son autre avant-bras, celui toujours armé. Elle lâcha un cri de douleur et ses doigts s'ouvrirent. Elle n'avait plus aucun moyen de se défendre.

— Je vais te tuer, misérable !! hurla-t-elle.

Hippolyte tenta de se relever mais Arius la repoussa d'un violent coup de pied dans la poitrine. Elle suffoqua et retomba lourdement par terre.

— Tu ne vas plus tuer personne, lui dit-il, d'une voix terrifiante, qu'il ne reconnaissait pas lui-même.

— Arès me vengera, le menaça-t-elle.

Arius, qui la tenait à sa merci, le pied toujours posé sur sa poitrine, la regarda d'un air hautain.

— Si ça peut lui faire plaisir, finit-il par répondre en haussant les épaules. Je n'en ai strictement plus rien à faire. Et puis, n'oublie pas que je l'ai désarmé pas plus tard qu'aujourd'hui.

Il ne lui laissa pas le temps d'ajouter quoi que ce soit. Il leva furieusement la dague de la reine guerrière et la lui planta vigoureusement en plein milieu du cœur. Il vit alors ses prunelles perdre toute vie et sentit son ultime souffle mourir sur sa peau.

CHAPITRE 14

ARIUS

Arius reprit son épée et sortit du palais sans tarder après avoir vaincu Hippolyte. Il vit alors les Amazones quitter les lieux, comme mues par une force invisible.

Le Styx, songea-t-il.

Même les divinités redoutaient de jurer sur le Styx. En mourant, la reine des Amazones permettait aux Atlantes de se libérer de leurs ennemies. Arius lut avec amusement les expressions d'incompréhension naître sur les visages de ces femmes guerrières tandis qu'elles quittaient la cité au triple galop, sans se rappeler pourquoi elles agissaient ainsi.

Malgré cette victoire, la situation ne s'améliorait malheureusement pas. La pluie battait de plus en plus fort et les sols commençaient à être imbibés d'eau. Il fallait rejoindre les embarcations.

Arius se mit à courir et entendit alors deux coups de tonnerre résonner tout près de lui. Un frisson parcourut son dos, désormais trempé, mais il continua son chemin.

— Arius ! s'exclama Élanée en tombant nez à nez avec lui au détour d'une rue.

Ils se trouvaient non loin du temple de Poséidon, dont l'incendie diminuait au fur et à mesure grâce à la pluie. Après le feu ravageur, ils allaient bientôt expérimenter la force de l'eau. Les cheveux d'Élanée ruisselaient et elle avait le teint pâle et quelques égratignures, mais elle semblait plutôt en forme.

— Où est Apollodore ? Tu l'as trouvé ? s'enquit Arius.

Le visage de son amie s'assombrit brutalement. Elle baissa le regard et commença à jouer nerveusement avec la corde de son arc.

— Arius…Il…Il n'a pas survécu…

Des larmes roulèrent le long de ses joues et Arius sentit tout le désarroi, toute la tristesse qui avaient envahi Élanée. Pourtant, elle continuait de se tenir debout. Elle continuait de mener ses combats. Elle était courageuse.

— Je suis désolé, dit-il gravement.

Il la prit alors dans ses bras et elle fourra son visage entre son épaule et son torse. Il la sentit sangloter contre lui tandis que les vagues se rapprochaient de la côte et que le vent hurlait dans leurs oreilles. Tout était gris autour d'eux. Tout n'était que désolation.

— Et qu'est-il arrivé à Oreste ? se risqua Arius. Comment va-t-il ?

Élanée voulut répondre, mais une voix lui coupa l'herbe sous le pied.

— Arius ?

Il aurait pu reconnaître cette voix entre mille. Il se retourna alors brusquement et, desserrant son étreinte autour d'Élanée, se précipita instinctivement vers la voix de son compagnon. Arius se jeta littéralement sur Oreste.

— Oreste ! s'écria-t-il.

Il lui offrit une accolade qui signifiait tout. Il était si heureux de retrouver son ami d'enfance. Il lui avait tant manqué.

Oreste esquissa un sourire et lui frotta le dos avant de le tapoter chaleureusement.

— Moi aussi je suis content de te voir, Arius, dit-il de sa voix grave et suave. Et surtout de te voir en vie.

Arius lui sourit en retour. Il s'écarta ensuite légèrement de lui et scruta les alentours.

— Quelques dizaines d'Atlantes sont cachés dans la forêt. Nous en avons sauvé autant que nous avons pu, annonça Oreste, mais beaucoup d'entre eux ont malheureusement péri ou ont disparu.

— Qu'est devenue la reine ? questionna Élanée, pleine d'espoir.

Arius sentit son coeur se serrer.

— Elle a été tuée, répondit-il, de façon presque distante.

Il n'avait simplement pas envie d'évoquer le sujet. Ce n'était pas la priorité.

— Mais j'ai tué la reine des Amazones. Hippolyte.

Il avait ajouté cela comme si c'était une bonne nouvelle. Pour eux, c'était une bonne nouvelle, mais assassiner quelqu'un n'était pas quelque chose dont on pouvait être fier malgré tout.

— C'est donc pour cette raison que les Amazones ont rebroussé chemin, en conclut Oreste.

— Je lui ai fait jurer sur le Styx de nous laisser tranquille si je remportais le duel.

— Malin.

Oreste le gratifia d'un nouveau sourire et d'un clin d'œil entendu.

Cela faisait beaucoup de bien de voir que leur amitié était intacte, alors que de nombreuses tensions étaient nées entre eux au cours des dernières semaines. Leur ancienne complicité avait été préservée.

— Que faisons-nous à présent ? demanda Élanée. Les Amazones ne sont plus là mais le cataclysme se rapproche de plus en plus.

— Il faut que nous embarquions et que nous quittions l'île le plus vite possible.

— Tu penses qu'il reste encore des navires ? fit Oreste. La flotte royale est partie en mer pour Athènes et je pense qu'elle n'y sera jamais parvenue. Les vagues l'auront stoppée. Quant aux bateaux des pêcheurs, je ne suis pas certain qu'ils pourront contenir autant de monde et qu'ils résisteront à la fureur de la mer.

— Ça vaut quand même le coup d'essayer.

En son for intérieur, Arius redoutait les mêmes choses qu'Oreste, mais il refusait de se laisser abattre. Il devait continuer d'y croire.

Les trois amis dévalèrent les rues et descendirent le chemin qui menait à la plage la plus proche - celle où Arius avait rencontré Poséidon et située non loin du port. Au loin, ils ne distinguaient plus aucun navire, comme prédit par Oreste. Heureusement pour eux, il restait quatre bateaux de pêche. Ils semblaient petits et peu résistants, mais s'ils parvenaient à longer la côte et à s'éloigner suffisamment des vagues, il restait une chance de s'en sortir.

La pluie s'abattait sur leurs visages et ils commençaient à ne plus y voir grand-chose à distance. Leurs cils et paupières étaient lourds à cause du poids des gouttes, et leurs vêtements collaient à leurs peaux. Ils avaient froid et étaient ralentis par le vent, mais ils continuèrent malgré tout à patauger dans le sable humide pour rejoindre le ponton où étaient amarrés les bateaux. Ces derniers étaient secoués dans tous les sens tellement l'eau était agitée.

— Si l'on arrive à quitter l'embarcadère et à contourner la plage, nous devrions déboucher non loin de la forêt, expliqua Arius en haussant la voix pour se faire entendre.

Le vent était déchaîné. C'était une véritable tempête.

— Si nous parvenons jusque-là, nous pourrons sauver les Atlantes rescapés. C'est d'accord ?

— D'accord ! approuvèrent Oreste et Élanée en en chœur.

Alors qu'Arius entreprenait de détacher les cordages qui maintenaient le petit bateau à la coque blanche près de lui, il sentit l'eau s'agiter encore plus furieusement et une grande vague, surgie de nulle part, percuta la coque. Sous la violence du coup, le bateau heurta le ponton et se retourna brutalement. Il manqua de peu de faire tomber Arius.

Une deuxième vague, encore plus haute que la première, s'abattit sur le bateau et l'engloutit avant de fondre sur le ponton au passage. Tout à coup, Arius se retrouva dans la mer, complètement submergé. La vague l'avait brutalement fauché et il avait sombré dans l'eau, sans pouvoir respirer. Le sel lui brûlait les yeux et il était ballotté dans tous les sens. Il n'entendait plus rien, ne voyait plus rien. Il était comme prisonnier d'un tourbillon frénétique. Il allait mourir noyé. C'était désormais certain.

Il battit des jambes et des bras pour tenter de remonter à la surface, mais l'eau n'avait de cesse de s'abattre sur lui, sous la houle et les mouvements des vagues. La tempête faisait rage et il avait beau se débattre, il ne parvenait pas à remonter d'un seul centimètre pour reprendre son souffle.

À plusieurs reprises, il but la tasse et sentit sa gorge s'incendier et ses poumons se remplir d'eau. Il suffoquait, il étouffait. Il n'arrivait plus à respirer. Il n'avait plus d'oxygène.

Avant de fermer les yeux, il aperçut une lueur argentée.

Et puis plus rien.

— Arius ! Arius ! Réponds-moi !

Il entendait une voix lointaine. Une voix familière. Une voix réconfortante. Il sentait une pression sur sa cage thoracique. Il percevait du mouvement. Des sons. Plusieurs sons.

D'un seul coup, Arius ouvrit les yeux. Il se mit à cracher de l'eau salée et se redressa brusquement en position presque assise pour reprendre son souffle. Il semblait avoir été en apnée pendant un très long moment.

En reprenant contenance, il se rendit alors compte qu'il se trouvait sur le ponton, désormais à moitié cassé, et qu'il n'était pas seul. Élanée et Oreste étaient agenouillés près de lui, totalement trempés, et, devant lui, le corps partiellement immergé dans l'eau, se trouvait Triton.

La vue du dieu des vagues lui mit beaucoup de baume au cœur et il sentit la tension disparaître de son corps. Il resta certes très endolori et transi de froid, mais tout ceci n'avait plus grande importance.

— Que s'est-il passé ? parvint-il à bredouiller tandis qu'il peinait à faire bouger ses lèvres violacées et frigorifiées.

— Zeus t'a pris en grippe, lui annonça Triton. Il a envoyé ses vagues faire sombrer le bateau que tu convoitais et a voulu te noyer.

Heureusement, je suis arrivé à temps et j'ai pu te faire remonter à la surface.

Triton lui adressa un sourire sincère. Il paraissait heureux de le voir, lui aussi. Arius pouvait d'ailleurs lire l'inquiétude sur son visage.

— C'est la deuxième fois que tu me sauves la mise, lui dit Arius. Ça commence à être redondant à force.

— La prochaine sera pour toi, ne t'en fais pas.

Triton se mit à rire et lui adressa un clin d'œil taquin.

— Triton, lui dit alors Oreste, sur un ton sérieux. Penses-tu pouvoir apaiser les vagues et les détourner ?

Arius remarqua alors que les présentations avaient dû être faites entre ses amis et le dieu des vagues pendant qu'il était inconscient.

— Je ne peux pas les détourner, malheureusement, avoua-t-il en étant désolé. Par contre, je peux essayer de les contenir et de les ralentir autant que possible.

Arius leva un sourcil interrogateur et Triton tourna son visage vers lui.

— Je connais cette expression, lui dit le dieu. Qu'y a-t-il ?

— Je croyais qu'un dieu ne pouvait pas défaire ce qu'un autre dieu avait fait ?

— C'est exact, et c'est pour cette raison que je ne peux pas détourner les vagues, ni même les arrêter. Par contre, je suis le dieu des vagues et, à ce titre, j'excelle mieux que Zeus lorsqu'il s'agit de les contrôler. Je devrais pouvoir les ralentir le temps que vous empruntiez ces bateaux.

— Ce serait formidable, se réjouit Élanée. Merci beaucoup pour ton aide.

Triton lui adressa un regard entendu et il s'immergea un peu plus dans l'eau.

— Vous n'aurez pas beaucoup de temps, précisa-t-il. Je vais faire de mon mieux mais il va falloir vous dépêcher.

Oreste et Élanée acquiescèrent d'un signe de la tête et dénouèrent les cordages qui maintenaient les trois bateaux restants.

Alors qu'il s'apprêtait à plonger dans les profondeurs, Triton jeta un regard par-dessus son épaule.

— Je te promets que l'on se reverra, lui dit-il. Ce ne sont pas nos derniers moments ensemble. Que tu empruntes ce bateau ou que tu sois à la dérive dans la mer, je serai là pour te trouver. Je t'en fais la promesse.

Et il disparut dans l'immensité de l'océan déchaîné.

CHAPITRE 15

ELANEE

Élanée n'avait jamais vu les éléments aussi révoltés que ce jour-là. L'air et l'eau étaient si enragés qu'ils devenaient de plus en plus menaçants à chaque seconde qui passait. Depuis des heures, elle essayait de faire taire cette petite voix au fond d'elle qui se laissait progressivement envahir par la peur. Elle ne voulait pas avoir peur. Elle n'avait aucune envie d'être tétanisée.

Pourtant, elle avait toutes les raisons de l'être. Elle avait assisté au massacre de son peuple, avait vu de ses propres yeux son frère se faire tuer par une Amazone, qui lui avait enfoncé son javelot dans le ventre, et elle était sur le point de prendre le large pour fuir sa contrée. Elle ignorait tout de ce que l'avenir lui réservait. Elle savait juste qu'elle devait tenir bon.

Après la pluie vient le beau temps, lui répétait souvent Apollodore. C'était ainsi qu'il gardait le sourire. C'était ainsi qu'il avait surmonté la perte de leurs parents et qu'il l'avait soutenue au passage. Apollodore était un homme bon et il n'était désormais plus de ce monde. Elle n'avait même pas pu le pleurer. Elle n'avait même pas pu lui dire au revoir.

Élanée, malgré le trouble et la souffrance, avait alors eu ce réflexe mécanique qu'elle avait adopté à la mort de ses parents. Elle avait dressé des murs d'une épaisseur considérable autour d'elle et s'était protégée des émotions et des ravages de la perte et de l'abandon. Elle ne savait que trop bien que cela n'apportait rien de bon et, après avoir traversé deux deuils douloureux, elle n'avait plus voulu revivre cela un jour.

C'était ainsi qu'elle s'était retrouvée les mains dans l'eau, tandis que le niveau de la mer ne cessait d'augmenter et que les gigantesques vagues se rapprochaient de plus en plus, entraînant avec elles des rouleaux violents, tels des annonciateurs d'un prochain massacre.

Elle essayait de retirer les cordes qui maintenaient un bateau à quai lorsqu'un vibrant coup de tonnerre retentit. Deux immenses éclairs déchirèrent le ciel.

— Il faut que l'on se dépêche ! cria-t-elle pour couvrir le bruit de la houle et des vents agressifs.

Oreste était à ses côtés et l'aidait du mieux qu'il le pouvait. Les nœuds avaient été si serrés que chaque corde prenait plusieurs minutes à être détachée. Ils se râpaient les mains et se tordaient les ongles, mais ils continuaient. La pluie battante s'écrasait sur leurs visages et ils étaient transis de froid mais aucun d'eux ne voulait abandonner. Élanée ne pouvait pas abandonner. Elle refusait de voir les Atlantes périr. Elle refusait de tirer sa révérence, pas avant d'avoir absolument tout tenté pour sauver ce qui pouvait être sauvé. Elle ne savait pas d'où lui provenait son tempérament si têtu, obstiné et mordant, mais elle avait toujours été ainsi.

À chaque instant, elle pouvait perdre une nouvelle personne. Elle avait cru de nouveau perdre Arius lorsqu'il avait été happé par la mer peu de temps auparavant. Son cœur s'était littéralement arrêté de battre et elle avait retenu un cri. Fort heureusement, le dieu Triton était venu à sa rescousse. Élanée ignorait quelle relation ils entretenaient mais elle avait noté, du peu qu'elle en avait vu, qu'ils étaient complices et que cette complicité n'était pas de celles qui ressemblaient à de l'amitié. Il y avait un attachement plus profond. Elle n'avait pas eu le temps de demander à Arius ce qui s'était passé pendant son absence, mais elle devinait qu'il avait passé un peu de temps dans le royaume du dieu des vagues. Elle ne voyait pas d'autre explication. Après la peine que la mort d'Alix avait causée à son ami, elle était heureuse de le savoir en si bonne compagnie. Triton lui inspirait confiance, et elle s'était rarement trompée.

— Élanée, attention ! s'écria Oreste.

D'un bond, il se jeta sur elle et la projeta deux mètres plus loin sur le ponton, la protégeant de son propre corps. Élanée tomba sur le dos, le souffle coupé, et sentit le poids d'Oreste lui appuyer sur les côtes et les jambes. Elle n'y voyait plus rien. La pluie l'aveuglait en tombant dans ses yeux et sur ses paupières.

Elle entendit un bruit sourd, comme un craquement décuplé, et une odeur forte lui agressa les narines. Quelque chose était en train de se produire. Elle entendit alors Arius crier et rager non loin d'eux.

— Je ne t'ai pas fait mal ? lui demanda Oreste alors qu'il se retirait.

Élanée se frotta les yeux et sentit ses poumons s'emplir de nouveau d'oxygène. Elle s'assit sur le ponton et répondit un bref "non, tout va bien" avant de découvrir la raison de l'assaut de son fiancé.

Sous ses yeux, les bateaux avaient pris feu. La foudre. L'éclair qui était tombé. Il avait sûrement atteint le mât de l'un des bateaux. À présent, les trois embarcations qui restaient se consumaient dans un brasier incontrôlable.

— Comment est-ce possible ?! s'énerva Élanée, atterrée.

Oreste lui tendit une main et elle la saisit avant de se relever. Il la regarda alors comme si elle avait perdu la raison.

— Comment ces bateaux ont-ils pu prendre feu alors que tout est en train d'être inondé par la pluie ?

Elle désigna les bateaux d'un geste de la main. Elle ne comprenait pas. Cela n'avait pas de sens.

— Tout est mouillé, je…je ne comprends pas !

Élanée éprouvait une frustration immense et commençait à sentir la colère monter en elle.

— Zeus doit être derrière tout ça, lui répondit calmement Arius. Il est le dieu du tonnerre. La foudre ne s'est abattue nulle part, sauf ici. Ce n'était pas un éclair ordinaire.

— Mais c'était notre seul moyen de quitter l'Atlantide ! s'égosilla-t-elle.

Une boule de feu était née dans sa poitrine. Elle était brûlante et désagréable, mais elle lui prodiguait une rage et une force incontestables. Après tous les efforts fournis, ils se retrouvaient au pied du mur ! Élanée avait envie d'exploser.

— Alors c'est comme ça ?! rugit-elle. Parce que les dieux ont décidé qu'ils voulaient se débarrasser de l'Atlantide, ils condamnent tous ses occupants ?!

Elle hurlait à présent et avait besoin de faire entendre sa voix, de laisser libre court à sa colère.

— Mais qu'est-ce qu'on a bien pu leur faire, bon sang ?! Il y avait des gens bien sur cette île ! Des gens généreux, des gens avec des familles, des amis. Des gens qui vivaient leur vie paisiblement ! Qu'est-ce qui leur a donné le droit de rayer tout ça de la carte, hein ?!

Oreste essayait d'apaiser Élanée, mais elle ne l'écoutait pas. Au contraire, elle se débattait et l'empêchait de lui saisir les bras ou les mains. Arius, quant à lui, ne disait rien. Il avait compris que cela lui faisait du bien. Qu'elle en avait besoin. Élanée lui en était plus que reconnaissante.

— Pendant des années, non, des siècles même ! On a loué ces dieux, que l'on disait si admirables, si grands, si forts, si nobles. On leur a fait des offrandes, on a sacrifié des pauvres bêtes. On a cru qu'ils étaient responsables de toutes nos joies et de tous nos bonheurs.

Elle se tourna alors vers Arius et Oreste pour leur faire face, comme si son discours, auparavant rhétorique, était désormais adressé à eux. En vérité, son discours était adressé à la terre entière. Elle avait envie que tout le monde l'entende. Que tout le monde sache la vérité sur les dieux. Que tout le monde sache ce qui était en train de se produire dans le royaume de l'Atlantide.

— Ce n'étaient en fait que des foutaises ! Une belle mascarade, oui ! hurla-t-elle de plus belle en levant les bras au ciel. Ils se sont bien joués de nous ! J'ai essayé, pendant des années, d'être la fille modèle, la jeune femme parfaite. J'étais bien éduquée, polie, souriante, téméraire et combative. Je n'ai rien dit quand j'ai perdu mes parents. Je n'ai même pas blâmé les dieux. Je n'ai rien dit quand j'ai cru perdre Arius. Je n'ai rien dit quand les Amazones sont arrivées, et je n'ai rien dit quand Apollodore a été tué sous mes yeux. Mais cette fois, c'en est trop. Je n'ai plus de forces pour tout ça. Je n'ai plus de forces pour faire semblant.

Elle marqua alors un léger temps de pause, essoufflée. Le vent continuait de hurler dans ses oreilles, la mer continuait de s'agiter nerveusement, mais elle n'en avait que faire. Elle comptait bien crier plus fort qu'eux deux réunis.

— VOUS M'ENTENDEZ LES DIEUX ?! s'égosilla-t-elle en levant les yeux vers le ciel. Je n'en ai plus rien à faire de vous ! C'est vous qui avez créé tout ça. C'est de votre faute. Vous n'en avez rien à faire des mortels, eh bien permettez-moi de vous rendre finalement la pareille ! Vous m'entendez ?

Mais rien ne se produisit.

Élanée étouffa un petit rire usé.

— Bande de lâches, maugréa-t-elle en laissant retomber son visage dégoulinant de pluie. Ils ne méritent pas leurs pouvoirs. Ils ne méritent pas leur puissance. C'est injuste.

Elle se laissa alors tomber à genoux, à quelques mètres des bateaux en flammes. Elle avait tout donné. Il ne lui restait plus rien. Elle avait juste envie de se laisser consumer par la peur, la fatigue et la douleur et de mourir à petit feu. Son destin et celui de ses amis étaient scellés et elle le savait.

Oreste la prit alors dans ses bras. Elle sentit son étreinte tiède, si familière et si réconfortante. Elle blottit sa tête dans son cou et huma sa senteur naturelle, légèrement suave et boisée. Il était son tout. Il était son pilier, son amour de toute une vie et elle en avait pleinement conscience, malgré leurs différences. Il parvenait à l'apaiser quand elle se sentait nerveuse.

Dans un élan d'espoir, Oreste leva les yeux vers Arius et lui posa la question qui restait en suspens au-dessus d'eux.

— Que fait-on à présent ?

Un silence s'ensuivit. Personne n'avait de réponse. Ils ne disposaient d'aucun moyen de quitter l'île, et le cataclysme se rapprochait de plus en plus. Au loin, ils voyaient les vagues se heurter contre une sorte de mur invisible, comme si elles étaient freinées dans leur élan. Chacun savait que c'était l'œuvre de Triton. Il tentait de les ralentir, de retarder leur course folle. Élanée le remercia silencieusement pour cela.

Arius laissa retomber ses épaules et son visage se décomposa. Il était en train de baisser les bras. Élanée savait ce que cela signifiait. Il n'y avait plus aucune issue possible.

Elle serra alors ses mains autour de la tunique d'Oreste et il comprit à son tour. Un voile de tristesse traversa son beau visage à la peau foncée et il tenta - en vain - de sourire à sa bien-aimée. Il l'invita alors à se remettre sur ses pieds.

— Quittons ce ponton avant que les bateaux ne l'embrasent à son tour, suggéra-t-il.

Ils acquiescèrent tous d'un signe de tête.

— On devrait aller de l'autre côté de la plage, proposa Arius. Vous savez, cette grande plage de sable blanc.

— Celle surplombée par l'un des côtés du palais ?

— Celle-la même, répondit Arius en hochant la tête.

— Bonne idée.

Ils se mirent alors en route. Ils longèrent la côte et surveillèrent régulièrement l'avancée des puissantes vagues. Elles devaient faire plusieurs centaines de mètres de hauteur à présent et le niveau de la mer continuait de monter. Bientôt, toutes les plages seraient immergées et l'ultime choc aurait lieu. Élanée ne voulait pas y penser, pourtant c'était tout ce qui occupait son esprit. Ils allaient mourir.

C'était un horrible sentiment que de savoir que l'on allait disparaître pour toujours et que l'on ne pouvait rien faire pour l'en empêcher. La mort avait cela de juste qu'elle ne prévenait jamais. Elle surprenait. Elle agissait en toute discrétion, là où on l'attendait le moins. Pourtant, lorsque l'on savait quand elle allait surgir, la vie prenait une toute autre tournure, une toute autre ampleur. C'était terrorisant.

Élanée se sentait complètement piégée. Elle devait patienter et attendre que la mort vienne la saisir. C'était une sensation dévastatrice qui prenait aux tripes. C'était un supplice. La jeune femme scruta les mines de ses proches et constata qu'ils devaient être en proie aux mêmes réflexions morbides qu'elle.

Elle avait toujours cru que de longues années se dessinaient encore devant elle. Elle avait toujours cru qu'elle se marierait avec Oreste, qu'ils fonderaient une famille. Elle avait toujours cru qu'elle deviendrait l'une de ces vieilles Atlantes aux cheveux blancs, aux peaux dorées par le soleil, et qui s'énervaient pour un rien et perdaient à moitié la tête. Elle pensait avoir encore du temps. C'était étonnant à quel point la vie pouvait rebrousser chemin et guider vers des sentiers inattendus. Au-delà d'être étonnant, c'était injuste.

Ce sentiment d'injustice la rongeait jusqu'au plus profond de son être. Cependant, elle n'avait pas envie de perdre le peu de temps qu'il lui restait à éprouver de la colère, de la tristesse ou de la rancune. Elle voulait que les derniers instants de sa vie soient beaux.

Lorsqu'ils furent arrivés sur la plage de sable blanc, un coup de tonnerre éclata et de nombreux éclairs bleutés illuminèrent le ciel noir. La plage était dégagée et, comme ils s'y étaient attendus, il n'y avait personne. La mer avait repris possession des lieux sur une bonne moitié de l'espace, mais il restait cinq à six mètres de terre encore praticable, tandis qu'un rebord herbeux, qui faisait face à la mer après le banc de sable, scrutait l'horizon. Derrière cette plage, un peu plus en hauteur, se trouvaient le palais et les habitations enfumées de l'Atlantide. Élanée observa ces maisonnées aux teintes claires et ce palais qu'elle avait si souvent vu, et eut un petit pincement au cœur. Tout ce qu'elle avait connu avait désormais disparu. Il ne restait plus qu'Arius, Oreste et elle.

La tempête continuait de plus belle et l'on voyait l'eau s'infiltrer sinueusement sur la plage et se rapprocher des terres. Seuls sur la plage, les trois amis regardaient l'horizon. Jamais ils n'auraient pensé que cette mer, qu'ils avaient toujours côtoyée, serait celle qui mettrait fin à leurs jours. Arius poussa alors un profond soupir, abattu, et fit quelques pas en arrière pour s'asseoir sur le rebord herbeux, laissant ses pieds enterrés dans le sable. Il continua malgré tout d'observer la vue. D'observer la mort approcher.

Élanée savait pourquoi il s'était éloigné. Au-delà du fait de vouloir être seul une dernière fois, il voulait leur offrir, à Oreste et à elle, un dernier instant à deux. La gorge nouée, Élanée laissa alors tomber sa main contre celle d'Oreste et, doucement, tendrement, enroula ses doigts autour des siens. Son cœur se mit alors à bondir contre sa poitrine et elle glissa sa paume dans la sienne. Son fiancé esquissa un sourire empreint de tristesse et la regarda intensément. Ses prunelles criaient tout haut ce qu'il taisait. Il l'aimait. Elle le savait. Il l'aimait plus que tout au monde. Sa passion pour elle était si dévorante qu'elle pouvait la sentir, l'éprouver.

— Élanée, lui murmura-t-il. Me ferais-tu l'honneur de m'accorder une ultime danse ?

Surprise, Élanée haussa les sourcils. Elle ne s'était certainement pas attendue à cela.

— Une danse ? répéta-t-elle, incrédule. Il...Il n'y a ni danseurs, ni musique, Oreste... Qu...

— Alors il nous suffira de les imaginer, suggéra-t-il en souriant. Dans cette vie, nous n'aurons pas la chance de pouvoir nous marier officiellement. Je n'aurai donc pas la chance de pouvoir te faire danser une nouvelle fois en tant que mon épouse. Voudrais-tu ainsi danser, ici et maintenant, avec moi ?

Il recula de deux pas et lui tendit galamment sa main droite. Le cœur d'Élanée fondit.

— Avec joie, répondit-elle en lui rendant son sourire.

Ils se rapprochèrent tous deux l'un de l'autre et le regard d'Oreste se planta dans le sien.

— N'oublie pas : tu as juste à imaginer la musique. Le reste viendra tout seul. Ne me lâche pas des yeux surtout.

Élanée lui fit un signe de tête et la magie opéra. Dans son esprit résonnèrent alors la légèreté et la jovialité des flûtes, la puissance et l'intensité des timbales et des tambours, et une mélodie l'envoûta et l'emporta[10]. C'était une musique rythmée, douce et raffinée. Elle l'enveloppa comme une caresse agréable et fraîche et, sans s'en rendre compte, ses pieds la guidèrent.

Elle sentait la main d'Oreste autour de la sienne, son souffle chaud à proximité de ses lèvres. Leurs deux corps se mirent à tourbillonner ensemble sur cette plage, comme si plus rien n'était important. Comme s'il n'y avait que l'autre qui existait en ce bas monde. Ils se sentaient légers comme l'air, et dansaient avec une grâce et une énergie qu'ils n'avaient jamais connus jusque-là. Ils tournoyaient dans le sable et ne se quittaient pas des yeux une seule seconde. Ils se sentaient finalement parfaitement à leur place. En harmonie. Le temps et l'espace avaient disparu et s'étaient vus remplacés par une osmose, une connexion parfaite. C'était comme si tout s'était suspendu, comme si toutes les planètes s'étaient subitement alignées, comme si un chemin pur, clair et distinct s'était soudainement présenté à eux. Jamais Élanée n'avait ressenti cela.

Son regard était plongé dans celui d'Oreste et elle ne parvenait pas à s'en détacher. Plus que cela, elle ne voulait pas s'en détacher. Elle avait pourtant admiré ses prunelles pendant des années, mais c'était comme si elle les découvrait véritablement pour la première fois. Elle en voyait toutes les nuances, toutes les fines notes colorées. Elle déchiffrait chaque émotion, chaque parcelle de son âme. Elle regardait Oreste, dans toute son entièreté.

---

[10] Écouter *Spring 1 — 2012*, de Max Richter.

Elle se sentit alors fière, voire même honorée, d'avoir pu partager tant d'années à ses côtés et, à cet instant, elle sut également qu'il ressentait exactement la même chose. Elle se sentait si proche de lui, si liée à son destin, à sa personne, là, sur cette plage, qu'il ne pouvait en être autrement. Ce sentiment était ancré en elle, dans chaque partie de son corps, dans chacun de ses os, dans chaque infime cellule de son être. Elle n'avait jamais été aussi certaine de quoi que ce soit. Ils n'avaient même pas besoin de parler. Leurs yeux disaient tout. Ils se comprenaient comme rarement deux âmes s'étaient comprises. Ils n'avaient même pas besoin de réfléchir à ce qu'ils faisaient, aux pas de danse, à la mélodie qu'ils entendaient dans leur tête. Ils savaient tous deux qu'ils agissaient à l'unisson.

Leurs jambes continuaient de les porter, leurs pieds frôlant à peine le sol tellement ils tourbillonnaient élégamment. Ils soulevaient avec eux des volutes de sable blanc, des gouttes de pluie, mais peu leur importait. Leurs vêtements étaient imbibés d'eau et lourds à porter, leurs sandales de cuir leur irritaient les chevilles, leurs plaies les faisaient souffrir, mais ils n'éprouvaient rien d'autre qu'une harmonie incroyable. Les flûtes continuaient de jouer, frivoles et guillerettes, tandis que des envolées aux sonorités plus ténues et d'une intensité rare et saisissante leur faisaient battre le cœur.

L'eau de la mer se glissa alors jusqu'à leurs pieds et ils sentirent le contact glacé de l'océan qui venait lécher leurs orteils et ralentir leur course. Pourtant, ils ralentirent à peine. Leurs mouvements projetaient des éclaboussures salées tout autour d'eux, mais cela n'ajoutait que de la beauté à ce moment. Ils étaient beaux, et ils étaient plus que tout amoureux. Chaque note imaginée, chaque battement de cil, chaque palpitation du cœur leur montrait que, l'un comme l'autre, ils étaient tout ce dont ils avaient besoin.

La cadence se poursuivait et ils continuaient de tourner, tourner, tourner, leurs mains l'une dans l'autre, et Élanée sentit alors une boule se former dans sa poitrine. Ce nœud remonta alors progressivement dans sa gorge tandis que la mer gagnait petit à petit du terrain. Elle aurait voulu dire à Oreste tout ce qu'elle ressentait pour lui, pouvoir formuler à haute voix tout ce qui faisait qu'elle l'aimait, pouvoir lui avouer qu'elle regrettait de ne pas être en mesure de passer sa vie à ses côtés. Cependant, elle n'arrivait pas à articuler le moindre mot. Sa bouche restait entrouverte, et ses yeux restaient en admiration devant son fiancé. Elle savait qu'ils vivaient là leurs derniers instants, mais elle aurait voulu que cela dure une éternité. Même plus que cela.

Alors, son cœur rata un battement et elle fut subitement enveloppée dans un tourbillon d'émotions, toutes plus contradictoires les unes que les autres, mais toutes d'une immense beauté. Ses yeux se bordèrent de larmes, mais elle continua de scruter chaque détail du visage de son bien-aimé. Un léger sourire, empreint de tristesse, se dessina sur ses lèvres et il fut bientôt accompagné par un autre sourire. Celui d'Oreste.

Élanée se sentait profondément tiraillée entre ce flot de désespoir à l'idée de mourir et de perdre Oreste à tout jamais, et cette sensation infinie de bien-être et de reconnaissance parce qu'elle vivait ses derniers instants à ses côtés. Elle avait eu une vie heureuse. Malgré les douleurs, malgré les deuils, malgré les déceptions, les frustrations, les coups de colère, elle avait eu une vie heureuse. Elle avait ri, elle avait pleuré, elle avait partagé, elle avait donné et, plus que tout, elle avait aimé. Sincèrement, intensément, passionnément. Elle n'avait ainsi aucun regret. Pourtant, ses yeux ne pouvaient s'empêcher de pleurer. Son cœur ne pouvait s'empêcher de se serrer.

Bientôt, les yeux d'Oreste se noyèrent dans les larmes alors qu'Élanée ne l'avait jamais vu pleurer. Mais il continua de lui sourire. Tristement. Simplement. Il continua de sourire. Malgré l'eau qui leur parvenait à présent jusqu'aux genoux, malgré la tempête qui rugissait tout autour d'eux, malgré la tristesse, la peine, la fatigue, la douleur, ils étaient comme deux petites flammes qui tourbillonnaient et étaient inéluctablement attirées l'une vers l'autre.

Alors que la mélodie touchait bientôt à sa fin, elle gagna encore en intensité et la poitrine d'Élanée se comprima davantage. Le temps était bientôt écoulé.

Dans un dernier ensemble de mouvements, Oreste s'arrêta doucement et la fit tourner en passant un bras au-dessus d'elle, mais toujours en tenant délicatement ses doigts entre les siens. Il la fit tourner, tourner, tourner, et Élanée se laissa emporter, se laissa guider par cet enivrement puissant. Elle aurait voulu que le temps s'arrête, que tout se fige pour de bon. Elle ferma les yeux l'espace d'une seule seconde et capta tout ce qui faisait la beauté de l'existence. Elle sentit tout ce que ses sens lui envoyaient. Elle perçut l'odeur de l'iode et du sel marin, la froideur de l'eau qui ondulait autour de ses jambes, le fracas des vagues et de la pluie, le goût de sang dans sa bouche. C'était une symphonie de signaux, et c'était exquis.

Elle ouvrit alors ses yeux, tandis qu'elle tournoyait encore, et fut happée par l'ombre terrible et funeste de la plus haute vague de toute l'histoire.

Élanée eut à peine le temps de pousser un cri.

Oreste la fit tourner une dernière fois et, alors que la mélodie s'achevait sur une toute dernière note, il prit Élanée dans ses bras et la protégea de son corps, juste avant son ultime souffle.

Juste avant que la mer ne les engloutisse.

CHAPITRE 16

TRITON

Le cataclysme avait eu lieu depuis un jour et une nuit et je n'avais pris aucun moment de répit depuis. J'en étais bien incapable.

J'avais pourtant tout essayé. J'y avais mis toute ma force, toute ma volonté. Les vagues avaient fini par me désobéir et par s'abattre sur l'Atlantide.

J'avais lutté pendant de longues minutes, j'avais concentré tout mon pouvoir pour repousser cette catastrophe. Je m'étais épuisé à la tâche pendant ce qui m'avait semblé une éternité. Pourtant, mes barrières avaient fini par lâcher. Les vagues avaient fait preuve d'une telle férocité, d'une telle énergie, d'une telle violence qu'elles avaient rompu mes protections, outrepassé mon contrôle et m'avaient percuté de plein fouet.

J'avais été noyé dans un ouragan aquatique, repoussé par des flots enragés, et malmené par une houle déchaînée. L'océan avait toujours été mon terrain de prédilection, mon terrain de jeu, mais il m'avait rejeté, m'avait indiqué qu'il ne voulait pas de moi à ce moment-là. Je ne l'avais pas reconnu. Il n'avait jamais été si hostile à mon égard, si impétueux, si puissant. Je m'étais senti complètement inutile, complètement perdu et épuisé. Il m'avait éjecté à des centaines de mètres du rivage.

Pendant un temps, j'avais été sonné, étourdi. L'eau m'avait enfoncé dans ses profondeurs. Je m'étais malgré tout vite repris car j'avais vu ce qui était en train de se produire. J'avais vu ces immenses vagues, ce cataclysme d'une vigueur et d'une intensité hors normes se diriger vers la terre ferme. La terre où il y avait Arius.

Mon trident avait été brisé en deux par la force de l'océan lorsqu'il m'avait repoussé, et je n'avais plus de moyen de me défendre. Je n'avais plus aucune force. C'était à peine si je parvenais à voir à plus de trois mètres devant moi.

Je m'étais pourtant accroché. J'avais battu de ma queue pour remonter à proximité de la surface. Les éclairs déchiraient le ciel et le tonnerre grondait, faisant trembler tous les alentours.

J'avais alors passé ma tête au-dessus du niveau de l'eau, et j'y avais assisté. J'avais assisté à la fin de l'Atlantide.

Tout ce dont je me rappelais était que j'avais poussé un hurlement et que j'avais nagé, nagé, nagé, jusqu'à l'épuisement. J'avais nagé pendant des heures. J'avais lutté pendant des heures. Les vagues ne voulaient toujours pas de moi mais il fallait que je m'approche de ce qui avait alors constitué la terre ferme. Il fallait que je le retrouve. Arius.

J'errais désormais dans l'immensité de l'océan mais il n'y avait toujours aucune trace de lui. Nulle part. Le cataclysme déclenché par Zeus avait tout emporté, tout noyé, tout détruit. L'île avait sombré et la violence de la mer avait tout rasé. Il ne restait que des bribes de ruines, mais aucun corps, quasiment aucun objet, rien.

Cela faisait des heures et des heures que j'arpentais les anciennes rues de la cité, que j'explorais les moindres recoins de l'océan, que je scrutais le moindre signe de vie, le moindre balbutiement, le moindre écho. Mais il n'y avait rien. Quelques pierres, quelques branchages, voilà tout ce qui restait de la grande et puissante Atlantide. Tout avait été balayé, déchiqueté, emmené loin. Je n'osais même pas penser à ce que la mer avait fait à Arius. À sa pauvre dépouille.

Je n'étais pas dupe. Je savais pertinemment qu'il était mort. Il était impossible d'avoir survécu à une telle catastrophe. Mais je voulais continuer d'y croire. Je voulais prolonger ce déni dans lequel je m'étais plongé. C'était impossible. Impossible.

La nuit était tombée et, avec elle, le calme était revenu. Les eaux s'étaient apaisées, les flots avaient retrouvé leur rythme habituel, et j'avais de nouveau toute mon emprise sur les vagues. C'était comme si rien n'avait changé.

C'était faux, bien évidemment. Tout avait changé.

Le calme de la nature était si saisissant qu'il contrastait avec la tempête qui sévissait à l'intérieur de moi. Jamais je n'avais été si tourmenté, si inquiet. C'étaient des émotions totalement nouvelles, que je peinais à maîtriser. Je ne comprenais pas. Tout ce que je savais c'était que j'avais perdu Arius. Mais je voulais une preuve de sa perte. Quelque chose de tangible, quelque chose auquel je puisse me raccrocher. Quelque chose qui me permettrait d'être certain qu'il était mort, ou encore en vie. J'en avais besoin.

Mes mains tremblaient et j'agitais ma queue de poisson frénétiquement, tandis que je scrutais tout ce que je pouvais apercevoir dans la clarté de la lune. Il n'y avait aucun être, aucune algue, aucune vie. Tout avait été dévasté par le cataclysme, mais cela ne rendait ma recherche que plus simple.

Ce fut alors que je le vis. Ce scintillement rouge si familier.

Plus loin, à quelques dizaines de mètres au-dessous de moi, j'entrevoyais une lueur rougeâtre, comme si elle m'appelait. Était-ce vraiment…?

Je me précipitai vers cet éclat mystérieux, plongeant à toute vitesse dans les profondeurs obscures de l'océan, et nageai aussi vite que possible. Je ne distinguais pas grand-chose dans les ténèbres nocturnes, mais mon instinct semblait me chuchoter que je ne me trompais pas. Plus je m'approchais, plus je savais que j'avais raison. Je le sentais. J'ignorais comment je pouvais en être aussi certain, mais je le sentais.

Là, sous un amas de ruines - et de ce qui semblait être un ancien temple, dédié à mon père Poséidon - était prisonnier ce scintillement lumineux.

Le cœur de rubis.

La petite pierre, intacte, était toujours accrochée à sa chaîne, tandis que le médaillon qui représentait Éros et Psyché flottait tranquillement à ses côtés.

Mon cœur s'arrêta et mes branchies cessèrent de filtrer l'oxygène. Je ressentis alors un immense soulagement mais aussi une tristesse et une douleur des plus infinies. Je saisis alors les pierres qui retenaient le bijou et les soulevaient avec toute ma force divine. Ce pendentif n'allait certainement pas rester là. J'envoyai alors les gravats s'écraser encore plus loin, en contrebas, et pris délicatement le bien d'Arius entre mes doigts. Mon regard était hypnotisé par cette lueur rouge qui émanait du rubis.

Tout à coup, je sentis quelque chose de froid parcourir ma joue droite. Je portai alors ma main vers elle et observai ce que c'était. Sur mon index droit se trouvait une minuscule goutte argentée aux reflets très légèrement dorés, presque imperceptibles. Seulement, ce n'était pas une goutte. C'était une larme. Et je n'avais jamais pleuré. En des siècles d'existence, je n'avais jamais pleuré.

Pour la première fois de ma vie de dieu, je me sentais désemparé, brisé, anéanti. Arius n'était plus de ce monde et son bijou en témoignait. Il avait été emporté par les flots, loin, très loin. Son corps avait été percuté par les vagues et transporté par la mer à des kilomètres d'ici. Il n'avait pas survécu.

Une douleur lancinante me traversa alors la poitrine et mes doigts se refermèrent sur le cœur de rubis. Je fermai les yeux et tentai de contraindre cette douleur, de la contenir, mais elle semblait hurler. Elle était plus forte que tout ce que j'avais enduré, que tout ce que j'avais éprouvé. Plus puissante que le cataclysme qui venait de s'abattre, plus puissante que les vagues que j'avais vainement cherché à retenir. Elle était là, bouillante, agitée, cuisante, mortelle. J'avais l'impression que l'on m'écartelait, que l'on me lacérait les entrailles, que l'on me rouait de coups d'épée, que l'on m'étouffait, que l'on m'étranglait, que l'on me cassait en mille morceaux. C'était une sensation insoutenable, inimaginable. Je n'avais même pas de mots pour la décrire. C'était un sentiment de déchirement tel que je ne voyais plus rien, que mes sens étaient obstrués, que ma tête me tournait.

Arius était mort.

Une avalanche d'émotions percuta mon corps et je me mis alors à hurler. Ce hurlement n'avait rien d'un appel. Il n'avait même pas besoin d'être entendu. C'était un cri de désespoir, un cri de douleur, un cri du corps, un cri du cœur.

J'étais un dieu, pourtant je me sentais infiniment petit, infiniment impuissant, infiniment insignifiant. Je n'avais que faire de mes dons, je n'avais que faire de l'Olympe, je n'avais que faire de la vie éternelle. Cette vie n'avait plus aucune saveur, et je n'en voulais plus. Si l'être que j'aimais le plus au monde avait été rayé de la surface de la terre et de la mer, alors je ne voulais plus être immortel. Je n'avais pas vraiment le choix, mais j'étais désormais écoeuré des dieux, écoeuré de cette existence.

Pourtant, au plus profond de mon être, je me sentais curieusement reconnaissant malgré tout. Je n'avais pas envie de faire taire cette salve de sentiments plus puissants que Zeus lui-même. Ils étaient la preuve que j'avais aimé, et que j'avais été aimé. Ils étaient la preuve que, quelque part en chaque dieu pouvait surgir de la bonté, une certaine part d'humanité. Ils étaient la preuve que la vie, malgré ses tourments, malgré sa difficulté, valait la peine d'être vécue.

Alors, rejoignant toutes les forces qui me restaient, je passai le pendentif d'Arius autour de mon cou et je sentis le cœur rouge s'intensifier et vibrer tout contre ma poitrine.

Et là, sous le clair de lune, tandis que la douleur et la tristesse régnaient en maître à l'intérieur de mon corps, mon âme se sentit curieusement en paix.

EPILOGUE
HERMES

La nuit était paisible ce soir-là et les nuages, ayant revêtu leur tunique sombre, caressaient paresseusement les contours délicats et raffinés du palais des dieux, situé sur le mont Olympe. Les oiseaux, qui pépiaient et gazouillaient durant la journée dans l'immense hall d'entrée, s'étaient tus et avaient laissé Morphée venir à leur rencontre pour les bercer de la façon la plus douce possible. Une légère brise fraîche traversait le palais de part en part et entraînait dans son sillage le parfum exquis de certaines fleurs et plantes aromatiques. On pouvait y déceler un peu de rose, un peu de romarin, mais aussi quelques notes légères et sucrées de lavande bleue et blanche. Dans le ciel, les étoiles et constellations brillaient de mille feux, comme si elles souhaitaient embellir la voûte céleste et la rendre encore plus radieuse. La lune, quant à elle, faisait rayonner ses faisceaux argentés et inondait la montagne divine de sa lumière si précieuse et si apaisante. C'était une soirée calme.

Pourtant, un esprit était tourmenté.

Assis nonchalamment au bord de son lit imposant, qui trônait sur un nuage à quelques centimètres du sol, le dieu ailé Hermès ne parvenait pas à trouver le sommeil.

Depuis plusieurs jours, sa conscience peinait à se reposer et il ignorait pourquoi. Il avait bien quelques pistes en tête, mais il trouvait cela absolument absurde, presque inconcevable. Il devait malgré tout se rendre à l'évidence : son être n'était pas en paix.

Néanmoins, Hermès avait toutes les raisons d'être satisfait, voire heureux. Il avait mené à bien sa mission. Son père, Zeus l'avait plus que félicité, et il avait réussi à jouer le plus grand tour de toute son existence. Il avait réalisé un pur chef-d'œuvre. Il avait été resplendissant dans tous ses attributs et dans tous ses dons. Au cours de son aventure, il avait été tour à tour le dieu des voyageurs, le dieu des voleurs, mais aussi le messager des dieux. Dans sa quête pour faire couler l'Atlantide, il avait en effet guidé Arius et ses compagnons au cours de leur voyage, mais il les avait aussi trompés en usant de mensonges et en utilisant des stratagèmes dignes des pires bandits, pour également effectuer des rapports auprès de Zeus à intervalles réguliers. Il aurait dû être content, même joyeux. Toutefois, il ne l'était pas.

Depuis que l'Atlantide n'existait plus, il avait senti sa bonne humeur le quitter. Même son halo doré, qui étincelait délicatement autour de lui, semblait s'être atténué. Il n'avait plus le cœur à la fête, ni au rire, alors qu'il était le plus facétieux et le plus malin de tous les Olympiens. Il éprouvait comme un vide en lui. Il ressentait quelque chose qu'il n'avait jamais ressenti jusqu'alors.

Hermès se leva, les prunelles voilées, et se passa une main dans la nuque avant de se diriger vers son lourd bureau de bois sculpté, où avait été plaquée une mappemonde de bronze. Il observa alors, sans grande conviction et sans réel intérêt, les royaumes qu'il connaissait presque par cœur pour les avoir arpentés de nombreuses fois.

La brise légère s'engouffra par l'ouverture située juste derrière la tête de son lit, et vint lui ébouriffer les cheveux et lui rafraîchir le visage. Il ferma les yeux quelques instants et poussa un profond soupir. Lorsqu'il rouvrit ses paupières, son regard tomba sur l'emplacement de l'Atlantide, qui avait disparu. Un poids tomba dans son corps divin et il sentit sa mâchoire se crisper.

Sans vouloir se l'avouer, Hermès savait que la mort d'Arius et de Bellérophon l'atteignaient plus que de raison. Il n'avait pourtant jamais beaucoup estimé Bellérophon. Seulement, il n'avait jamais non plus souhaité qu'il meure. Tout comme Arius.

Ces deux hommes, qui paraissaient si dénués d'intérêt, si fades, si méprisants, lui avaient cependant prouvé que l'être humain pouvait être bon et avoir un grand cœur. Le dieu ailé avait oublié ce que cela faisait. Il l'avait oublié depuis longtemps, noyé dans le tourbillon de la divinité, dans la routine olympienne, dans le quotidien ennuyeux d'un être suprême distant. Il avait été proche des mortels pendant un temps, mais ils l'avaient bien trop souvent déçu par des actes d'égoïsme et de vilenie. Toutefois, Arius et Bellérophon, malgré leurs défauts, malgré leurs tempéraments d'humains insupportables, l'avaient profondément touché. Ils lui avaient montré que tout n'était pas perdu, que les mortels pouvaient encore être tournés vers les autres, qu'ils disposaient encore d'humour, d'intelligence et qu'ils étaient parfois même prêts à se sacrifier pour la bonne cause.

Même si cela lui arrachait le cœur de l'admettre, il avait passé d'excellents instants en leur compagnie. Leur esprit était plus simple et plus précieux que celui des autres dieux qu'il fréquentait. Les êtres humains chérissaient la plus infime des choses, de la figue juteuse qui hydratait et rassasiait à un souvenir agréable avec des proches. Cela le dépassait encore, mais il avait éprouvé de la fascination et il avait senti sa personnalité d'antan revenir progressivement en lui.

Arius et Bellérophon étaient des héros qui rayonnaient, bien plus que la plupart des divinités, même si cela ne se voyait pas physiquement chez eux. Ils étaient humbles, modestes, généreux et, surtout, ils s'étaient améliorés avec le temps. Ils n'avaient pas toujours été ainsi, et c'était ce qui leur avait été reproché. Pourtant, ils avaient su évoluer pour devenir une meilleure version d'eux-mêmes lorsqu'ils avaient dû le faire. Ils n'avaient pas hésité une seule seconde.

Hermès avait beaucoup appris à leurs côtés. C'était d'ailleurs pour cette raison que, à plus d'une reprise, il avait senti son être vaciller et faiblir. Il n'avait pas pu se retenir de venir en aide à Arius lorsqu'il s'était fait attaquer par Basilic. Il n'avait pas pu s'empêcher de l'aider à trouver la solution aux différentes énigmes des oracles. Il n'avait pas pu s'empêcher d'éprouver de l'inquiétude quand il avait cru qu'Arius avait disparu. Il n'avait pas pu s'empêcher de sauver Bellérophon des griffes de Chioné. Il n'avait pas pu s'empêcher de faire tout cela, malgré son devoir parallèle car, tout au fond de lui, bien enfermée dans un coffre enchaîné, une petite voix lui disait qu'il souhaitait que sa mission échoue.

Il avait néanmoins choisi de faire taire cette voix, de l'oublier, et d'accomplir ce qui devait être accompli. Hermès avait toujours été le préféré de Zeus, et cette place lui était particulièrement chère. Il n'avait pas eu envie de le décevoir, et il s'était senti investi d'un devoir colossal. Lui qui n'avait pas ressenti de réelles émotions depuis des lustres, il s'était cru capable de pouvoir mener à terme cette mission, de voir l'Atlantide s'effondrer sous ses yeux sans même un petit pincement au cœur. Au contraire, il s'était attendu à sourire et à jubiler car cela aurait signifié qu'il était le plus grand dieu de tous les temps et qu'il ne fallait en aucun cas le provoquer. Cela aurait signifié qu'il aurait évincé la popularité des autres dieux pendant un certain temps et qu'il aurait suscité autant d'admiration que de crainte auprès des mortels.

Malgré tout, quand Zeus était venu le féliciter chaleureusement pour ce qu'il avait fait, il n'avait rien ressenti. Rien du tout. Tout cela lui semblait désormais vain et futile.

Sous la clarté pâle de la lune, on ne distinguait que les traits fins et symétriques du dieu ailé, qui faisait à présent tourner inconsciemment son globe d'argent entre ses mains. La tête baissée, ses prunelles, semblables à de l'or liquide, scintillaient tristement dans l'obscurité, tandis que ses ailes dorsales semblaient elles aussi en berne.

Tout à coup, Hermès lança furieusement son précieux globe sur le sol, qui se brisa en mille morceaux sous la force colossale du dieu. Ses mains tremblaient et il était désormais à bout de souffle. Une douleur lui comprimait la poitrine et il ignorait comment la faire disparaître, comment venir à bout de ces sentiments, comment cesser de culpabiliser.

Il ressassait sans arrêt dans son esprit tous ces précieux moments passés en compagnie d'Arius et de Bellérophon, à qui il s'était livré plus qu'à quiconque depuis des siècles. Jamais il n'avait fait part de ses tourments, du fardeau d'être une divinité, du cadeau empoisonné qu'était l'immortalité à qui que ce soit. Pourtant, lorsqu'il s'était retrouvé avec eux, il s'était laissé aller et avait ouvert son cœur et son esprit. Il devait reconnaître que cela avait été agréable, réconfortant et qu'il avait apprécié ressentir cette bienveillance et cette écoute.

Pourtant, son ego et sa volonté d'être supérieur à eux l'avaient emporté et ils n'étaient désormais plus de ce monde. Il s'était laissé manipuler, guider par tout ce qui faisait que les dieux étaient craints et ne valaient finalement pas mieux que de vils mortels. Quelque part, en son for intérieur, il sentait que son cœur s'était brisé, là où il ignorait alors qu'il en avait finalement un.

Dans le silence et la solitude de la nuit, Hermès savait qu'il aurait désormais pour seule compagnie celle des regrets et de la douleur éternels.

À toi, cher lecteur, qui as lu ce roman et qui es parvenu à la fin de cette histoire, je tiens sincèrement à te remercier d'avoir suivi - je l'espère, avec un grand plaisir - les aventures d'Arius, mais aussi de Bellérophon, d'Oreste et d'Élanée.

Si ce roman s'achève sur une note plutôt nuancée, je me devais d'éclaircir un point, pour ne pas te laisser sur ta faim.

Ce point concerne bien entendu la jeune et délicate Thalia.

La petite sœur d'Arius, qui a vécu une existence bien triste et morne, enfermée derrière les murs du palais royal, a disparu dans des conditions bien mystérieuses.

Pour le lecteur avisé, il n'aura fait aucun doute que Thalia était atteinte de trisomie 21 - ou syndrome de Down. Cette maladie, qui entraîne un retard dans le développement cognitif, et dont l'origine est génétique, est en effet bien souvent étroitement liée à une cardiopathie congénitale.

Ainsi, la petite Thalia, en plus de mener une existence cachée, aura été victime de cette malformation du cœur, intervenue dès la grossesse de sa mère Althéa.

Si l'espérance de vie des personnes atteintes de trisomie 21 est moins élevée que la moyenne, elle a cependant considérablement augmenté au cours de ces dernières décennies. Toutefois, à l'époque où se situe cette histoire, les techniques médicales et les connaissances des maladies n'étaient pas aussi poussées qu'aujourd'hui. Les personnages ignoraient donc la véritable cause du décès de Thalia, voire même qu'elle souffrait d'une anomalie cardiaque. Sa mère, la reine Althéa, ainsi qu'Arius, en son for intérieur, suspectaient une mort de chagrin, suite au départ forcé du prince. Je n'apprendrai sans doute rien à personne en précisant que les chocs émotionnels peuvent bien évidemment influer sur la santé d'un individu. On peut donc également supposer que la perte de son grand frère aura, en partie, également été fatale à Thalia.

Je me devais d'expliciter davantage les raisons de sa mort car, même si la petite fille n'a pas survécu bien longtemps au cours de ce roman, elle y prend malgré tout une place importante - à travers Arius - et méritait que l'on s'y attarde un peu plus.

Je terminerai cette note pour te remercier à nouveau d'avoir parcouru les pages de cette histoire et pour t'être perdu dans les recoins de l'Atlantide en compagnie de diverses personnalités.

En espérant que ces paysages méditerranéens t'auront donné envie de te pencher un peu plus sur la mythologie grecque, je te dis à très vite, cher lecteur.

Sincèrement,

Francis